CW01022256

تتحدّث عن الرّحلة لزوجتك وأطفالك قررتُ أن أحقق حلمي بالصعود إلى الجبل، ولو أدى ذلك إلى أن أكتب قصة أو رواية أصعد فيها الجبل، أو لمْ تكن مهنتي- إن كنتَ تذكُر- هي الكتابة، في قصة بابا همنغواي؟

لا أعرف إن كنت تصدّق ما أقوله الآن، ولكن ربما ستصدِّق حين تكتشف ذلك بنفسك، وقد أصبحتَ، مثلي الآن، شخصية في رواية!

هاري/ باريس

أرواح كليمنجارو

الطبعة العربية الثانية عام ٢٠١٦

دار جامعة حمد بن خليفة للنشر
مؤسسة قطر
صندوق بريد ٥٨٢٥
الدوحة، دولة قطر
www.books.hbkupress.com

صدرت الطبعة العربية الأولى عام ٢٠١٥ عن
دار بلومزبري - مؤسسة قطر للنشر

الترقيم الدولي:
الغلاف العادي: ٩٧٨٩٩٢٧١١٨٤٠١

MIX
Paper from responsible sources
FSC® C020471

تمت الطباعة في بريطانيا العظمى بمعرفة CPI Group (UK) Ltd., Croydon CR0 4YY.
زورونا على موقعنا www.books.hbkupress.com للمزيد من المعلومات حول كُتّابنا ومؤلفاتهم.

الملهاة الفلسطينية

أرواح كليمنجارو

إبراهيم نصر اللّه

دار جامعة حمد بن خليفة للنشر
HAMAD BIN KHALIFA UNIVERSITY PRESS

في كلِّ إنسان قمةٌ عليه أن يصعدها
وإلّا بقيَ في القاع.. مَهْما صعَدَ من قِمَم.

إلى مُنى.. هذا الصعود.. وظلاله

بمثابة مقدِّمة
أول التحليق مَشيٌ

عندما سمعت بمشروع رحلة الصعود إلى قمة جبل كليمنجارو، دعما لصندوق إغاثة الأطفال الفلسطينيين الذي يعود له الفضل في علاج آلاف الحالات لأطفال فلسطينيين، سواء أكانوا مصابين بأمراض أم من أولئك الأطفال الذين تسببت قوات الاحتلال الصهيونية في بتر أعضائهم أو فقوء أعينهم، أو إحداث أضرار بليغة في أعضائهم الداخلية، أحسست فورًا أن مشروع هذه الرحلة النبيلة ضروري ومهم. لكني حين سمعتُ أن المتطوعين في طريق الصعود إلى واحدة من أعلى قمم العالم، أعلى قمة في إفريقيا، سيرافقون أطفالًا فلسطينيين بُترت سيقانهم أدركت أن المشروع أكثر ضرورة وأكثر أهمية، وانتابتني أحاسيس عميقة التأثير في حزنها وفي فخرها أيضًا، إذ ثمة أطفال فلسطينيون سيحملون رسالتهم ويرسلونها إلى العالم كله من فوق قمة ذلك الجبل، وسيقولون لذلك الجيش الصهيوني الذي أفقدهم أجزاء من أجسادهم بأنهم لم يُهزموا، ولن يُهزموا، وسيثبتون أنهم بما تبقى لهم من أرجُل، قادرون على أن يقولوا للبشرية: نحن أبناء هذه الحياة، أبناء شعب يقاتل من أجل حريته منذ أكثر من مائة عام، وإننا لن نُهزم.

عرفت أن ارتفاع القمة عشرون ألف قدم تقريبا، سيقطعها المشاركون في ظروف مناخية متعددة، فذلك الطقس الذي سينعم به الصاعدون في السهول المحيطة بالجبل، سيتلاشى قليلًا قليلًا، مع كل خطوة يخطونها في طريقهم إلى القمة الثلجية.

في ستة أيام سوف يعبر الصاعدون خمس مناطق مناخية مختلفة بدءًا بالاستوائية، مرورًا بالألبية الصحراوية العالية (نسبة لجبال الألب)، وصولًا إلى القطبية. وهذا يعني أن يقطع الإنسان المسافة بين خط الاستواء والقطب الجنوبي أو الشمالي في ستة أيام!

هكذا وجدتُ نفسي واحدًا من المتطوعين، وقد أحسست أن عليّ ألّا أتركهم يصعدون الجبل وحدهم.

***

قبل أسابيع طويلة من صعود الجبل، بدأتُ أحس بذلك التغيُّر العميق الذي بدأ يصيبني، وأنا أعدّ نفسي لمرافقة أبطال رحلة الصعود، للتعرّف إلى شريحة من جيل كامل من الأطفال الذين سعى الجيش الصهيوني بكل ما لديه من أسلحة الدمار أن يحرمهم من طفولتهم، من لعبهم، من أحلامهم، وأن يسدَّ أمامهم دروب الأمل التي شقّتها لهم أمهاتهم وجدّاتهم وآباؤهم وأجدادهم، والتعرّف أيضًا إلى عدد من النساء والرجال النبلاء، عربًا وأجانب، ممن سيأتون من أربع قارات على الأقل للمشاركة.

أحسست أن كل خطوة سيخطوها هؤلاء الفتية نحو القمة سيخطوها أطفال فلسطين نحو حرّيتهم، خارجين من واقع اليأس إلى شمس الحرية والأمل.

***

كانت الرحلة أوسع من أن تكون سيرة. كانت فسيحة بحيث لا يمكن أن تستوعبها إلا رواية فيها من ظلال أرواحنا الكثير، وفيها من ظلال أرواح أخرى حلمتْ بهذا الجبل قبْلنا، وستحلم به بعدنا؛ فيها ما في كل رواية بحيث تتقاطع فيها الأحداث والخيال الطليق فتبدو ابنة الحرية نفسها، سواء في علاقتها بالشخصيات أو التفاصيل الصغيرة. فيها ما عشناه، وما عاشه غيرنا، وما حلمنا به، وحلم به غيرنا، ما يشبهنا وما يشبه ما سعينا ونظلّ نسعى إليه؛ وفيها اختلافنا النبيل الذي لا ندركه ولا نحصل عليه إلا بمعايشة تجربة عميقة كهذه.

تبقى هذه الرواية، في البداية والنهاية تحية للأرواح الشجاعة التي شقّت طريقها في ظروف بالغة الصعوبة نحو القمة: ياسمين النجار، معتصم أبو كرش، سوزان الهوبي، مها نابلسي، يارا الصالح، رانية بركات، ستيف سوسبي، مالك زوقي، منال بركات فاخوري، نوال فاخوري، سماهر موصلي، جاسمين...، وإلى جيمس ماتو، جودلَكْ دانيال أوريو، وايتي، نيمة، هارفي، أماني، شارلز....، وإلى ذلك الجبل العظيم الذي أحبّنا، كما أحببناه: كليمنجارو!

* * *

ولكن، لماذا كليمنجارو؟

إنه الجبل الذي ألْهَمَ القارة الإفريقية، في رحلتها إلى الحرية، حيث كانت تنزانيا التي يقع فيها كليمنجارو أول بلد إفريقي يتحرّر من الاستعمار وينال استقلاله.

ذات يوم قال أحد قادة حركة التحرير التنزانيّة: «سنوقد شمعة على قمة الجبل لتضيء خارج حدودنا؛ لتعطي الشعوب الأمل في

وضع يسوده اليأس، الحب في وضع تسوده الكراهية، والإحساس
بالكرامة في وضع يسود فيه الإذلال..».

وبعد سنوات وسنوات يأتي أطفال فلسطينيون يصعدون القمة
منشدين بقوة الأمل:

كلما انطفأت شمعةٌ.. نشتعلْ

إبراهيم نصر الله

عتبات الصّعود

٤ أيام

ألاسكا

٢ حزيران (يونيو)

في ذلك الامتداد الأبيض الموحش لم يكن المخيم أكثر من عدّة نقاط صغيرة ملونة، تهزها رياح جارحة محاوِلةً أن تمحوها. الثلج في الخارج والخيمة تهتزّ. تبحث رِيـما عن وسيلة لكي تُطمئِن روحها أنها لم تفقد أصابعها، ولكنها لا تجرؤ على خلع القفّازات لكي ترى ما لم يستطع جسدها كلّه أن يؤكّده لها.

الشيء الوحيد المؤكّد هو أنها حين تُشرع باب الخيمة الصغير لن يكون هناك سوى شيء واحد: الثلج، والثلج، والثلج.

وجودها لسبعة أيام في جبل دِينْالي ذي الطقس المتقلِّب، وأمامها ثلاثة أُخرى كان كافيًا ليزرع في رأسها فكرة لا تستطيع نفيها: لقد حوَّلت تلك العاصفة العالم كلّه إلى صحراء جليدية.

كان باب الخيمة يتكسّر كما لو أنه من خشب، وقد تراكم الجليد على سحّاب الباب وتحوّل القماش إلى صفيح جارح.

لم تكن تتوقّع أن تمضي أكثر من ليلة واحدة في مخيم ١٤[١] إلاّ أنّ الطقس تغير فجأة، ولم تعد مواصلة الصعود ممكنة باتجاه مخيم ١٧ وما بعده.

---

١ - مخيم ١٤ يعني وجوده على ارتفاع ١٤ ألف قدم.

سبعة أيام قاسية بدأ فيها الغذاء بالنفاد، وانتقل البرد القاتل الذي يتجوّل في الخارج حرًّا، إلى الداخل؛ وعبثا حاولت بجسدها المشدود كوتر وقف تقدّم الصقيع. كان لا بدّ من أن تخرج إليه، لمواجهته، كي لا يقتلها جالسة، وهي تحدّقُ في جسده غير المرئي.

حملتْ ريـما المنشار وخرجت. بدأت بقص الجليد وتحويله إلى طوب لبناء جدار حول الخيمة. لم يكن الهدف هو الوصول إلى بناء جدار يحمي الخيمة من العواصف التي لم تتوقّف، بل كان الهدف أن تتحرّك، أن يتحرّك كل من في المخيم ليواصل الدم جريانه في عروقهم.

أسوأ ما حدث أن القهوة انتهت أيضا. كان يمكن أن يجدوا الطعام مدفونا في الأرض، الطعام الفائض الذي تركته فِرَقٌ سبقتهم، كي تأكله فِرَقٌ أخرى تجد نفسها محاصرةً في مثل موقفهم.

***

في صباح اليوم الثامن تسلّلتْ رائحةُ القهوة إليها وهي في كيس نومها. في البداية اعتقدت أنها تحلم، لكنها لم تكن تحلم. أشرعت باب الخيمة، فاندفعت الرائحة بقوة إلى الداخل. نهضت على عجل لكن فرحتها لم تكتمل. لم تكن الرائحة تفوح من خيمة طعام فريقها، بل من خيمة بعيدة تعود لفريق كولومبي.

لم تتراجع: سأشرب القهوة، يعني سأشرب القهوة!

بقامتها المتوسطة النحيلة وعينيها اللتين لا تفقدان بريقهما مهما تبدّلت الظروف، راحت تشق الطريق باتجاه خيمة الفريق الكولومبي. لم يكن صعبًا أن تفتح حوارًا معهم، من أين جاؤوا؟ أي الجبال تلك التي صعدوها؟ أحوال الطقس؟ الفِرَق التي سبقتْهم لمخيم ١٧

ومصيرها الغامض في الليالي التي أطلقوا عليها اسم: ليالي القيامة؟ لكن عينيها كانتا على القهوة التي يجري إعدادها، وصدرها ممتلئ برائحتها.

في تلك اللحظة سمعتْ ضحكة، ضحكة صافية، دافئة، لا تمتُّ لشحوب المكان وعزلته، التفتتْ، فرأت ذلك الرجل بساقيه الاصطناعيتين المكشوفتين، وخلفه فتاة في السابعة عشرة أو الثامنة عشرة من عمرها، تركض برشاقة، وهي تسدّد كُرات الثلج نحوه، دون أن تستطيع إصابته. كان يراوغ بصورة تدعو للدهشة، حتى أنه استطاع في فسحة زمنية قصيرة بين كرتين ثلجيَّتين، أن ينحني، يملأ قبضتيه بالثلج، ويكوِّره، ثم يستدير بحركة رائعة، يمكن أن يحسده عليها أفضل لاعبي التّنس، ويسدّد، وهو يستدير، ويطلق كُرته لتصيب الفتاة التي تطارده في كتفها.

ترنّحت الفتاة المصابة، وقد وصلتْ إلى ذروة اللعبة، ثم سقطتْ على ظهرها، في حين أطلق صاحب الساقين المعدنيتين صيحة انتصار عالية. التقتْ عيناه بعينَي ريـما، رفعتْ له ريـما إشارة النصر، تبادلا ابتسامتين واسعتين.

– من هذا؟

– متسلِّق كولومبي قرر أن يصعد الجبل، جئنا لندعمه!

كما لو أن الشمس أشرقت فجأة، أحسّت ريـما بكرة من لهب تتدحرج داخل ثيابها، كرة هائلة خرجتْ من رأسها وصهرتها بلهيبها. لكن ذلك لم يطل إذ بدأ العرق الذي تصبب منها بالتحوّل إلى جليد وهي تتلفّتُ حولها غير قادرة على التشبّث بتلك الفكرة الجامحة التي راودتها. كانت خائفة، إلى حدّ أن خوفها جعلها تنهض مبتعدة

متخلّية عن أفضل فرصة سنحتْ لها أخيرًا: احتساء القهوة! مُسرعةً توجّهت إلى خيمتها، كأنها لا تريد لأحد أن يراها متلبِّسة بفكرتها، فكرتها التي انزلقت من رأسها وتدحرجتْ إلى أن استقرّت، هناك في قلبها.

***

كانت الفكرة تتطاير في داخلها كعاصفة، لدرجة أنها نسيت تمامًا سؤالها الصعب عن الحال الذي أصبحت عليه أصابعها، هل فقدتها؟ أم أنها على وشك أن تفقدها؟ ريـما التي تسلّقت أكثر من جبل وواجهت أكثر من عاصفة وأكثر من لحظة قاتلة.

***

همستْ لنفسها: ريـما، لن تشربي القهوة قبل أن تحقّقي هذا الحلم.

هائجة مثل نمر وجد نفسه فجأة في قفص، يومان طويلان شاقان، باردان، حارّان، يومان من حمم بركان غاضب ومن جليد عمره آلاف السنوات. وفجأة خرجت من خيمتها، نظرت إلى السماء، وقالت: لِـمَ لا، لديهم ألف سبب لكي ينتصروا.

لكنها بقيت خائفة تتلفّتُ بحذر نحو باب القفص الذي خرجت منه.

نابلس

١٠ تموز (يوليو)

- «كليمنجارو!» صرخت أم نورة. وأضافت: «بَعْديْنْ، في أيّ بلد هذا الكليمنجارو؟»

- في تنزانيا.

- وتنزانيا هذه، أين تقع؟

- في إفريقيا.

- في إفريقيا، كيف يمكن لأحد أن يذهب برجْليه إلى الأُسود لتأكله؟

- لا تخافي عليّ، فأنا ذاهبة برِجْل واحدة!

- وتمزحين؟ بتنكْتي يا اختي!

مستمعًا لحديثهما كان والد نورة جالسًا على كرسيه المقابل لجهاز التلفزيون، في تلك القرية المطلّة على جبَلي نابلس العاليين: عيبال وجرزيم[٢].

(ويتوقّع الخبراء أن يكون شتاء هذا العام هو الأكثر قسوة في العالم منذ خمسين سنة.)

---

٢ - جرزيم وعيبال، من أشهر جبال فلسطين، يحتضنان مدينة نابلس.

التفتتْ إليه أم نورة وقالت: وبعدين؟ قُلْ كلمة واحدة على الأقل يا رجل.

واصل تحديقه في شاشة التلفزيون. استدارت نحو ابنتها وقالت:

- تريدين صعود الجبال، أمامك جرزيم وأمامك عيبال، تفضّلي.. اصعدي. هذا إن استطعت! وأنا متأكدة من أن ارتفاع الاثنين أعلى من هذا الكليمنجارو الذي تتحدّثين عنه.

تبادلت نورة ووالدها ابتسامتين ماكرتين. لاحظت أم نورة ذلك:

- تريدان أن تقولا لي إن ذلك الجبل أعلى من الجبلين معًا؟

- لا أحب أن أُشغل بالك أكثر مما هو مشغول، لكنه أعلى بكثير يمّه، ٢٠ ألف قدم، أي ستة آلاف متر تقريبًا.

- وبعدين معاكْ؟ قل كلمة يا رجل! يا بنتي، يا حبيبتي، هل هناك عاقل يترك سريره ومدرسته وبيته وأصحابه وأهله لكي يصعد جبلًا في آخر الدنيا؟ ويتشرد في الخيام؟ هل تعرفين ما معنى خيام؟ أنا التي أعرف! في كل حرب كانت لي خيمة، ويوم هدم الإسرائيليون دارنا، وأنا حامل بك، كانت لي خيمة أيضًا.

- «لا تنسَي البرد، فالحرارة هناك تصل إلى ١٠ درجات تحت الصفر إذا كان الطقس جيدًا. وستظلّ تمشي في الجبال والوديان ستة أيام صعودًا وثلاثة أيام نزولًا.» قال والد نورة.

- وبعدين معاك؟ يعني تسعة أيام! وعشرة تحت الصفر! يا ويلي! أنت تريد أن تُخيفها أم أنك تسكب الزّيت على ناري؟

لم يُجب والد نورة بل عاد لمراقبة التلفزيون، كما لو أنه لم يقل شيئًا. وعادت أم نورة تردد مرة ثانية: بعدين، هذه المجنونة التي

اسمها ريـما، هل تعرف أنك تستريحين مرتين في الطريق من البيت إلى المدرسة؟

– يمّه، باختصار، سأذهب يعني سأذهب.

– وبعدين معاك؟ قل كلمة يا رجل.

– حين كنت صغيرة، كنت أسألك دائما، يمّه؟ أين رجْلي؟ ماذا كنت تقولين لي؟ كنت تقولين إن رجْلك على رأس الجبل، وحين تكبرين قليلًا سأصعد بنفسي وأُحضرها لك من هناك. لكنك لم تقولي لي مرة واحدة، هل تقصدين عيبال أم جرزيم؟ يمّه، لقد كبرتُ كثيرًا. لم تأت رجْلي، ولا أنت أحضرتِها. يمّه، لن أنتظر أكثر مما انتظرت؛ أنا ذاهبة إلى هناك لكي أحضرها بنفسي. لقد اكتشفت منذ زمن أنها ليست فوق قمة جبل عيبال، ولا فوق قمة جبل جرزيم. هل تعرفين أنها كانت طوال الوقت فوق كليمنجارو، ولا إنتِ عارفة ولا أنا عارفة.

***

في صبيحة اليوم التالي أحسّت نورة بتلك اليد التي تدفعها برفق. استيقظتْ، كانت أمّها تحاول إيقاظها:

– شو في يمّه؟

– «وبعدين معاكِ؟ اصحي، ما دمتِ تريدين أن تصعدي ذلك الجبل، فالأفضل أن تنهضي لتتدرّبي،» قالت لها بحزم، وأضافت: «أم أنك تعتقدين أنهم سينزلونك فوق رأس الجبل بطائرة هوليكبتر؟»

غزة

٢٣ آب (أغسطس)

قالت ريـما لجون حين شاهدت شريط الفيديو لذلك الولد الذي يتقافز على رِجْلٍ واحدة: هذا هو المطلوب. أريده.

لم يكن يوسف قد تجاوز التاسعة حين فقد ساقه، وحين وصل إلى فرنسا لتلقّي العلاج، كان الشيء الوحيد الذي يخيفه هو النظر إلى الوراء، فقد كان يعرف أنه لن يرى سوى شيء واحد: ذلك الوميض القوي الذي لم يُمْهلْه حتى لسماع صوت الانفجار. كان يواصل تقدّمه محاولًا الابتعاد عن المكان أكثر، لكنه بعد شهر من مكوثه في بيت تلك الأسرة الفرنسية في باريس وجد نفسه متورّطًا في صداقة قوية مع طفل تلك الأسرة، يتحدّث يوسف بالعربية ويتحدّث بيير بالفرنسية لساعات طويلة، ثم يكملان حديثهما باللغة المشتركة الوحيدة التي يتقنانها جيدًا: كرة السلة.

متقافزًا في المساحة الصغيرة خلف البيت كان يوسف على رِجْلٍ واحدة يسدّد الكرة بمهارة. يضحك حين ينجح في تحقيق هدف، ويضحك حين لا يحقق هدفًا أيضًا. فقد تحوّلت الكرة نفسها إلى ضحكة مجلجلة سعيدة.

***

لم تكن غزة ذلك المكان الذي يمكن أن يضحك فيه المرء طوال الوقت، فالطائرات دون طيار وبطيار تملأ السماء بطنينها ليلًا نهارًا باحثة عن أهدافها، والشوارع والبيوت تبدو أكثر ضيقًا في كل لحظة تمرّ مع تزايد شدّة الحصار.

قال يوسف: بصراحة.. الشيء الوحيد الذي لا أتخيله هو أنني سأترك البحر وحده هنا. كما تعرف، ليس لي صديق في غزة أفضل منه.

ردّ جون: لكنك بحاجة إلى صديق آخر.

- لدي بعض الأصدقاء.

- أعرف يا يوسف، أعرف، لكنك بحاجة إلى صديق آخر، صديق كبير كالبحر.

- أنت صديقي الكبير.

وحاول أن يضحك.

- أنت بحاجة إلى صديق أكبر مني.

ضحك يوسف: أكبر منك! أنت تعرف يا جون من الصعب أن يعيش الناس طويلًا في غزة، يهيأ لي أن أكبر شخص في غزة هو أبي بعد موت جدّي وجدتي.

- أنت بحاجة إلى صديق أكبر من أبيك ومن جدَّيك.

- لا! هكذا تجعل الأمور صعبة عليّ. قل لي ماذا تعني؟

- في اعتقادي أن شخصًا مثلك صديقه البحر، بحاجة إلى صديق آخر كالبحر.

- كالبحر؟ حتى هنا وكفى! لم أعد أستوعب شيئًا.

- أنت بحاجة إلى جبل، أعني بحاجة أيضًا إلى صديق آخر هو الجبل. وبالذات كليمنجارو.

- الكليمنجارو؟ الكليمنجارو ما غيره؟ وهل ستحضره إلى غزة؟

- بل سنذهب معًا إليه. الأصدقاء الذين نحبهم كثيرًا قد يصعب عليهم أن يأتوا إلينا، ولذا نحن نذهب إليهم.

- كالبحر يعني؟

- تمامًا.

صمت يوسف. كان صوت الموج يملأ الغرفة وكأن البحر منخرط في الحوار الدائر بينهما.

قال جون: اعترفْ، أنتَ خائف؟

ردّ يوسف: أنا؟

عقّب جون:أظنُّ، أعني خائف قليلًا، لكن هل تعرف أن فتاة في عمرك من نابلس ستصعد معنا؟

- فتاة!

- نعم، فتاة.

- ووضعها مثل وضعي؟

- يؤسفني أن أقول لك يا صديقي، وضعها أصعب بكثير.

- وستصعدُ معكم؟

- بالتأكيد، حتى أنها بدأت تتدرّب. وهناك أيضًا فتى أصغر منك من الخليل قد يرافقنا.

- هل تعتقد أن ما تبقّى من وقت يكفي لكي أتدرّب؟

- أعتقد أنه يكفي، فأنت رياضي، وبطل أيضًا.

- لا تذكّرني. منذ ذلك اليوم الذي فتحتُ فيه رأس المدرّب لم اقترب من النادي.

كان مدرِّب رَمْي الصحن المعدنيّ الطائر قد أقنع يوسف بأن في

استطاعته تحقيق انتصارات أكيدة في هذه الرياضة، إضافة لما حقّقه في مجال رياضة رمْي الرّمح. وحين أمسك يوسف بالصحن واستدار لكي يقذفه، توجه الصحن مباشرة إلى رأس المدرِّب مُحدِثا جرحًا احتاج إلى سبع غُرز لكي يلتئم.

- سأتركك تفكّر وحدك، ثم أسمع منك الجواب بعد أيام.

- لا يحتاج الأمر لعدة أيام، ستسمعه الليلة، قبل أن أنام؟

- في أي ساعة تنام عادة؟

- التاسعة، العاشرة، ما إن يقطع الإسرائيليون عنّا الكهرباء حتى أنام؛ لأحلم.

حين سار يوسف بجانب جون نحو باب البيت كان يستعيد في رأسه شريطًا طويلًا من الذكريات حول هذا الرجل الذي ساعده كثيرًا في أصعب الأوقات.

وصلا إلى الباب، ارتفع هدير الأمواج أكثر، مدّ جون يده لمصافحة يوسف، مدّ يوسف يده وصافحه، لكنه ظلَّ ممسكًا بيد جون.

- سأذهب معكم.

التفتَ جون إلى ساعته، وقال: إنها السادسة مساء. هل حان موعد نومك؟

- لا، بل حان الوقت ليكون لي صديق آخر غير البحر.

وضربت موجة الشاطئ فشعروا بأنها معهم في الحوش.

- ممتاز. ولأنني أعرف كثيرًا ممن سيشاركون في الصعود، وهم أناس مدهشون حقًا، أعدك بأنك ستعود من هناك بأكثر من صديق.

الخليل
٢٥ آب (أغسطس)

أول مَن خطر ببالها حين سمعتْ عن رحلة الصعود إلى كليمنجارو كان اسم غسّان، وإذا أردنا أن نكون أكثر دقة فإن صورته حضرتْ قبل اسمه.

منذ أن التقتْه الدكتورة أروى قبل خمس سنوات كان على هذه الصورة: بكامل أناقته ومحاولته المستمرة لرسم ابتسامة على شفتيه كانت تنتهي دائمًا بتنهيدة حزينة. لكن الأمر تحسّن كثيرًا بعد خمس عمليات جراحية في الوجه، وثلاث لترميم ما تبقّى من يده اليسرى.

في نهايات صيف عام ٢٠٠٩ في السابع من أيلول أيقظ الكابوس غسان، لكنه لم يستطع الخروج من الكابوس الذي أطبق عليه. كان الصراخ في الخارج يتعالى والنار تلتهم لحمه، والدّخان يلتهم ما تبقى من هواء في الداخل.

الباب مغلق، فالمستوطنون اليهود الذين لا يفصلهم عن بيته سوى الجدار تسللوا بهدوء ليلًا أمام أعين الجنود، تتقدَّمهم سارة التي أشعلت الفتيلَ وألقت بالزجاجة الحارقة عبر النافذة داخل الغرفة، ثم انسحب الجميع بهدوء، لكنهم بدل أن يتواروا داخل البيوت التي استولوا عليها صعدوا إلى سطح أحدها لمراقبة المشهد.

لم يسمح الجيش الإسرائيلي لأحد بأن يتقدّم لينقذهما، وقد ارتفع الصراخ عاليًا، واستغاثات والد غسان ووالدته وإخوته الذين كانوا يحاولون فتح باب الغرفة المحترقة دون جدوى. وحين استطاعوا كسْر الباب لم يُسمح لسيارة الإسعاف بالوصول إلا بعد ساعة.

انفجرت عين غسان مثل بالون، هل فقأها جسم حادّ؟ هل صهرتها النار؟ لن يعرف أبدًا. أما شقيقته الصغيرة ابنة السنوات الخمس، فقد ظلت تتقلّب في النار حتى بعد أن وضعوها في سيارة الإسعاف. كان الدخان يتصاعد من جسدها. فتحت عينيها بصعوبة، وحين رأت الجنود الإسرائيليين لم تقل سوى تلك الجملة المتفحِّمة على ما تبقى من رماد شفتيها: إنتو بتفكروا إنه الله مش شايف إللي بتعملوه فينا! وعادت إلى غيبوبتها، وفي المساء أخبروه أنها لن تستيقظ.

الحروق التي التهمتْ جزءًا كبيرًا من وجهه أفقدته عينه اليمنى، في حين تفحّمت يده وهو يحاول إطفاء النار، يده التي كانت تتحرّك أمامه صاعدة هابطة مثل غصن زيتون يحترق. وسيمرّ وقت طويل قبل أن يدرك أن تلك الشعلة التي كانت تبدّد الظلام، وتطفئ شعلة وتوقد أخرى لم تكن سوى يده.

رائحة اللحم البشري ملأت الحارة صاعدة من ذلك البيت الذي تبدأ به الانعطافة الأخيرة لسوق القصبة باتجاه الحرم الإبراهيمي. أما أهل البيت فما زالوا محاصرين بتلك الرائحة منذ ذلك اليوم.

* * *

استعادت الدكتورة أروى صورته وهي تستعيد فصول مأساته، وتصميمه الغريب على أن يشفى، مهما تحمّل من ألم.

سألت: ما حكايته؟ وقد فاجأها في المستشفى ببدلته السوداء وحذائه شديد اللمعان. قالوا لها: إنه لم يرتد بدلة في حياته لكنه قبل أن يأتي للعلاج اشترط عليهم أن يشتروها له. هكذا وجد أهله أنفسهم مضطرين لشرائها وسط دهشتهم ودهشة أهل الحارة، ودهشة تلك المستوطِنة التي ألقت القنبلة بيدها داخل الغرفة، وغضبها الجارف من نفسها لأنها لم تتمكن من التخلص منه إلى الأبد. المستوطِنة التي رأتها الدكتورة أروى في فيلم إيطالي وآخر بريطاني تطلق أشد الشتائم قبحًا على الفلسطينيات وأولادهن وأزواجهن، فلم تحتمل مرآها. كان غسان عرضة لشتائمها اليومية، ثم فيما بعد لقنبلتها الحارقة.

* * *

ما إن يعود غسان إلى البيت من المستشفى حتى يخلع بدلته، ولا يقترب منها إلا في أيام مواعيد مراجعته للمستشفى، أو يوم إجراء عملية جديدة له. أما أيام الأعياد فقد كان يرفض ارتداءها.

– غسان، أريدك معي في رحلة غير عادية.

كثير من آثار الحروق كانت قد اختفت بعد عمليات ترميم وجهه، أما ذلك الفراغ الأسود العميق الذي احتلّ مكان عينه، فقد بدا على الدّوام بأنه يملك قدرة استثنائية على سبر أغوار مَن يُحدِّثه، أو يحاول مراضاته بكذبة بيضاء.

كان يعرف تمامًا مشكلته كطبيب زميل لكل الأطباء الذين عالجوه . ولذا لم يكن يعترض على ما يقومون به، كما لو أنه واحد من الفريق ناقش الحالة طويلًا معهم، واقتنع بما توصّلوا إليه جميعًا.

رفع غسان رأسه وألقى نظرة حزينة على وجه الدكتورة أروى: كان أقل ثقة، فقد كان خارج بدلته.

- إلى أين ستأخذينني؟

- إلى جبل في إفريقيا، أعلى جبال إفريقيا، اسمه كليمنجارو.

- ولماذا عليَّ الذهاب إلى هناك؟

- أولًا: لكي تستريح قليلًا بعيدًا عن المستوطنين. وثانيًا: لكي تساعد أولئك الذين ساعدوك، فهدفنا أن نجمع التبرعات لمعالجة أطفال مصابين.

أطرَق غسان قليلًا، ثم رفع بصره نحو الضوء الشحيح القادم من شباك الغرفة الصغير، الشباك الذي حصّنوه بحديد وشبك ضيّق، بعد ما حدث؛ لمنع دخول حجارة المستوطنين وقنابل الغاز والقنابل الحارقة.

- وهل تعتقدين أنني قادر على صعود جبل كهذا؟

- أعتقد ذلك، وإلّا لما حدَّثتك، فهناك فتى وفتاة، سيصعدان معنا، وضعهما أصعب بكثير من وضعك.

لم يسألها عن وضعهما، فقد توقّف منذ زمن طويل عن مقارنة ما حدث له بما حدث للآخرين، حين أدرك أن كل إصابة، أيًّا كانت، خلَّفتْ جرحا عميقًا في روح من أصيب بها. وبعد زمن أدرك أن الجروح التي في الداخل يمكن أن تكون أكبر بكثير من الإصابة ذاتها، أو أقل لدى البعض، لكن تلك الجروح موجودة.

- كم يومًا سأغيب عن البيت؟

- أسبوعين.

- مستحيل! قالها منتفضًا، هل تعرفين ما الذي سيحدث للبيت لو غبتُ عنه أسبوعين؟

- أعرف أنك خائف عليه، هل أُذكِّركَ: هناك أمك وأبوك وإخوتك.

كلما يصل الحوار إلى هذه النقطة، كان غسان يختصره بالصمت.

- لا أستطيع. أنت تعرفين أننا نتناوب على حراسة البيت كي لا يستولوا عليه.

- ما رأيك أن تفكِّر في الأمر. هل تحبّ أن أريك صورة نورة ويوسف اللذين سيصعدان الجبل معك؟

- لا ضرورة، إذا قررتُ الصعود فإنني أفضل أن أتعرف إليهما شخصيًّا. سأفكر في الأمر.

- ولكن، أرجوك، لا تتأخر، وتذكَّر دائما أنك ستكون معي هناك ونحن أصدقاء، أليس كذلك؟

- صحيح.

- ثم إنك كلما اتخذت قرارك بسرعة ستكون أمامك فترة جيدة لكي تتدرّب أفضل.

- أتدرّب على ماذا؟

- على صعود الجبال.

- وهل بقي في الخليل جبل يمكن أن أصعده مع كل هذه المستوطنات؟

صمتت الدكتورة أروى: سنشتري لك جهازًا تتدرّب عليه داخل البيت.

- سأفكِّر.

* * *

هبطت الدكتورة أروى الدّرجات المؤدّية إلى الشارع. كان ثلاثة جنود يمسكون بشاب ويأمرونه أن يستدير بوجهه إلى الحائط.

استدار، ثم طلبوا منه أن يرفع يديه عاليًا. تأخر قليلًا، فتلقى ضربة قوية من عقب بندقية أحدهم على ساقه اليمنى، فسقط أرضًا.

الشيء الغريب أن الدكتورة أروى كلما رأت مُصابًا، أو ضربة تُوجّه إلى طفل أو رجل أو امرأة، فكرت فورًا في حجم العلاج الذي تحتاجه تلك الإصابة للشفاء، حتى قبل أن تفكر في الألم الذي يتعرّض له الشخص المعتدى عليه. هل لأن العمل المتواصل أصبح فوق طاقتها، وأن كل ما يفعله الجنود والمستوطنون هنا هو إثقال كاهلها بإصابات أكثر وأصعب، كي تغادر المكان هي والأطباء الذين معها؟

نظرت صوب شباك بيت غسان في الأعلى، وهيئ لها أنه كان هناك يراقبها تبتعد، ويراقب ما يفعلونه بالشاب، ويهمس في أذنها: أرأيت؟ من الصعب عليَّ مغادرة البيت.

- «سآخذكَ معي، حتى لو كنتُ مضطرّة لأن أحملكَ رغمًا عنكَ.» همستْ لنفسها بتصميم.

٣٣

السؤال الأول

بوابة لوندوروسي

١٨ كانون الثاني (يناير)

- كلّ شخص جاء إلى هنا وهو يريد شيئًا ما من الجبل، قلّة هم أولئك الذين يدركون ما الذي يريده الجبلُ منهم.

بدتْ تلك الجملةُ التي قالها صوول[٣]، أمام بوابة (لوندوروسي)، ووافقته عليها ريـما بهزّة من رأسها وابتسامة صغيرة، نقطةً فاصلة بين زمنين: ذلك الذي تركوه ماضيًا خلفهم، وذلك الذي ينتظرهم بعد أن سجّلوا أسماءهم لدى موظفي تلك البوابة من بوابات محميّة كليمنجارو، البوابة التي بدت لهم مثل نقطة حدود، وهي غير ذلك تمامًا. فبمجرد التوقيع تصبح علاقة كل منهم مباشرةً مع الجبل، وبخاصة بعد أن لاحظوا أن أحدًا لم يكن معنيًّا بالتأكّد من صحة المعلومات التي دوَّنوها في الدفتر الرّسمي الضخم! ذلك الدفتر الذي يضمّ أسماء آلافٍ عبروا من هنا صاعدين، ولم يدوَّن فيه سطر واحد عن مصائرهم بعد ذلك.

عمّ صمتٌ طويلٌ، كان فرصةً لكي يستعيد كثير من القادمين

---

٣ - صوول، Soul معناها: روح، وهناك عدد كبير من الناس يُطلقون على أبنائهم أسماء تحمل مثل هذه المعاني، أحد الأدلاء في الرحلة كان اسمه حظ جيد: Good luck.

من جهات كثيرة معنى قدومهم، وفرصةً لأولئك الذي انتبهوا إلى أن صعود جبل كهذا لا يمكن أن ينحصر معناه في أنهم جاؤوا لدعم هدف نبيل.

أحسّ صوول بأن ما قاله لمس نقطة عميقة فيهم، فأضاف: إننا صاعدون إلى ذلك المكان الذي وِلِد من رحم النار وتُوِّج بنصاعة بياض الثلوج. إن كثيرا من الناس يأتون للتحقُّق من وجود هذا الجبل العجيب، ولكنّ أعظمهم هم الذين يتمكّنون من التحقّق من حقيقة وجودهم.

استمعتْ إليه ريـما دَهِشَةً، وفكَّرت: إنها المرّة الأولى التي تسمع فيها هذا الكلام من صوول، رئيس فرقة المساعدة التي تضم أدلّاء وحمّالين وطبّاخين؛ ريـما التي رافقته في سبع رحلات إلى قمة كِيلي[٤]؛ في حين راح أعضاء الفريق ينظرون، الواحد منهم إلى الآخر، وإلى ما حولهم من تفاصيل وطبيعة نظرة جديدة.

دار أحد المرافقين يوزّع القهوة. تناولت ريـما الكوب الأبيض من يده، استنشقت رائحتها بشغف، وأدنت الكوب من شفتيها وقبل أن يلامسهما أبعدته بحركة مفاجئة. وضعت الكوب على الجدار المنخفض بجانبها، وابتعدت عنه بسرعة، كما لو أنها لا تريد أن تُضبط متلبِّسةً بالاستمتاع برائحة القهوة.

***

الجبل الصغير الأخضر المجاور لمرَافِق البوابة، الجبل الذي تُغطيه الأشجار تماما، تحوّل إلى علامة سؤال! الغرفة الصغيرة التي يجلس خلف زجاج شباكها العريض موظفان يتبادلان حديثًا طويلًا

---

٤ - اسم تحبُّب لجبل كليمنجارو!

لا ينتهي، أصبحت معتمة أكثر وغامضة. غرفة الاتصالات بجوارها اكتسبت معنى جديدًا حين رأوا أربعة صحون لاقطة يحميها سياج صغير، موجّهة إلى جهات الأرض الأربع، باحثة عن خبر مفاجئ يأتي. أما الحمّامان الضيّقان، فكانا الفسحتين اللتين يمكن أن ينفرد فيهما المرء بنفسه براحةٍ للمرة الأخيرة، قبل بدء الرّحلة.

- «هاكونا ماتاتا[٥].» قال صوول بصوت عال.

فردّد كثير من أعضاء الفريق خلفه: «هاكونا ماتاتا».

***

كان عليهم أن ينتظروا طويلًا وصول يوسف، بعد أن تحوّلت رحلته إلى سلسلة من المتاعب وسوء الحظ.

تناولوا الغداء، غداء بسيطًا، أعدّه طباخو فرقة المساعدة، وخيِّل إليهم أن المسافة بين فندقهم في مدينة أروشا -عاصمة الجزء الشرقي وجارة بحيرة مانيارا- وبوابة لوندوروسي أطول بكثير مما كانوا يظنون.

***

التفتت الدكتورة أروى صوب نورة. كانت نورة قلقة، على غير عادتها، وهي تمضغ بصمت شريحة سميكة، تُذكِّر بالبيتزا، من خبز وخضروات وقليل من اللحم. نفضت الدكتورة أروى شعرها الأحمر الذي يصل إلى نصف عنقها، شعرها الذي يحتضن برقّة وجهها الصغير وملامحها الدقيقة الجميلة، ونظرت صوب إميل في

---

٥ - تعني: كل شيء بخير، وأصبحت جملة شهيرة لورودها في واحدة من أغاني فيلم (الأسد الملك) ١٩٩٤.

اللحظة التي تمكَّن فيها من مباغتة نورة والتقاط صورة مقرَّبة لها دون ابتسامتها التي غدت شهيرة حتى قبل وصولها.

انتبهتْ نورة متأخرة، وكما لو أنها توقَّعت أن يلتقط صورة أخرى، مسحت فمها بسرعة وابتسمت.

لم يخذلها إميل، التقط لها صورة أخرى.

كانت نورة تتمتّع بحاسة شديدة تجعلها تشعر بأيّ كاميرا تتوجّه إليها، من أمامها أو من خلفها، أو من الجانبين. لكنها في تلك اللحظة كانت غائبة. ولعل نظرة متفحّصة لكل صورة التُقِطت لها في الساعات الماضية ستثبت أنها كانت أكثر رعاية لابتسامتها من أيّ نمرة لصغارها في السهول.

***

التفتت الدكتورة أروى خلفها، كما لو أنها تنتظر شخصًا ما تتمنى حضوره، وقد يفاجئها فعلًا ويأتي، ثم استدارت نحو الكرسي المواجه لها. كان غسان بملابسه الرياضية الزرقاء الخفيفة، أكثر أناقة مما كان يبدو داخل بدلته الشهيرة. ابتسمت له، رفع إبهام يده اليمنى، مؤكِّدا لها: كلّه تمام.

التفتت صوب إميل، فرأته موجّها عدسته لالتقاط صورة لغسان.

المفاجأة المتأخرة

جيسيكا الفلبينية الرقيقة، موظفة بنك (ولز فارغو) الناجحة في نيويورك، في مطلع الثلاثينيات من عمرها، كانت مكسورة الخاطر بسبب ذلك القرار المفاجئ الذي اتخذه، توم، مديرها، بعد ساعتين من وصولهما إلى الفندق في أروشا. امتدّت يد توم إلى هاتفه النّقال. كان لوْنُ توم قد تغيّر بمجرد أن نظر إلى الشاشة: «ألو،» أجاب، وابتعد عن الفريق تاركًا ريـما تشرح للمشاركين خطة صعود الجبل.

كانت جيسيكا، قصيرة سمراء، تتمتّع بملامح خليط من آسيوية وأوروبية وعينين واسعتين يصعب عليهما إخفاء الدمع المترقرق فيهما. تابعت توم يبتعد بعينين قلقتين ولسبب عميق ما أحسّت بأن أمرًا خطيرًا يحدث.

لم ير أحد توم بعد ذلك. وحين تحرَّكت حافلة التويوتا في التاسعة صباحًا نحو بوابة لوندوروسي، تحت شمس أروشا الحارة، حاملة أعضاء الفريق، لم تحاول جيسيكا إلقاء نظرة خارج الحافلة باحثة عن رفيق رحلتها. اكتفت بجملتين قصيرتين قالتْهما لريـما: إنه يعاني من صداع شديد ولن يرافقنا.

***

قبل ليلة من توجّهها إلى مطار كليمنجارو عبر مطار الدّوحة شاهدت جيسيكا فيلم (ثلوج كليمنجارو)، بدافع الفضول. لا تستطيع القول إن الفيلم أعجبها، فطبيعة الأداء في فيلم أُنتج عام ١٩٥٢ لم ترُقْ لها، وإن كانت أحبّت كثيرا جمال آفا جاردنر وفُتنتْ بشخصية غريغوري بيك. أما ما أعجبها أكثر في الفيلم فهو إبقاؤه الجبلَ سرًّا، إذ لم يتمّ تصوير أي من مشاهده في طرقات الجبل وسفوحه العليا؛ لأن كاميرا المخرج ظلَّت تطوف في السهول المحيطة بالجبل، أو تنتقل بعيدا إلى فرنسا وإسبانيا وسواهما، مستعيدة حكايات بطل الفيلم مع صديقاته.

دار إميل نصف دورة ليضبط جيسيكا غارقة في أفكارها البعيدة؛ إميل، الشاب اللبناني ذو البنية المتينة والرأس الحليق، الذي حصل على إجازة طويلة من عمله لكي يصعد الجبل ولكي ينتظر القرار بشأن منصبه الجديد بعيدا عن أجواء شركة الطاقة التي يعمل فيها.

في اللحظة التي كان فيها على وشك التقاط الصورة صاح صوول: «أرجو انتباهكم. التَفَتوا،» كان بجانبه شاب وسيم يرتدي بدلة سفاري، ويضعُ قبعة على رأسه، يُذكِّر بممثلي السينما في الخمسينيات من القرن الماضي. أضاف صوول: «أُقدِّم لكم رفيق رحلتنا الجديد: هاري.»

كانت مفاجأةً بالنسبة لهم أن ينضمَّ إليهم في اللحظة الأخيرة رفيق جديد. أحس صوول بذلك، فنصف اليوم الذي أمضاه أفراد الفريق معًا في صالة فندق (بلانت لودْج) في أروشا، والليلة الماضية، قد أذابا الكثير من الجليد الذي يفرضه اللقاء الأول للبشر عادة. أحسّوا أن عليهم أن يبدأوا من جديد مع هاري.

- هاري عَلِمَ بقصة صعودنا، وعلم بوجود أطفال فلسطينيين لهم وضع خاص سيصعدون الجبل، ولذا فكَّر في مرافقتنا. أحبُّ أن أشير إلى أن هاري كاتبٌ أيضًا. تعرفون، لدينا مصور سينمائي، والآن مصور بالكلمات! وأظنّ أن وجوده سيشكل دعمًا لنا وللرحلة. وأحبّ أن أضيف: إن هاري لن يشكل عبئًا علينا، فلقد بتْنا متأكّدين الآن من أن توم لن يصعد الجبل معنا بسبب الصداع الذي يعاني منه. لقد اتصلتُ به منذ ساعة، آملًا أن يلحق بنا لكن- للأسف- وضْعه لم يتحسّن. هاري سيحلّ مكانه.

ومسح صوول طرفَي فمه براحة يده اليمنى، عاصرا شفتيه الممتلئتين، كما لو أن هناك كلمة علقت بهما.

لسبب ما، أحسَّ كلّ واحد من الفريق بأنه سيتحوّل برغبته أو رغمًا عنه إلى شخصية في كتاب لكاتب لم يقرؤوا له سطرًا واحدًا.

لاحظ هاري ذلك فطمأنهم: لم أجئ هنا ككاتب بل لأكون شخصية حقيقية.

سأله صوول قائلًا:

- ولكن كيف عرفت مستر هاري برحلتنا؟

- تريد الحقيقة؟

- بالطبع مستر هاري، وأريدها منك.

- منّي؟ إنها حكاية طويلة لن تصدّقها، ربما أكتب لك ذات يوم بعد أن نصعد الجبل.

- أنا في انتظار هذا منذ الآن.

ظهور الملكة

بعد وصول هاري بعشر دقائق انضمت سوسن إلى المجموعة،
وجاءت معها سهام متوسطة القامة، البيضاء المحجبة ذات العينين
الواسعتين، ونجاة التي تبدو بسمرتها والغطاء الذي يخفي شعرها
وقبعتها الرياضية السوداء أشبه بفتى. كانت النسوة الثلاث قد اختفين
لبعض الوقت، حتى أن الغداء انتهى قبل عودتهن.

استدارت عدسة إميل نحو سوسن. كانت شهقات إعجاب
وتعجّب قد انطلقت حال ظهورها، سوسن التي كانت تسير أشبه
بملكة جمال تُوِّجت للتوِّ بين وصيفتيها! بقامتها المتوسطة وملامحها
المشرقة التي رسمتها بدقة عدة عمليات تجميل صغيرة وناجحة.

إذا ما حذفنا الجبل الأخضر الصغير وغرفة الموظفين،
والحافلات الأربع المتوقّفة في باحة بوابة لوندوروسي، فستبدو
سوسن خارجة من البيت للاحتفال برأس السنة أو ذاهبة لحفل زواج
في واحد من الفنادق الكبرى.

وحدها ريما التي تعرف سوسن منذ زمن طويل ابتسمت،
وكأنها تقول للجميع: لا تُظهروا دهشتكم كلّها دفعة واحدة، فأمامكم
الكثير الذي سترونه في الأيام القادمة.

٤٤

التقط إميل مجموعة من الصور المتتالية لسوسن ونجاة وسهام، وخلفهنّ كان جبريل، رجل الأعمال النّحيف الذي استهوته فكرة الرّحلة يُجري اتصالًا، ففي الأيام الثلاثة المقبلة لن يكون باستطاعته إجراء أي مكالمة هاتفية.

ابتسامة سوسن الواسعة تضاءلت قليلا، حين رأت وجه هاري وسط الفريق. أدركت ريـما ما يدور في ذهنها، قالت: «سوسن، نجاة، سهام، أُقدِّم لكنّ هاري؛ هاري سيرافقنا في الرحلة، لقد حلّ مكان توم. هاري كاتب تحمّس كثيرا حين علم بأمر صعودنا.» والتفتت إلى هاري وقدمتْهن إليه: «سوسن، أردنية فلسطينية، ربة بيت ومتطوّعة، من أنشط المتطوعات اللواتي يساعدننا. سهام مصرية فلسطينية، عروس جديدة، موظفة في شركة اتصالات. نجاة طالبة ماجستير سعودية، ولها خبرة جيدة في تسلّق الجبال، وقد وصلت العام الماضي إلى مخيم الأساس في إفريست[٦].»

حياهنّ هاري بلطف شديد، برفْعه لقبعته قليلًا، ثم بابتسامة لطيفة.

لم يخيِّب إميل ظنَّ الكاميرا حين تمكّن من التقاط تلك الابتسامة واليد التي ترفع القبعة في لحظة واحدة. كان سعيدًا كما لو أنه اصطاد عصفورين بحجر واحد.

– «أين جيسيكا؟» سألت ريـما وهي تتلّفت حولها. واستدارت، فرأت جيسيكا تتقدّم نحوهم قادمة من جهة الحمامات. تحوّلت كاميرا

---

٦ – يقع هذا المخيم على ارتفاع ٥ آلاف متر، وهو أقل بألف متر من ارتفاع كليمنجارو.

إميل نحوها. لم تبتسم لها كما بات جميع أفراد الفريق يفعلون. التقط الصورة فانطبعت اللحظة بكل غموضها المشحون بالأسى.

- جيسيكا، أقدِّم لك هاري. هاري سيرافقنا في الرّحلة وسيحلُّ محلَّ توم.

استعادةُ اسم توم كانت أشبه بوقود جديد في محرِّكِ فضولٍ كبير راح يعمل في داخل كل منهم من جديد، حول سبب تخلّفه عن المشاركة في اللحظة الأخيرة.

ابتلعتْ جيسيكا ريقها، وحاولت أن تبدو طبيعية ما استطاعت، وقالت:

- أهلًا هاري، هل أخبروك بأنك تشبه غريغوري؟ لكنك أكبر منه عمرا.

- مَن تعنين؟

- غريغوري بيك، بطل فيلم (ثلوج كليمنجارو)! هل شاهدت الفيلم؟

- للأسف، لم أشاهده.

علّق صوول: أنتم تذكرونني بهمنغواي، قرأت هذه القصة مرتين.

وأضاف: ولكنني أحببت (الشيخ والبحر)؛ أجمل ما فيها أن الشيخ يتحدّى البحر ويتحدّى أسماك القرش، عكس بطل (ثلوج كليمنجارو). لقد تساءلتُ أكثر من مرّة، أيّ بطل ذلك الذي كنّا سنحظى به لو أن همنغواي تركه يصعد الجبل!

- تعرف سيد صوول، لأكن صادقًا، إنّ أمامنا طريقًا طويلًا.

ربما يكون هذا هو السبب الأول لوجودي معكم. السبب الثاني هم أبطال هذه الرحلة.

- تعني، مستر هاري، أنك أحببت أيضا فكرة أن يصعد بطل القصة الجبل؟
- لم أحبّ شيئا أكثر من هذا.
- ما دمنا نفكر بطريقة واحدة، فأظن أن أمامنا رحلة رائعة.
- «بالتأكيد،» أجاب هاري.

قلبُ يوسف

كُثْرٌ هم الذين حفظوا ملامح يوسف. صورته كانت متداولة بينهم في الرسائل التي تبادلوها، وفي المواقع التي أنشأوها لتقديم الدّعم لرحلة الصعود، لكن صورة أخرى بدأت تُرسم له في مخيلتهم؛ إذ إن ترقّب مجيئه الذي استنزف أعصاب الجميع، حوّله إلى شخص آخر.

كان الوحيد الذي لن يحظى بساعة واحدة من الراحة قبل بدء الرحلة. الجميع استراحوا ليلة كاملة، أما هو فقد كان قادمًا من غزة مباشرة إلى بوابة لوندوروسي وخضرة الغابة المطيرة الدّاكنة، بالغة الغموض.

حين توقّفت سيارة التويوتا ذات الدّفع الرّباعي، توقّفت قلوب الذين ينتظرونها للحظات. ترجّل يوسف من السيارة. كان متعبًا لدرجة أن العودة لصعود السيارة ثانية سيصبح أمرًا مرهقًا له لو حدث.

صافح الأيدي الممتدة إليه بخجل، وداهمه حسّ ثقيل بالغربة. حاول جون أن يبدو أكثر مرَحًا وهو يصفه بالبطل الذي تجاوز كل الصعوبات للوصول إلى هنا، لكن ملامح يوسف غدت أكثر ارتباكًا وشحوبًا. تلفّت حوله باحثًا عن معجزة تنتشله من ضياعه، مثل ذلك

اليوم الذي وجد فيه نفسه وحيدًا ملقى في بحر غزة على بعد خمسة كيلومترات من الشاطئ.

لا يعرف إميل إن كان يوسف قد لاحظ وجوده أم لا، لكن الشيء الغريب هو ذلك الإحساس الذي انتاب إميل بمجرد أن رأى يوسف. صوت عميق انطلق من داخله بحزن وفرح وحذَر: إميل.. إنه أنتَ!

مرَّر إميل راحة يده اليمنى مرتين على رأسه الحليق، كأنه يمسح غبارًا عالقًا منذ سنوات طويلة، وأخذ نفسًا عميقًا.

* * *

منذ مغادرته لسنين طفولته، لم يجد إميل نفسه في موقف كهذا. لقد رأى نفسه في يوسف. استعاد ذلك الولد الصغير الذي كان يُقلِّد المحاربين في الحرب الأهلية اللبنانية في قريته الجنوبية البعيدة، قبل أن يهرب من قريته، ومن الحرب (بمجرد أن فهم معنى الحرب) إلى قبرص، رافضا أن يكون جزءًا من لهيبها أو من حطبها.

استعاد نفسه طفلًا يُشعل النار، ليرى الحرب التي يسمع عنها؛ ليكون فاعلًا فيها، وقد جرفت أرواح الجميع. رأى ذلك الولد الشقيّ الذي امتدت نارُه إلى عرائش عنب الحارة، فانطلق هاربا نحو فِراشه، مدّعيًا النوم. استعاد ذلك الخجل الذي انتابه وهم يحاولون إيقاظه، وهو يدّعي الاستغراق في النوم، إلى أن اضطرّ والده إلى حمْله خارج البيت كي لا يحترق مع ما يحترق.

لم يشعل يوسف نارًا. كانت النار هي التي التهمتْه، وبدا وحيدًا وحزينًا كما لو أنه نادم على جريمة ارتكبها سواه.

في تلك اللحظة، لم يعد إميل يريد شيئا من الجبل، حتى القمةَ. لم يعد يعنيه سوى شيء واحد أن يصل إلى قلب يوسف.

الميزان

في الوقت الذي كان فيه موظفو بوابة لوندوروسي يَزِنُون حقائب أفراد الفريق، للتأكّد من أنها لن تكون ثقيلة، وأكبر من طاقة الحمالين، كان كل واحد من أفراد الفريق ينظر لمن حوله في محاولة لمعرفة مدى لياقتهم التي ستمكّنهم من صعود الجبل.

منذ أن رأوا نجاة قصيرة القامة السمراء التي لوّحتها أكثر من شمس، ورأوا ابتسامتها الواثقة الصافية، وسمعوا عن خبراتها في صعود الجبال، أصبحوا على ثقة من أنها ستكون أول من سيصل إلى القمة. في حين بدت جيسيكا الأقل حظًّا. ففي الوقت الذي أمضى فيه الجميع مدّة شهرين، على الأقل في التدريب، كانت هي الوحيدة بينهم التي لم تسِر منذ عشر سنوات، مسافة تزيد على خمسمائة متر. لكنها حطّمت هذا الرّقم حينما سارت قبل يوم واحد من موعد السفر مسافة ثمانية كيلومترات، من البيت حتى مقرِّ فرْع بنك ولز فارغو الذي تعمل فيه.

لم يكن ذلك تقصيرًا منها، أو استهتارًا بالجبل الذي ستصعده، بل كان الأمر متعلّقًا بالعرض المتأخِّر الذي تلقَّته من مديرها قبل ثلاثة أيام من انطلاق الرّحلة.

توم: ما رأيك بمرافقتي لصعود جبل كليمنجارو؟

جيسيكا: ألا تظنّ أن دعوتك متأخرة؟ ثم كليمنجارو؟ ومعك؟!

توم: لديكِ ساعتان لتُسمعيني قراركِ.

لم تسأله عن صعوبة الحصول على إجازة، فأمر كهذا هو من بين صلاحياته.

جيسيكا: ولكن كيف سأتمكن من صعود جبل كهذا؟

توم: «سنعرف هناك إذا ما كنتِ تستطيعين أم لا. أما الآن فلديك فرصة لتقرّري إذا ما كنتِ تريدين الصعود إلى سقف إفريقيا أم لا.» وأعاد: «أمامك ساعتان».

بعد نصف ساعة طرقتْ باب مكتبه.

جيسيكا: هل أنت متأكّد من أنك تريدني أن أكون معك؟

توم: لهذا طلبتُ منك أن تفكّري.

جيسيكا: وهل تعرف ماذا سيعنيه ذلك؟ لأكن واضحة هل تعرف مخاطر هذا؟ رحلة كهذه لا يمكن أن تظلَّ سرًّا. إنها لا تشبه تناول العشاء في مطعم منزوٍ.

توم: المخاطرة الوحيدة التي أخشاها هي ألّا توافقي.

جيسيكا: موافقة إذًا.

توم: اتفقنا، لديك فرصة لكي تتدرّبي اليوم وغدًا.

* * *

أمضت جيسيكا اليوم في التفكير بالعرض، رغم أنها حسمت الأمر ووافقتْ، لدرجة أنها لم تمارس أي رياضة في ذلك اليوم، إلا إذا اعتبرنا أن خطواتها القلِقة بين باب الثلاجة لتناول شيء منها والأريكة هي نوعٌ من التدريب.

في السابعة مساء وصلتْها رسالة إلكترونية من توم. كانت تتضمّن حجز الطائرة ، وحجز الفندق.

نظرت خارج النافذة، ووجدت أن موجة البرد التي تجتاح أمريكا ستمنعها بالتأكيد من النّزول لممارسة أيّ رياضة.

في صباح اليوم التالي، قررت أن تسير حتى مقرِّ عملها.

ونجحتْ!

طبقة من خوف وجليد خفيف

لم تكن الدكتورة أروى قادرة على التفكير في احتمالية إخفاقهم: نورة، ويوسف، وغسان، إذ كانوا في عينيها منزهين عن الخضوع لأي احتمال من هذا النوع. كانوا خارج كل امتحان، لأنها لا يمكن أن تحتمل فكرة عدم استطاعة الثلاثة أو أحدهم الوصول إلى القمة.

كانت تحميهم من أي احتمال بالفشل بإلقاء فكرة الفشل نفسها إلى خارج منطقة الجبل، خارج أروشا، خارج تنزانيا، خارج العالم كلّه.

بصعوبة كانت ريما تحاول نسيان التقرير الطبّي الذي تلقوه قبل ليلة واحدة من السفر:

(أُرسِلُ للجميع، اعذروني، فالأمر له علاقة بزيارة نورة لعيادتي اليوم؛ كان عليّ أن ألعب دورا ربما غير لطيف بإعطائها جرعة من الواقعيّة ونصيحة من وجهة نظر طبية جراحية.

التّحدي الذي ستضعه نورة على عاتقها، وعلى وضعها غير الطبيعي من المهم أن يكون واضحًا لها، ولأعضاء الفريق الآخرين أن يُقدِّروا الحدود التي يمكن أن تصلها نورة. وأقصد هنا نهاية

المشوار وليس نهاية الصّعود، لأن النزول قد يكون أصعب بحيث يتسبّب بضرر لا يمكن علاجه، وهو الأمر الذي نعمل جميعًا على تجنُّبه.

الحياة عبارة عن مجموع الخيارات التي نأخذها، لكن الآثار الإيجابية على هذه الفتاة المصمّمة أكثر بكثير من الأعباء والمخاطر، وأؤكد: طالما كان الجميع منطقيين.

ما قاله أحد المشاركين في حفل جمع التبرعات يستحق الإعادة هنا: نورة ورفاقها حقّقوا النصر بمجرد محاولتهم تسلّق الجبل، بغضِّ النظر عن المدى الذي سيصلون إليه.

في الوقت الحالي، تحتاج نورة إلى الراحة، ويحتاج الجرح في الطرف إلى التّنظيف، حتى نسمح للجلد أن يلتئم؛ ومن اليوم حتى بدء الرحلة لا يوجد الكثير الذي يمكن أن نفعله...

وبالأخذ بعين الاعتبار كلّ الأشياء الأخرى، تبدو نورة بصورة جيدة، فدعونا نتمنى لها الأفضل، ونهنئها حين تعود بما حقّقته.

كنا عانينا قبل ذلك مع مسألة حضور نورة لكن الأمور سارت كما تمنّينا، رغم الصعوبات التي تتعرّض لها ويتعرّض لها والدها كلما رافقها من وطنه إلى عمّان، من مضايقات الجنود والسلطات العسكرية الإسرائيلية...)

كان التقرير كافيًا لمضاعفة قلق ريـما ،إذ تبيّن بعد أن قرّرت نورة الصّعود أن رِجْلها مبتورة من منتصف الفخذ، وأنها بذلك بركبة واحدة فقط، وأن الثِّقل أشدّ على منطقة وسط الفخذ التي لم تتمّ معالجتها- أصلًا- بشكل مثاليّ؛ فهي تعاني من تقرّحات، ويعاني العظم من شبه انكشاف، لأن سماكة اللحم التي تُغطي عظمتَي الفخذ

أضعف من أن تحتمل السيرَ المتواصل تسعة أيام، ولذا كانت وصيّة الطبيب بعد عودتها: إخضاعها لعملية جراحية لزيادة سُمْك الجلد.

وفي الوقت الذي بدا فيه يوسف أفضل حالًا، رغم مخاوفهم من أنه لن يستطيع مغادرة غزة في الموعد المحدد، إلّا أنها فوجئت بصعوبة استخدامه ليده اليسرى، فالإصابة المزدوجة التي تعرّض لها تمنعه من استخدام يده اليسرى، لأن الإصبعين الناجيين من الانفجار لا يتحرّكان.

***

غسان كان مسألة أخرى، شغلتْ بال الدكتورة أروى أكثر من أيِّ إنسان آخر، إذ ليس هناك من أسباب تمنعه جسديًّا من السَّير، لكن جراحه الداخلية وكوابيسه وقلقه المرعب على ما ترك خلْفه في الخليل، كانت كلّها مصدر خوف حقيقيّ لها. وسيتبين لها أن خوفها كان في مكانه، إذ سيكون الوضع أكثر ثِقلًا مما تخيّلت.

***

شيء آخر كان يشغل بال ريـما، وهي الخبيرة الوحيدة في تسلّق الجبال بينهم، وهو أن الأطراف الصناعية التي يستخدمها يوسف ونورة غير ملائمة أصلًا لرياضة قاسية من هذا النوع. وكان أكثر ما يحزنها أن أحدًا لم يُقدِّم المساعدة لصناعة أطراف خفيفة ومتينة وملائمة. تلك كانت مشكلة خفيَّة، تُطلُّ بين حين وحين وتعكِّر صفوَ ملامحها.

عدسة كاميرا إميل استطاعت أن تُمسِك بها غارقة في أسى شفيف، لكن ريـما تنبّهت لذلك فالتفتت نحوه، ثم نفضت جسدها مثل مهرة كانت مستلقية على التراب، وقد تذكّرت فجأة أن هنالك سهلًا فسيحًا أمامها عليها أن تقطعه.

- «ويرًا ويرًا[7].» صاح صوول. وردّدت خلْفه ريـما: «ويرّا ويرّا» بفرح، فردّد الفريق الصّيحة معا، رغم عدم معرفة كثير منهم معناها.

نظر إميل إلى يوسف، التقتْ أعينهما، لكن خجل يوسف وإحساسه بالغربة أسدلا طبقة من جليد خفيف بينهما، لم تمنعهما من أن يرى الواحد منهما مشاعر الآخر.

---

٧ - هيّا.. هيّا، أو: يلّا يلّا!

نصف ابتسامة

أمسك هاري جيسيكا متلبِّسة بالنظر إلى ساقه.

***

أول من لاحظ أن هاري يعاني من مشكلة ما في ساقه كانت جيسيكا. لكنها بعد ذلك فقدت اليقين بصدق ملاحظتها.

كان يمشي. لمحها تحدّق به. توقّف. وحين واصل السّير، كان يمشي نحوها كأي واحد منهم تقريبا. ولم يعد باستطاعة جيسيكا أن تؤكد لنفسها ما رأته، كما لا يمكن لأي مخلوق آخر أن يجزم بأن البشر كلهم يسيرون بالطريقة نفسها.

لكن جيسيكا لم تمنع نفسها من أن تتساءل وهو يتقدّم نحوها: هل يملك رِجْلاً اصطناعية أيضًا ويخفي الأمر؟

كانت تعرف أن الطريق طويل، ولو كانت تعرف الأمثال العربية جيدًا، لخطر ببالها ذلك المثل الشهير: الخبر إللي اليوم بمصاري بكرة ببلاش![٨]

قال هاري: مرحبًا!

---

٨ - الخبر الذي ندفع اليوم ثمنا لنسمعه، نسمعه غدا مجّانا.

ردّت جيسيكا: أهلًا .

- قالت لي ريـما بأنكِ أمريكية.

- فلبّينية أمريكية.

- أظنك تملكين شجاعة غير عادية لكي تصعدي جبلًا كهذا.

- ليس أكثر مما يملك الآخرون.

- «رياضيّة أنتِ؟» قال ذلك وهو يُلقي نظرة على جسدها الرشيق الأشبه بجسد راقصة باليه؛ ليدعم وجهة نظره.

- «لن أستطيع أن أعرف قبل أن أصعد الجبل.» تذكّرت أن توم قال لها هذه الجملة فانقبض قلبها!

- «صحيح، أعرف أن رياضيين كُثرًا لم يستطيعوا إكمال طريقهم إلى القمة، فقد خذلتهم أجسادهم بسبب نقص الأكسجين في الأعلى.» علّق هاري.

- «وأنتَ؟» سألته، «رياضي أيضًا، إضافة إلى كونك كاتبًا، طبعًا؟»

- أنا! أنا أهوى الصيد كثيرًا.

- لكن ما الذي جعلك تلتحق بنا في اللحظة الأخيرة؟

- كما قال صوول، أثار اهتمامي قرار الفتيان صعود الجبل، رغم وضعهم الصعب.

- هل تكتب غالبًا عن مثل هذه الحالات؟

- ليس دائمًا، فمن النادر، كما تعرفين، أن يجد الكاتب قصّة فيها كل هذا الإصرار على بلوغ هدف ما رغم صعوبة الوضع الذي يكون فيه البشر.

- أفهم من هذا أنك كتبت في هذا الموضوع!

– «في الحقيقة، منذ زمن أفكِّر في كتابة رواية صغيرة حول رجل مسنّ. لكنني لن أعرف إلى أي مدى هي جيدة قبل أن أكتبها، أو هل سأتمكن من كتابتها فعلًا. فالمسألة لا تختلف عن قدرتنا، أو عدمها، في أمر صعود الجبل.» وصمتَ قليلًا قبل أن يضيف: «إلّا أن حكاية هؤلاء الفتيان مسألة أخرى، ولعلها أكثر تعقيدًا، فيما يتعلق بظروفهم وإصاباتهم.» ونظر إلى عينيها مباشرة وقال: «يبدو أنك لم تقرئي لي شيئًا؟»

– للأسف لا، ولن أُعيد السبب إلى أنني موظفة بنك، وتلك القصّة المملّة عن الأرقام والأجواء التي نعيشها بجوار صراع الأموال وتحالفاتها وانهيارات أسواقها، وتنافر ذلك كلّه مع رسالة الأدب ودفئه. لن أقول ذلك، فأنا في النهاية أشاهد الأفلام، وأحيانا أزور بعض قاعات العرض، ولا أستطيع أن أمنع نفسي من سماع الموسيقى، فالموسيقى اليوم في كل مكان، كالهواء، وأقرأ بعض الكتب التي يذيع صيتها وتبدو جاهلًا إذا قلت إنك لم تقرأها، لتكتشف فيما بعد، غالبًا، أنك أصبحت جاهلًا لأنك قرأتها.

اقترب صوول من هاري، وقال له: عذرًا، أظنّ أننا استطعنا أن نؤمِّن لك الملابس التي تحتاجها، ولوازم النوم أيضًا.

– «شكرًا لك، عن إذنكِ،» قال هاري لجيسيكا، «أظن أن عليَّ أن أُتمّ إجراءات الصعود لكي أتمكّن من أن أكون واحدًا منكم.»

بعد أن ابتعد عدة خطوات توقّف، وبدا كأنه يفكر في أن يعود نحوها، لكنه استدار فرآها تحدّق إليه: هناك شيء أحبُّ أن أقوله لكِ.

– إنني أسمع.

– منذ أربعة أيام كنت أنتظر الصعود إلى الطائرة التي ستحملني

٥٩

إلى باريس، وحين وصلني خبر صعودكم تغيّرت كل خططي في لحظة واحدة. هكذا عادت فتاتي وحدها، وجئتكم.

انقبض قلب جيسيكا، وتعكّرتْ ملامحها أكثر، هي التي قامت بمجهود خارق كي تُظهر للجميع أن عدم قدوم توم لا يزعجها، فبالغت كثيرًا وهي توزّع ابتساماتها، في الوقت الذي أحسّ فيه هاري أن طلقته كانت طائشة تمامًا! لقد ألقى بطُعم كان يمكن أن يكون جيدًا في الحالات الطبيعية: ها هي امرأة جميلة، وها هو يخبرها أن القدَر ساقه إلى هنا، أي إليها، بعد أن رفضت فتاته مرافقتَه في رحلته التي رأتها بالتأكيد شكلًا من أشكال الجنون.

- «شكرًا لك على إخباري بقصتك.» قالت ذلك وقد أحسّت بأنّ عليها أن تقول شيئًا ما.

هزّ هاري رأسه، رسم نصف ابتسامةٍ، ورفع قبّعته قليلا وأعادها. أبصره إميل لكنه لم يلتقط صورة له، فقد اطمأنَّ إلى جودة الصورة التي التقطها لهاري وهو يرفع قبعته في المرة الأولى.

نظر إميل إلى الكاميرا، ولسبب ما أحسَّ بأنها غير سعيدة بقراره. فكَّر، ثم ندِم لأنه لم يصوره، وخطرت بباله تلك الفكرة الرّحبة، فكانت بذلك أول الأفكار المهمة التي ستخطر له: لا يمكنك أن تلتقط لأي إنسان صورتين متشابهتين أبدًا، ففي كل لحظة هناك إحساس مختلف يطفو على ملامحه، ولن ترى ذلك الإحساس إلّا إذا كنتَ أكثر من مجرّد ملتقط للصور.

عن المخاوف والحنين

الغيوم تغطي السماء والدقائق الأولى للساعة الرابعة مساء. الشمس تنحدر بسرعة نحو المغيب. السفوح الحجرية التي وقفت حاجزًا أمام الحافلات كانت البداية المفتوحة على الاحتمالات. بعد محطة (ليموشو) يبدأ الجسد صراعه مع طبيعة وعرة، وهواء بخيل، إذ تبدأ أعراض الارتفاع تظهر على بعض الصاعدين عند نقطة ٢٢٠٠م فوق سطح البحر، بينما يبدأ مع أولئك الأكثر حظًّا على ارتفاع ٤٠٠٠ م. هكذا يغدو الجسد ابن الطبيعة، ابن هذا العالم، وحيدًا تحت رحمة أمّه الأرض.

تأخُّر وصول يوسف ساعتين كان سببًا في تأخّر بدء انطلاق الرحلة على الأقدام، ولذا دَهَم كثيرين الخوفُ من أن الليل سيهبط، قبل الوصول إلى المخيم الأول: شيرا ٢، الذي سينامون فيه.

«من الصعب أن تجد نفسك مع الغموض في بداية رحلة تتوقّع أن الغموض كلّه سيكون في أواخرها»، فكّرت الدكتورة أروى. رفعت رأسها، ولعلها لم تكن بحاجة لذلك فهي الأطول، ونظرت بعيدًا، كما لو أنها تودّع زمن الحافلات الذي لن تلتقي به ثانية إلّا بعد تسعة أيام. لكنها كانت تنتظر شيئًا آخر، تمامًا مثل يوسف الذي

٦١

لم يفقد الأمل في وصول حقيبته الضائعة، الحقيبة التي وضع فيها ساقه الاصطناعية الثانية.

حرصه على تلك السّاق باعتبارها الجديدة، بعد أن بدت أنها أفضل من تلك التي يستخدمها، جعله يدّخرها للأيام الصعبة القادمة، لكنها ضاعت بين مطاري دار السلام وكليمنجارو.

سوء حظ آخر ربما، لأن جميع أفراد الفريق لم يغيّروا الطائرة الكبيرة في دار السلام. يوسف، طلبوا منه النزول والصعود إلى طائرة أخرى، صغيرة للغاية، ولم يكن معه سوى راكبين آخرين.

في ظروف غير هذه كان يمكن أن يكون فرِحًا، لأن طائرة حلّقت في السماء من أجله، وأجل راكبين آخرين. كان يمكن أن يتذكّر أن عربة يجرّها حمار منهك في غزة لا تتحرّك بأقل من أربعة ركاب!

***

ارتدوا البناطيل والسترات الواقية من المطر بناء على توجيهات ريـما وصوول، فكل احتمالات المطر واردة؛ كان ارتداؤها أمرًا سهلًا، لكن ارتداء (الغيتر)[٩]، كان يحتاج إلى خبرة من نوع خاص. ولذا اندفع أعضاء الفريق المساعد لإرشاد المتسلِّقين إلى كيفية تثبيته برباط الحذاء الرّياضيّ، ثم استخدام الحزام المعدني الذي ينتهي بشريط بلاستيكي، بتمريره أسفل نعل الحذاء وتثبيته مثلما يحدث مع حزام الخصر.

***

---

٩ - الغيتر، قطعة من القماش المقوّى، العازل، تثبّت في أعلى الحذاء الرياضي، وتلتف بإحكام على أسفل الساق، لمنع تسرّب الماء والثلج والحجارة الصغيرة إلى داخله.

لم تستطع جيسيكا أن تمنع نفسها من النظر ثانية إلى هاري، رغم انقباض قلبها منه طوال الساعة الماضية. لكنها اكتشفت أنها لم تكن معنيّة به بل معنيّة باكتشاف شيء جديد بشأن ساقه.

لم يخب ظنّها. كان يعاني فعلًا من صعوبة بالغة في الجلوس على صخرة اختارها لارتداء بنطاله الواقي من المطر. وبعد دقائق استرقت نظرة أخرى فبدا لها أنه يتألم وهو يثبِّت الغيتر.

***

جبريل الذي صعد شَعر صدره الأسود بكثافة نحو رقبته كان من أكثر الناس تبسّطًا مع الجميع في الفندق؛ وفي الحافلة تمكن من أن ينتزع ابتسامة من يوسف جعلت ريـما تقفز فرحة:

- كان لازم نشوف أسنانك الحلوين من زمان يا يوسف.

(محشش وقع ع الدرج.. أعطوه مرهم.. قالوله ادهن مكان الإصابة.. راح دهن الدّرج!)

جبريل بدا في سهْل (ليموشو) الحجريّ شخصًا آخر خارج ملابسه الأنيقة، إذ ساهمت الملابس الرياضية الضيقة في كشف تكوّر بطنه الذي لا يمكن ملاحظته أثناء ارتدائه لملابسه العادية، وبدا وجهه تحت الشمس داكنا بسبب تصبّغات الجلد التي تظهر عادة مع التقدم في العمر.

جلس جبريل فوق صخرة وأشار إلى أحد الحمّالين أن يتقدّم نحوه. حين وصله مدَّ له قدمه والغيتر في الوقت نفسه، فأدرك الحمّال أن عليه مهمّة تثبيت الغيتر. لم يتردّد، انحنى وقد ارتكز بواحدة من ركبتيه على الأرض الرّطبة، وقام بما طُلِب منه.

شيء ما أزعج ريـما؛ لم تكن سعيدة بما رأته لكنها فكّرت: ربما

لأن الأمر يتعلّق بعدم الخبرة، وأن جبريل سيجهّز نفسه بنفسه بعد ذلك.

نظرتْ ريـما إلى نورة، كانت أكثرهم فرحًا، توزع ابتساماتها في كل مكان، وقد أدركت أنها نجمة هذا الصعود التي تدور حولها عدسات الكاميرات باحثة عن زوايا أجمل لالتقاط صورها.

لوّحت ريـما للدكتورة أروى: هاكونا ماتاتا.

- «هاكونا ماتاتا» ردّدت الدكتورة أروى.

ضمن كل حسابات الدكتورة أروى لم يكن غسان قادرًا على القيام بإنجاز ما هو مطلوب منه في تلك اللحظة. صحيح أنها أرشدته، لكن ارتداء الجرابات -على بساطته- لم يكن سهلًا بيد واحدة. أما إذا تعلق الأمر بالحذاء، والغيتر، والملابس فستبدو المهمة شبه مستحيلة. لم يكن ارتداء هذه الأشياء هو المسألة، بل تثبيتها بطريقة مناسبة.

توجّهت نحوه بعد أن أعطته فرصة لكي يقوم بتنفيذ الجزء السهل.

***

طارت سوسن، بمحبّتها التي تسبقها دائمًا لكل ما يمتُّ إلى التّطوع، نحو يوسف لتساعده. رآها مقبلة بشعرها النظيف الذهبي المتطاير على كتفيها، ارتبك، حتى قبل أن تصِله. انحنت نحو فردتَي حذائه، وقبل أن يتمكّن من استعادتهما نحو جسده، كانت قد بدأت تعمل.

لم يسبق ليوسف أن رأى امرأة غريبة بهذا القرب منه. لم يسبق أن اعتنت به امرأة ربما باستثناء الممرضات؛ لكن الممرضات كنَّ

شيئًا آخر. حتى أمّه لم يكن يسمح لها أن تمشط شعره، فما بالك حين تعتني امرأة بحذائه الرّياضي وملحقاته!

رائحة عطرها النفّاذة لفحته بقوّة لدرجة أنه نسي يديها المشغولتين بأربطة حذائه.

واحد فقط أدرك محنة يوسف، هو إميل. ألقى بحقيبته وانطلق نحوهما. طلب من سوسن أن تسمح له بإكمال المهمّة: الشباب يفهمون بعضهم بعضًا بصورة أفضل.

تراجعت سوسن للوراء تاركة لإميل إكمال المهمّة، لكن يوسف لم ينس -رغم ارتباكه- أن يقول لها: شكرًا. وما إن ابتعدت، حتى همس له إميل: أنقذتك. اعترفْ بهذا. كنتُ مثلك تمامًا، أدّعي أنني لا أحبّ أن تقترب مني فتاة، وأتصرّف كما لو أن لا واحدة منهن في مستواي. ولكنني في الداخل كنت أتحرّق للقائهن، وأموت فيهن. بالله ما أنا فاهمك؟

ازداد حرج يوسف لكنه بدا مرتاحًا لإميل الذي أنقذه. وتخيّلَ كيف يمكن أن يكون موقفه لو كان في غزة ورآه أصدقاؤه على بعد سنتمترات من فتاة شقراء مثل سوسن.

لم يفرح بتخيّله لأنه كان سيذوب خجلًا حتى لو لم يروه كما ذاب قبل قليل.

***

ما كان يمكن للرحلة أن تبدأ قبل غناء النشيد الشهير لكليمنجارو.

أطلق صوول حنجرته عاليًا. وعلى الفور وجد الجميع أنفسهم يردّدون ذلك النشيد بإيقاعه العذب القويّ الذي يُذكّر بأغاني العمال والحصادين والبحارة والجنود:

Jambo Jambo bwana

Habari gain

Mzuri sana

Wageni wakaribiahwa

Kilimanjaro hakuna matata

Jambo jambo bwana...[10]

– «ويرّا ويرّا.» صاح صوول، وقد انتهت أغنية احتفال الانطلاق، فردد الفريق خلفه الصيحة: ويرّا ويرّا.

وصاحت سوسن: يلّا يلّا، فردّد صوول ومن معه من المساعدين:

– يلّا يلّا.

هكذا ستتدخّل سوسن دائمًا كأنها تترجم نداء التقدّم إلى الأمام، إلى أن تتأكد من أن الجميع أصبحوا يتقنون اللغة السواحيلية!

* * *

بمجرد أن راحوا يتقدّمون في البريّة الصخرية بدأ كل منهم ينسحب إلى ذاته، فقد كانت مخاوفهم مما هو أمامهم أقوى بكثير من الحنين إلى ما خلفهم. وسيمرّ وقت طويل قبل أن يلتقوا بأرواحهم، ويتذكّروا ما قاله صوول عن ذلك الذي يريدونه من الجبل وذلك الذي يريده الجبل منهم.

---

١٠ – أهلا بك أهلا أيها السيد/ كيف حالك؟/ بخير؟/ أهلا بك أيها الغريب/ في كليمنجارو كل شيء بخير/ أهلا بك أهلا أيها السيد.

ملعب الذكريات

أغاني الغريب

بكل المقاييس كانت الدكتورة أروى طبيبة ناجحة، استطاعت أن
تحقق لنفسها مكانة رفيعة بين زملائها من الأطباء في تورنتو بكندا.
وقد كان في الإمكان أن يستمر هذا النجاح إلى آخر العمر لو لم
يصلها في الثاني والعشرين من شهر كانون ثاني (يناير) ٢٠٠٨ ذلك
الخبر المفجع حول وفاة عمّها في بوسطن. حين وصلت إلى بيته
مساء اليوم نفسه أدركت لأول مرة المعنى العميق للغربة. لم يكن
هناك سوى ستة أشخاص في الجنازة! مع أنها تصوّرت أن موت
شاعر فلسطيني مثله كافٍ لدفع ستمائة شخص على الأقل لحضور
الجنازة.

في تلك اللحظات الصّعبة تذكّرت المثل العربي الذي يقول:
الحجر في مطرحه قنطار، وأحسّتْ أنه لم يكن لعمّها ولما كتبَ أي
وزن خارج أرضه التي اقتُلع منها.

بعد الجنازة أخذت تبحث بين رفوف مكتبته لا عن كتاب بعينه،
بل عن عمّها نفسه، عن صورته وشغفه وحساسيته في عناوين الكتب
التي قرأها؛ إلى أن وصلت إلى ذلك العنوان الذي استوقفها: (أغاني
الغريب)، وتحت العنوان كان اسم عمّها بخطّ واضح جميل.

٦٩

كعادتها مضت مباشرة نحو القصيدة الأخيرة، كما يمضي بها فضولها دائمًا نحو الفصل الأخير في أي رواية تبتاعها.

أكثر من صديقة وصديق قالوا لها: إنك تفسدين الروايات بعملك هذا، فكانت تجيب: بل أريد أن أعرف النتيجة، ثم أقرأ كيف وصلوا إليها.

وجهًا لوجه وجدت نفسها مع قصيدة عنوانها: الأغنية الخمسون، فأدركت أن الديوان يحمل عناوين متسلسلة للقصائد.

اقتربت منها زوجة عمّها ووضعتْ يدها على كتفها، ثُمّ همستْ بأسى: هذا أقرب كتبه إليه، وأقساها على قلبه.

نظرت أروى نحوها، فالتقت دموعهما: إنه آخر كُتُبه، أظنّه وصيّته. صدَر قبل شهرين، أرسلوا إليه من بيروت خمس نسخ منه. ستجدين نسخة مهداة إليك بتوقيعه. لا أعرف إن كان توقّع أن تقرئيه بعد وفاته أو في حياته. لكن ما أعرفه أنه قال لي حين رأيت توقيعه، وطلبتُ منه أن يرسله إليك: أروى، لا تُرسل إليها الهدية بالبريد، عليّ أن أُسلِّمها لها في يدها هنا في بوسطن، أو ربما في كندا إذا ما أتيحت لنا زيارتها، أو لعلّي أسلّمها لها في فلسطين!

امتدّت يد زوجة عمّها إلى الرفّ المقابل، باحثة عن النسخة المهداة لأروى. بيسر وجدتْها، ناولتْها إياها، فأعادت أروى النسخة التي في يدها إلى الرفّ.

– «عن كل سنة من سنواته الخمسين التي أمضاها هنا في الغربة،» كتب قصيدة» قالت زوجة عمّها، وابتعدت. فكّرت أروى أن تقرأ الإهداء، لكنها وجدت نفسها تبحث عن الأغنية الخمسين.

قرأتْ:

وأنا ههنا تحتَ هذا المطرْ
القطارات تمضي، تعود، ولمّا أزل أنتظرْ..
طيف نفسي يُطلّ يلوِّح لي لنعود معًا
نحو بيتي القديم، وقلبيَ في غيمة وشجرْ
تجوّلتُ في كل أرض وداهمتُ كلَّ خطرْ
وذقتُ مرارة طعم الغياب وحُلْكة حزني ومعنى الضّجرْ
وذقتُ حلاوة يوم مضى
في حديث عن البحر والبرتقالِ
وعكا وحيفا، وعن عنبٍ في أعالي الخليلْ
وها طيفُ نفسيَ جاء إليَّ فسرْنا معا في الطريق الطويلْ
عُدْ إليها.. إلى أمّك الأرض عُدْ
ليس يُغْنيكِ مهما تكاثر في البعد هذا الكثيرْ
عُدْ إليها وعش بالقليل.. القليل!

***

في الماضي كانت أروى الأكثر اندفاعًا صوب كلّ مظاهرة، وسط خشية أبيها وأمها وإخوتها عليها بسبب حماستها الشديدة، وبسبب طولها، أيضًا، الذي قد يجعلها هدفًا سهلًا. وحين لا يجدون كلمات كافية، يلجأ أبوها إلى جملته التي اختبر أثرها: يا أروى يا حبيبتي، رُوحي تعلّمي، وبعدين اعملي إللي بدِّك إياه. المقاتل الجاهل أعمى حتى لو وضعوا بين يديه التكنولوجيا كلها.

في النهاية قالت وقد رأت ذلك العدد الهائل من عيون الأطفال

التي يفقؤها الرّصاص المطاطي لجيش الاحتلال: سأكون طبيبة، تخصص عيون.

فقال أبوها معلّقًا، وابتسامة تضيء وجهه: الآن أستطيع أن أقول إنك بدأت ترين.

* * *

هل كان نجاحها السريع الخاص، وفصول الخيبات الكبيرة العامة أسبابًا كافية كي تواصل عملها في ذلك البلد البعيد؟

أمام تلك القصيدة وجدت روحها عارية، وحماستها الأولى العميقة الصادقة ليس أكثر من كذبة مكشوفة: ها قد تعلَّمتِ يا أروى، فأين أنت الآن؟ وأين بلدكِ؟ وأين.. أين مقاومتكِ؟

حملت الديوان قبل أن تحمل أي شيء آخر، وعادت.

* * *

في عمان استقرّت، لكنها كانت تتطلع إلى أكثر من ذلك. التحقتْ بأول بعثة طبية ذاهبة لعلاج الأطفال في الخليل، وتحت ظلال الأزقة والشوارع المسقوفة في البلدة القديمة وجدت نفسها وجهًا لوجه مع زمن آخر وسماء أخرى؛ وكيف يمكن لخمسمائة مستوطن يحرسهم ثلاثة آلاف جندي أن يُحيلوا حياة مئات الآلاف من الفلسطينيين إلى جحيم. وما إن وقع نظرها على وجه غسان حتى أدركت أنها في قعر ذلك الجحيم.

* * *

نظرات أروى الباحثة عن شيء ما خلفها ودّعت ذلك الوراء. تأملت قامة غسان المائلة قليلًا إلى الأمام، بفعل حقيبة الظهر، تأملت العصا التي في يده، العصا الباحثة عن مكان تستند إليه لتسند تلك

القامة التي أرهقها الوقوف في وجه أكثر من ريح، القامة الروح التي مزّقها أكثر من ألم. تأملت أروى ذلك، وقالت، وقد أحسّت أن غسان قد غدا الآن جزءًا منها: سنصل القمة، سنصلها! ثم رفعت نظرها إلى السماء: أرجوك يا ألله، ساعدنا.. ساعدنا أن نفعل ذلك، أرجوك.

نداءُ السرّ

سرُّ سهام سيبقى في بئر. ستقول لهم: أنا سرِّي في بير، ومش ح تعرفوه قبل ما أوصل القمة!

لكننا سنعرف ذلك قبل الوصول بقليل.

سوسن التي لا يقتلها شيء كما يقتلها الفضول، ستسعى بكل ما تملك من قدرات ومن عفوية تدعو إلى الثقة، للوصول إلى سرّ سهام. ستعمل على استدراجها من أجل الحصول على كلمة واحدة، كلمة واحدة فقط، ولن تصل إلى شيء.

– «ما دمت مصرّة على إخفاء السرّ، فهذا يعني أنك متّفقة مع حبيب، ربما يكون زوجكِ، للقاء هناك في الأعلى.» قالت سوسن.

– فكرة رائعة. أظن أنك اقتربتِ كثيرا من السرّ.

– صحيح؟

– أكيد!

– «سأعترف لك بشيء، فكلما سرتُ في شارع تظلّله الأشجار، أو دخلتُ حديقة جميلة، أو حتى غابة، تخيّلت نفسي بطلة في فيلم رومانسي،» قالت سوسن ذلك مستدرجة سهام للبوح.

رفعت سهام عينيها وتأملت سوسن التي كانت قد غدت في

مكان آخر، بعيدٍ عن هذه الامتدادات الموحشة، حيث النباتات تزداد قِصرًا ويباسًا مع كل خطوة يخطونها.

- «صحيح؟» سألتْها سهام.

- آ والله! ولكن هل يمكن أن تتوقّعي اسم بطل الفيلم الذي أتخيّله أمامي؟

- ليوناردو دي كابريو؟

- يعني لا كلام عليه، ولكن لا.

- روبرت دي نيرو؟

- حرام عليك! كان يمكن أن يكون هذا قبل ثلاثين سنة، وهو شاب.

- خلاص، تعبت، من يكون؟

- «(حبيبتي أنا من تكون؟ حبيبتي، حبيبتي.)» غنّت سوسن.

- عبد الحليم حافظ؟ بس يا حبيبتي ده بقاله ميت أربعين سنة!

- مش مشكلة.

نثرت سوسن شعرها تحت ضوء الشمس الغاربة، حين لم تجد في الفضاء هواء يعبث به، وأضافت: «لقد اعترفتُ لك بسرّي، وجاء دورِكِ لكي تعترفي بسرِّك.»

- هوَّ أنا ما اعترفتلكيش؟ ده أنا اعترفت! إزاي ما خدتيش بالك؟

رحلات

هنالك رحلات كثيرة يقوم بها الإنسان، بعضها إلى داخله، وبعضها إلى مناطق لم يحلم بالوصول إليها من قبل، بعضها في الحاضر، بعضها في الماضي، وبعضها في المستقبل. وسواء كنتَ كاتبا يتنقّل بين هذه الأزمنة، أو حالمًا، أو واقعيًّا، فلا يمكن أن تمرّ روحك في مكان ما، دون أن تبتلَّ بطعم هذه الأسفار وروائحها.

كل واحد منهم مضى بعيدًا في رحلته الخاصة به.

محطتان يمكن أن ترجعهما إلى واقع الجبل من هذا السفر الداخلي، من هذه الرحلات القريبة والبعيدة، الأولى: وقفات الاستراحة. وقد جاءت الأولى بعد ساعة من بدء المسير. فوجئوا بأنهم عِطاش أكثر مما يجب، وأشدّ جوعًا، هم من لم يمض على تناولهم الطعام سوى أقلّ من ساعتين.

قال صوول بصوت مرتفع: أربعة تذكَّروها دائما: السير ببطء، كثير من الماء، كثير من الطعام، التنفّس بعمق.

المحطة الثانية ستكون في المخيم، أو حسب ما ستمليه الضرورة، ففي برٍّ كهذا أنت لا تستطيع أن تملك سوى خطوتك التي خلفك، أما التالية فمسألة يغلِّفها ضباب مثل ذلك الضباب الذي أخفى قمة الجبل العالية على يمينهم.

لم يكونوا قد وصلوا بعد إلى مخيم شيرا ٢. لم يكونوا قد تخيلوا بعد ما ستكون عليه الخيام، ولا ما يحيط بها من طبيعة غريبة وليل غامض طويل.

* * *

جون الذي كان يسير خلف نورة مباشرة مراقبًا كل خطوة تخطوها، ومستعدًّا للتدخّل السريع في حال تعثّرها، بدأ باسترجاع ذلك القلق الذي حمله تقرير الطبيب الذي رأى نورة قبل بدء الرحلة.

لاحظ أن ثمة ارتباكًا ما في خطاها، وتأرجحًا خفيًّا في قامتها، مثل يد مصابة بارتعاش بسيط. ولو كان أمامها واستدار لرؤية وجهها، للاحظ أن ابتسامتها قد تقلّصت، وملامحها قد انقبضت.

سألها: هل تعبتِ؟

وما كان لنورة أن تجيب عن سؤال كهذا دون أن تُكابر.

– الطرف الاصطناعي هو الذي تَعِبَ!

ولأنها أحبّت ما قالته أطلقت ضحكة عالية أعادت الأمل للجميع، وجعلت كاميرا إميل تستدير من تلقاء نفسها، وتظفر بأواخر تلك الضحكة التي تحوّلت إلى ابتسامة. لكنها حينما استدارات أدرك جون أن هذه الفتاة لن تعترف بسهولة.

طمأن جون نفسه: إنكَ قلِقٌ لا أكثر، خائف. عليك أن تتذكّر أن الرّحلة في أولها، تسعة أيام كاملة من المسير والصعود والنزول أمامك.

* * *

الشيء الغريب أن الصمت كان هو السيّد، كما لو أن كل واحد

من الفريق يحاول اختبار خطواته الأولى، ليعرف المدى الذي يمكن أن يصله.

وحدها كانت نجاة الأكثر حيوية وثقة بينهم، بحيث حاولت بدء حوار مع سهام لكن الأخيرة لم تستطع سماع كل ما تقوله؛ لأن نجاة كانت خلفها، ولم يكن سهلًا عليها أن تجيب أو أن تستدير للتأكد من كل كلمة لم تسمعها جيدًا.

نورة التي يشغلها الفضول بشأن قدرة يوسف على السّير، التفتت خلفها ، فوجدته يحدّق في خطوات جون أمامه، ويفكِّر في شيء بعيد.

واصلت نورة السير بثقة أكبر، إلّا أن ذلك لم يمنع جون من رؤية تلك الارتعاشة الصغيرة التي تهزّ قامتَها، تلك الارتعاشة التي لمحها جبريل أيضا، فخرج من الطابور. اعتقدوا في البداية أنه يريد الاطمئنان على نورة، لكنه تجاوزها، تجاوز يوسف مندفعًا بحماسة. وقبل أن يغدو في المقدمة، سمع صوت صوول: إذا سمحت، عُدْ إلى مكانك سيد جبريل.

البدايات

السماء تزداد حلكة مع كل دقيقة، والأعشاب الجافة تتكسّر تحت أقدامهم، تلك الأعشاب التي تولد وتموت وهي تترقب طائرًا يحطَّ عليها أو حيوانًا يأوي إليها.

برِّية شاسعة وسط جبال جرداء تمامًا لولا مرور الغيوم فوقها، وهذه القوافل الصغيرة من الصاعدين، لتحوّلت إلى مكان مثالي للصمت مقترن بالبرد والوحشة.

تأمل جون ذلك كلّه، ومرَّ طيف ابنته الصغيرة التي تركها عند أصدقاء له في دُبي. جون الذي قرر أن يلتحق بالرحلة متأخرًا، إذا ما قورن بالآخرين، شيء ما كان يدفعه لكي يصعد، بعد أن اكتشف أنه لن يستطيع الجلوس منتظِرًا وصول مكالمة، أو صورة ليطمئن على الصاعدين.

***

منذ أكثر من عشرين سنة وهو يعمل على ملاحقة آلام الصغار للقضاء عليها، وتشوهاتهم ليمحوها. آلاف الحالات التي تمكّن من الوصول إليها لعلاجها ترسَّخت في أعماقه حزنًا دفينًا، تمامًا كما ترسَّخ الفرح بشفائها أيضًا! لكنه كان يعرف أن الأحزان تبقى

مترسّخة هناك، وأنها تذكّره بوجودها دائمًا حين تطفو كلما وجد نفسه مع إصابة جديدة.

لسنوات طويلة ظلّت روح جون بين فكّي طاحونة من نوع غريب، أحد قطبيها الفرح والآخر هو الحزن، بحيث لم يعد يستطيع أن يفرح أبدًا، بخاصة حينما ينتابه ذلك الإحساس بأنه لن يستطيع أن يجد العلاج للجميع؛ لأن قائمة الضحايا تطول كل يوم، وأنه لا أحد يُشفى في النهاية من جراحه الكبيرة.

فزعًا صرخ: فتح باب بيته، وقبل أن يخطو خارجه، وجد طفلة صغيرة ملقاة على العتبة، طفلة في الرابعة من عمرها. كان قد رآها فعلا في مستشفى المقاصد في القدس، فقدت ساقًا ويدًا وأصيبت بحروق شديدة التهمت نصفَ وجهها.

تلفَّتَ حوله فلم يجد سوى بياض رهيب. انحنى، حملها بحرص وأدخلها، وضعها على السرير، وعاد ليغلق الباب، لكنه حين وصله وجد هناك طفلة أخرى، وضعها على السرير وعاد، وهكذا كلما عاد ليغلق الباب وجد طفلًا أو طفلة.

السنة الأولى للانتفاضة الأولى..

فزع شديد أصابه، أغمض عينيه دون أن ينظر إلى العتبة وأغلق الباب. ولوهلة بدا أن الكابوس قد انتهى، وقد وجد نفسه يحتضن الصغار الذين كانوا أكثر هدوءًا من البياض، ونام. لكن الكابوس عاد من جديد، استيقظ، اطمأن على الصغار، اتّجه إلى الباب فوجد أن هناك طفلًا آخر على عتبته ببطنٍ شقَّته رصاصة، وآخر بأمعاء مندلقة، وآخر بعين مفقوءة وآخر بساق مبتورة أو يد متدلّية.

استيقظ فزعًا.

كان قد حاول الكتابة عصر اليوم مرتين، وفي كلِّ مرة مزّق ما كتَب، مرة لأن الكتابة بدت له أكثر عاطفية مما يجب، ومرة لأنها بدت موضوعية كأن من كتبها لا يملك قلبًا!

قرر أن يكتب عن حكاية طفل لكنه قرر أن يزور عائلة المصاب. وصل إلى مخيم الدهيشة وحوله شباب الانتفاضة الذين كُلِّفوا بحمايته وإرشاده. وجد أن واجهة الغرفة التي أدخلوه إليها ترزح تحت عبء صورتين يجللهما السواد، واحدة لفتى في العاشرة من عمره، وأخرى لشاب في العشرين.

استقبلته الأم بمودّة، كما لو أنه يستطيع إعادة ابنيها إليها!

- «تفضّل،» قالت له، «هل تريد أن أبدأ بالصغيرة التي في المستشفى؟ أم بالصغير الذي هنا؟ أم بالكبير الذي بجانبه؟ أعرف أنك ستكتب شيئًا جيدًا وحزينًا عنّا، وإلا لما جئت مُخاطرًا بحياتك.»

- «لم أحضر لأكتب.» فوجئت المرأةُ، وفوجئ الشباب الذين جاؤوا معه، وفوجئ هو بما قاله أكثر.

- ولماذا جئت يا بني؟ نحن لسنا بحاجة لمساعدة.

- أعرف أنكم لا تحتاجون لمساعدة لكن البنت الصغيرة في المستشفى تحتاج.

- إنها في المستشفى، وهم يقدّمون لها العناية.

- أعرف، أعرف هذا لكنني أظن أنها بحاجة لعناية أفضل.

- هل سألتَ الأطباء وقالوا لك ذلك؟

- لا، سأذهب وأسألهم، وإذا وجدتُ أنها بحاجة لرعاية أكبر، فكلّ ما أرجوه أن تسمحي لي بمساعدتها.

- إنها ابنتي، فماذا تتوقّع أن تسمع مني؟ اسأل الأطباء وأنا معك ومعهم فيما تقررون.

- شكرًا لك، شكرًا لك كثيرًا.

***

تلك كانت البداية ومن يومها أصبح يسأل كل صحفي غربي يلتقيه عن ذلك الكابوس الذي رآه، وإن كان الآخرون يرونه أيضا.

لم يكن مجنونًا، فهو يعرف أن لكل إنسان أحلامه الخاصة به، وكوابيسه الخاصة به، لكنه كان يعيد سرد الكابوس ليذكّرهم كل يوم بأن عليهم أن ينتبهوا جيدًا وهم يسيرون، وهم يكتبون، كي لا يدوسوا خطأ على جريح من أولئك الذين يتساقطون كالمطر، كل يوم، على الأرصفة وفي الشوارع وفي الحقول.

***

أنّب جون نفسه لأنه نسي مهمّته، فلم يكن الماضي هو ما يجب أن يشغله، بل كل صغيرة أو كبيرة يمكن أن تحدث في الأيام القليلة القادمة. اهتزّت قامة نورة أكثر، ونظرت خلْفها. كانت ابتسامتها تبذل جهدًا مُضاعفًا للمحافظة على تورّدها المعهود.

أحسّ صوول بما يجري خلْفه. التقتْ نظراتُه بنظرات جون. رفع صوول يده وأعلن بصوت مرتفع: استراحة.

***

استدارت نورة، ونظرت إلى يوسف. كان مرهقًا، فهو الوحيد الذي لم ينل أي قسط فعليٍّ من الراحة منذ أيام.

بنظرة سريعة اختارت الصخرة التي ستجلس عليها. عدّلت وضْع جسدها بما يسمح لها أن تجلس بسهولة، وجلست.

اصحي يا كسولة

- «أظن أنّه من الأفضل أن نطمئن على وضعكِ.» قال لها جون.

صمتت، ففهم أنها كانت تعاني.

في تلك اللحظة سمعت صوت شقيقها الصغير نعمان: اصحي يا كسولة!

التفتتْ خلْفها.

* * *

من بين أحفاد جدّها الستة والسبعين فإن لنعمان، ابن السنوات الخمس، موقعًا خاصًّا لدى الجميع، فهو الأجرأ والأكثر ثقة بنفسه، والأكثر تمرّدًا أيضًا.

ارتجف صوته انفعالًا يوم سفرها إلى عمان لكنه رغم ذلك لم يكن ضعيفًا: «لازم تعترفي إنك أخطأت لأنك ما سمحتي لي أروح معك. أنا الوحيد إللي بقدر يحميك إذا هاجمتك الأُسود.»

- اطمئن، الأسود ستكون بعيدة، وهناك أشخاص سيكونون معي ويحمونني.

- لا، لا، لا يمكن واحد يحميكِ مثل ما راح أحميكِ أنا. إسألي أبوي، مين كان يحميك من الجنود الإسرائيليين؟

صمت أبوهما.

– «اعترفْ،» قال له نعمان، «اعترفْ، مين كان يحميك؟»

– أنتَ، أنت بالطبع.

– سمعتِ؟

– سمعتُ.

تذكرت نورة كيف حاصر الجيش قريتهم حينما علم بأن هنالك مهرجانًا للطائرات الورقية سيقام فيها. أغلق الجيش منافذ القرية كلها، وفرض حظر تجوال عليها. الجنود يعرفون أن أي جنازة أو عرس أو تجمّع كبير ستنتهي إلى مظاهرة احتجاج.

أكثر من عشرين ناديًا رياضيًّا كان من المقرر أن تشارك في المهرجان. حينما بدأوا يصلون من نابلس وجنين وبيت لحم ورام الله وسواها، وجدوا الطرق مغلقة، والأمر الوحيد الذي في انتظارهم: (استديروا عائدين قبل أن نعتقلكم.)

جوٌّ خانق من الحزن احتلّ قلوب المشاركين في المهرجان.

مع حلول الواحدة من بعد الظهر، شعر الجنود أنهم نجحوا في مهمّتهم الملقاة على عاتقهم، وما إن مرّت ساعة أخرى حتى تأكدوا من أنهم نجحوا تمامًا.

هدوء القرية، الهدوء الكثيف الذي انتشر في شوارعها وأزقّتها وفي الحقول القليلة التي نجت من المصادرة وتوسُّع المستوطنة التي احتلّت قمة الجبل، ذلك الهدوء الثقيل كحجر، انكسر فجأة حين أُعلن عبر مكبرات الصوت المثبتة على المئذنة أن على أهالي القرية الخروج الآن لإقامة المهرجان في السّهل الشرقيّ.

كلهم كانوا هناك واقفين خلف أبواب منازلهم، جاهزين، وفي

أيديهم طائراتهم الورقية، وقبل أن يُدرك الجنود الذين يغلقون المعابر ما يدور، كانت الطائرات قد ملأت الجوَّ في ساعة الصفر التي كان أهل القرية قد اتّفقوا عليها.

نعمان كان أول المنطلقين نحو السّهل. تحرّكت سيارات الجيش بسرعة، لكن النساء والأطفال كانوا قد سدّوا الطريق، ليعطوا الشباب الفرصة لنشر طائراتهم الملوّنة في الفضاء.

فجأة، امتدّت يد نعمان لوالده بخيط الطائرة الورقية التي كانت قد ارتفعت وبدت قادرة على سحْبه، وأمسك بالعلم وانطلق باتجاه أولئك الذين يغلقون الطريق.

رآه والده، فارتبك. ناول الخيط لشاب وانطلق يركض خلف نعمان، إلّا أنه تأخر كثيرًا. كان نعمان يحاول ما استطاع التشبّث بالعلم الكبير الذي يتمايل كطائرة ورقية جامحة فوق جسده الصغير، ويحدق في السيارة العسكرية المُنطلقة نحوه.

لم يتزحزح، فلم يكن على سائق السيارة إلّا أن يكبح اندفاع سيارته، لكنه لم يوقف تقدُّمها. ببطء كانت السيارة العسكرية تقترب من نعمان. كلّ ما فعله أنه حاول رفع بنطاله. خفقت الراية، وأوشكت أن تفلت، فعاد وتشبث بها. السيارة تتقدّم، والقلوب تتقافز في صدور الناس، ونعمان لا يتحرك. لامس معدن السيارة جسده، فلم يتراجع. توقّفتْ. نزل الجنود بأسلحتهم، وقبل أن يصلوا إلى نعمان، كان أبوه قد حمله، وتراجع به بعيدًا إلى الخلف دون أن يعرف أن نعمان كان يواصل تحديه للجنود برفع إشارة النصر في وجوههم!

* * *

لم يفشل المهرجان تمامًا، ووجد الجنود أنفسهم وجهًا لوجه

مع وجوه فرحة وعيون تتابع تحليق الطائرات بانتشاء. وما هي إلا لحظات حتى انطلقت قنابل الغاز بذيولها الدخانية السوداء الطويلة لتسقط وسط الناس.

انتشرت الفوضى، وراح الناس يرتطمون بعضهم ببعض. تشابكت خيوط الطائرات الورقية، ووجد بعض أصحابها أنفسهم غير قادرين على حماية من معهم، وأنفسهم إذا واصلوا التشبّث بالخيوط. أفلتوها، فانطلقت الطائرات إلى الأعلى أكثر فأكثر، وانحنوا أكثر حين سمعوا صوت طلقات تدوّي. كانت إحدى الدّوريات العسكرية التي تسدّ مدخل القرية تُطلق النار باتجاه الطائرات الورقية، وبالذات نحو تلك الطائرة التي صنعت على شكل العلَم.

***

رائحة الغاز ملأت المكان، ابتلعتْ روائح أزهار الربيع في أواخر نيسان تلك. أظلمتْ، فوجدت القرية نفسها من جديد عرضة لغارة تفتيش بعد منتصف الليل. كان السّعال العالي هو وحده الذي يبدّد الصمت في شوارعها.

طَرَق الجنود باب بيت نورة. تحرّك والدها وفتح الباب بسرعة، كان يعرف أن أيّ تأخّر في فتح الباب سيجعل الطَّرَقات على الباب أشدّ، وسيكون ذلك سببًا في استيقاظ الأطفال.

أوصى والد نورة ابنته، «اذهبي واجلسي بجانب سرير نعمان. لا أريده أن يصحو، ذلك المجنون! سيوقعنا في المشاكل.» انطلقت نحوه. كان يتململُ في السرير. ازدادت الضجّة داخل البيت، وعلا النقاش بين الجنود وأبيها. كانوا يفتشون عن طائرات ورقية ويريدون معرفة العقل المدبر للمهرجان.

تململ نعمان، محاولًا أن يفتح عينيه. سأل بتثاقل: «شو في؟» دون أن تجيب، أغلقت نورة براحة يُمناها عينيه. عاد إلى النوم، لكنه تململ ثانية، فوضعت على عينيه طرف قميص كان ملقى بجانبه، «نام.»

* * *

في الصباح علِمَ نعمان أن الجنود قد أتوا، فجنَّ جنونه: «ليش ما صحيتوني؟ مين إللي راح يقدر يحميكم إذا كنت نايم؟ بتتذكروا وجوههم إذا شفتو واحد منهم؟»

– «لن ننسى وجوههم أبدًا،» قال أبوه وهو عابس محاذرًا أن يُسفر وجهه عن ابتسامة سعادة أو سخرية، ما جعل نعمان يقتنع أنهم يتعاملون مع غضبه بجدّيّة.

أما السؤال الذي سيرهقهم به، فقد كان يُطلّ كلما مرّوا عبر حاجز: هذا هو الجندي إللي هاجم بيتنا في الليل؟

– لا، ليس هو.

فيحدّق فيهم: متأكّدين؟

– متأكدين!

وبعد قليل تحاذيهم دورية، أو تمرُّ بهم وهم يسيرون: «هذول همِّ الجنود إللى هاجموا بيتنا في الليل؟»

– لا، ليسوا هم.

– متأكدين؟

– طبعا متأكدين، أولئك الجنود كما أخبرتك، لا يمكن أن ننسى وجوههم!

– من أسبوع وأنا أسألكم، وبتقولوا: لا! وين اختفوا يعني؟

- أظن أنهم خافوا منّا، أو ربما نقلوهم إلى مكان آخر!

- آخْ لو أمسكهم.

***

وعاد صوت نعمان يملأ البرية القاحلة من جديد: «اصحي يا كسولة»، في الوقت الذي كانت فيه الدكتورة أروى تلفّ موضع التقاء البتر بالطرف الاصطناعي بالشاش.

- «كيف الوضع؟» سألتها نورة وهي تنظر صوب كاميرا إميل.

- ممتاز.

نهضت الدكتورة أروى، لكن نظرتها أفصحت عن قلق بدأ ينمو بتسارع أكبر.

الانفجار

في الوقت الذي بدا فيه جبريل بكامل حيويته واندفاعه، كانت نورة وأربعة ممن معها على الأقل يكابرون أيضا أمام تلك الامتدادات الحجرية التي لا تنتهي. دهَمَهم حسّ ما بأن الرحلة أكبر من طاقتهم، وبعد يوم واحد لا غير ستراود بعضهم فكرة كهذه: «لو تبرَّعت بنفقات الرحلة، فربما كنت خدمتُ أهدافها أكثر!»

كان الأمر بالنسبة لجبريل أكبر من مغامرة، ولذا راح يدعو المشاركين لبذل جهود أكبر: «لم نزل في البداية،» قال، «أين هممكم؟»

التفت إليه يوسف. تأمل قامته المتوسطة النحيفة وكرشه الصغير، وفمه الذي يلوك الكلمات بتصنّع غريب، فلم يحبّه. وستمتدّ أيام الرحلة دون أن يعيره اهتمامًا، وسيزداد نفور يوسف منه حين يبدأ جبريل بالتودّد إليه.

❊ ❊ ❊

كان جبريل صورة مطابقة تمامًا لواحد من رجال السلطة الذين زاروا يوسف، بعد الانفجار، وحرص على التقاط عدد كبير من الصور معه. كان ذلك المسؤول حريصًا على أن يرى الصّور التي التُقطت له وإعطاء الأوامر بمسح هذه وإبقاء تلك!

٨٩

بعد أقل من أسبوع رأى يوسف صورة لذلك المسؤول على الصفحة الأولى لإحدى الجرائد. كان المسؤول يضحك بسعادة غامرة بين مجموعة من المسؤولين الإسرائيليين. عندها فقط صدَّق كلام أبيه: «كلب! هؤلاء يأتون لالتقاط الصور معنا في النهار، وفي آخر الليل يسهرون في المستوطنات!»

***

صاح صوول: بولي بولي[١١]!

تأكّدت هواجس جبريل حول وجود مشكلة ما تعاني منها نورة. ولسبب لا يعرفه، ولن يتضّح له ذلك إلّا لاحقًا، انقبض قلبه لفكرة أن الرحلة ستنتهي قبل أن تبدأ.

وأعاد صوول: بولي بولي. أول قواعد الصعود الذي سيمتد ستة وخمسين كيلو مترًا، تنتظرهم: السير ببطء.

***

رِجْلُ يوسف السليمة لم تكن توجعه، وإن كان التعب المتسلل إلى جسده قد وصلها. ما كان يتعبه هو فقدان الأخرى، ليس الآن، ولكن لزمن استمر طويلًا بحيث لم يعد يرغب باستعادة لحظة الانفجار تلك.

في المستشفى استيقظ. فتح عينيه، فلم يستطع أن يعرف ماذا حصل. لم يكن قد أحسّ بعد بفقدان ساقه وثلاث من أصابع يده. لم يخطر بباله أنه خسر شيئًا، ربما لأن جسده لم يدرك بعد أن هناك خسارة، أما عقله فقد كان مشغولًا بالسؤال اللغز: ما الذي حصل؟

---

١١ - ببطء.. ببطء.

لقد استيقظ حيًّا، ولكن ذلك لم يكن كافيًا ليجعله يحسَّ بأن ضررًا كبيرًا لم يلحق به.

* * *

قبل أربع ساعات من انطلاق يوسف باتجاه المدرسة، كان جنود الموقع الإسرائيلي على أطراف غزة قد وصلوا إلى تلك الدرجة المثالية من الضّجر التي يشعر فيها كل جندي بأن عليه أن يفعل شيئًا ما ليروِّح به عن نفسه.

في البداية كانوا يمارسون لعبتهم المفضلة: القنْص. كلّ مَن أو ما كان يظهر في منظار البندقية كان هدفًا جيدًا بالنسبة لهم: امرأة، رجل، طفل، حمار، معزاة، حصان، كلب!

الجنود أنفسهم اكتشفوا لا عدالة اللعبة، لا لأن الضحية عزلاء ولا تعرف شيئًا مما يحاك ضدها، بل لأنهم يحققون نجاحاتهم بسهولة.

– «لا يوجد معنى لما نفعله.» قال أحد الجنود فاعتقد الآخرون بأنه يحتجّ.

– ماذا؟

– أعني أن القنْص لا يختلف كثيرًا عن صيد السمك، عليك أن تلوك الضجر كثيرًا، وتحتمل حتى تتحرّك صنارتك.

في ذلك المساء اهتدوا للعبة جديدة، أن يتسلل أحدهم ويزرع لغمًا، أو عبوة يتمّ تفجيرها عن بعد، أو..

استطاعوا ابتكار وسائل كثيرة من بينها ألعاب مفخخة، دراجة هوائية موصولة بحلقة مسمار قنبلة يدوية، فردة حذاء جديدة تغري

من يراها بالبحث عن الفردة الأخرى، بطيخة كبيرة نضجت، أو حبل بلاستيكي يمكن أن يكون حبل غسيل جيدًا.

سنوات طويلة مارس الجنود فيها ألعابهم المختلفة، لكنهم توقّفوا عدة أسابيع حينما انفجر لغمٌ بعربة يجرها حمار تجمّع فوقها خمسة أولاد تقودها أمهم.

كانت العربة تسير ببطء باتجاه اللغم الذي زرعه الجنود بجوار النبتة الأطول لزهر عباد الشمس. فجأة توقّفت العربة. نزلت منها الأم. كانت بعيدة عن الجنود، ولم يكن باستطاعتهم أن يسمعوا ما يدور من حوار، ولو سمعوا لكان من الصعب أن يفهموا العربية جيدًا، باستثناء تلك الكلمات اللازمة لتوجيه الأوامر أو الشتائم لمن يتمّ اعتقالهم.

وجّه الجندي الذي زرع اللغم منظار بندقيته، فرأى المرأة تشير إلى ولد آخر، أن يعود، ولأنه لم يستجب، حملت حجرًا وقذفته نحوه.

فكّر الجندي بأن يطلق النار عليها، على الولد، لكنه أدرك أن ذلك سيُفسد اللعبة: ستعود العربة.

عاد الولد أخيرًا إلى الوراء، وسارت المرأة باتجاه العربة، لكنها كانت تنظر بين حين وآخر خلْفها، لتتأكّد من أن الولد لا يتبعها.

وصلت المرأة العربة. أمسكت برسن الحمار، وقالت أشياء كثيرة للأولاد. كانت غاضبة.

بعد أقلّ من ثلاثين مترًا تحوّلت العربة إلى سحابة من دخان، وحينما انقشع الدخان كان الحقل مغطى كلّه بالدم واللحم.

الولد الذي نجا قال إن أمه طلبت منه أن يعود ليُنجز واجباته

المدرسية؛ لأن إخوته أنجزوا ما عليهم، وهو الوحيد الذي عاد متأخرًا للبيت!

يوسف يعرف حكاية الولد، ويعرفه لأنهما دخلا ذات يوم في منافسة: أيهما أمهر في السباحة.

* * *

بعد شهرين من الهدوء عاد الجنود إلى لعبتهم القديمة، لكنهم أصبحوا يتراهنون على من يصل أبعد، ويزرع قنبلة أو لغمًا.

لم يكن هنالك ما هو أكثر إثارة لهم من الوصول إلى الشارع المؤدّي إلى المدرسة.

«سنلهو قليلًا!» كلمة وحيدة أرسلوها للمواقع المحيطة بهم كانت كفيلة لأن تحميهم من أي نيران صديقة.

في السابعة صباحًا وصل يوسف، وعلى بعد خطوات منه كان يوجد طفل آخر. انحنى يوسف لالتقاط تلك العلبة النحاسية الصغيرة، فانبثق برق شديد أمامه بحيث لم يمنحه فرصة سماع صوت الانفجار.

* * *

شهور طويلة مرّت كان أصعب ما فيها ذلك اليوم الذي سأله أبوه: ومتى قرر البطل أن يعود إلى المدرسة؟

تصلّب جسد يوسف، تجمّدت نظراته، ولم يخطر بباله سوى أن هناك لغمًا آخر في الطريق نفسها ينتظر رِجْله الأخرى.

الحلّ الوحيد الذي سيُسهّل عودته إلى المدرسة، هو انتقال أهله كلهم إلى مكان آخر، ومدرسة أخرى.

طلبُ يوسف الوحيد كان: أريد بيتًا بجانب البحر.

❋ ❋ ❋

– «أنت الآن بحاجة إلى صديق آخر،» قال له جون.

لكن يوسف الذي وافق على المشاركة، لم يكن يعنيه فعلًا الحصول على صديق جديد، ولديه صديق أثبتَ مرارًا أنه أكثر إخلاصًا له من أي صديق عرفه: البحر!

أعين الضّباع

بين ابتسامات هذا ودهشة ذاك من المشاركين شرح صوول للفريق طريقة استخدام الحمَّام المتنقِّل. وقال: إذا كنتم مضطرين للخروج ليلًا ورأيتم انعكاسًا لعيني حيوان، هو الضبع عادة، فعودوا بهدوء إلى خيامكم. وإذا ما أحسستم بأي خطر فيمكنكم أن تصرخوا، وسنكون مستعدين لأيّ احتمال.

أحسّ بعضهم بالخوف، وضحك بعضهم الآخر، فأنهى صوول الأمر بجملة واضحة: أنا لا أمزح.

نظرة خاطفة سريعة ألقتها الدكتورة أروى على وجه غسان. أدركت أن المبيت في الخيام هو المعضلة الأسوأ بالنسبة إليه مع احتمال وجود الضّباع.

كان الفريق الذي استطاع الوصول بعد ساعتين ونصف الساعة إلى مخيم شيرا ٢ قد اجتاز أول واد عميق، وتسلّق صخورًا حتى وصل إلى السهل الحجريّ الفسيح الذي نُصبت فيه الخيام بين جبلي كيبو وشيرا[١٢].

---

١٢ - يتكون جبل كليمنجارو من ثلاثة جبال: أعلاها كيبو، حيث قمة أوهورو (الحرية)، ويليه ارتفاعا جبل ماونزي، ثم شيرا.

هواء بارد، ونباتات كثيفة ذات أوراق إبريّة طويلة، يصل طولها أحيانًا إلى ارتفاع قامة إنسان طويل؛ وفي منتصفها كانت هناك غرفة خشبية يقبع في داخلها موظف مسؤول عن دفتر كبير يتمّ فيه توثيق أسماء الصّاعدين إلى الجبل.

مرّة أخرى اكتشفوا أن أحدًا لم يدقّق في أيّ من المعلومات التي كتبوها حول أنفسهم، ولم تُظهر النساء أي حرج وهن يكتبن في خانة العمر أعمارهن الحقيقية!

شيء غامض كان يدعوهم لأن يكونوا صادقين، ربما هو الخطر الذي يمكن أن يواجههم في الأعالي هناك، وربما فقدان أحدهم لسبب ما. كان الدّفتر هو الوثيقة الوحيدة التي تثبت أن شخصًا ما وصل إلى هنا، متّجهًا إلى نقطة ما هناك.

هل كان الموظفون يدركون ما يدور في نفس كلّ واحد، ولذا كانوا على ثقة من أن أحدًا لن يخدع بياض أوراقهم؟

* * *

راقبهم صوول وهم يشقّون طريقهم نحو خيامهم، فقال بصوت مرتفع: أرجو أن تنتبهوا لحبال الخيام وأوتادها، فهي لا تقل خطرًا عن الضباع في الليل. ابتسم بعضهم لكن صوول لم يبتسم.

تفرّقوا كل اثنين في اتجاه خيمة من الخيام الصغيرة التي وجدوها حاضرة في انتظارهم، باستثناء جبريل الذي اشترط قبل الرحلة قائلًا: لا أستطيع النوم مع أحد في غرفة واحدة، فكيف في خيمة؟ وقطع شوطًا أبعد حين قال لريما: حتى زوجتي لا أستطيع النوم معها في غرفة واحدة! ولو سمعته أمّه لهزّته من ياقته وسألته: ولوْ يا جبريل، نسيت الليالي التي كنا ننام فيها كل عشرة في خيمة بعد النكبة؟

مضوا يتبعون عمال المساعدة نحو خيامهم: ريما وسهام، سوسن ونورة، جيسيكا ونجاة، ، جون ويوسف، إميل وهاري، وكانوا قد اتفقوا قبل الرحلة على أن ينام غسان في خيمة أكبر مع الدكتورة أروى يفصل بينهما حاجز من قماش سميك، فقد نذرت نفسها منذ البداية للعناية به.

صوول، بعينيه الخبيرتين، وريما كانا قد راقبا طوال الطريق العلاقة التي تنمو بهدوء بين الصاعدين، ولذا حين وزّعا المشاركين على الخيام لم تكن هنالك أي إشارة احتجاج؛ ويمكن القول إنهم جميعًا قد تبعوا عمال المساعدة إلى الخيام برضا. أما الدكتورة أروى فقد سارت ببطء. كانت تراقب غسان أمامها، والتفاتاته الخائفة صوب الغابة الغامضة التي تحيط بالخيام.

اختراع الكوابيس

في خيمة كبيرة تتّسع للجميع تناولوا طعام العشاء الذي تمَّ تجهيزه قبل وصولهم، وقد فوجئوا بأن كل ما يمكن أن يحتاجوه هناك: حساء بصل، وعصائر وخبز ومعكرونة، وقطع من الدجاج، ومشروبات ساخنة، وفواكه طازجة، من بينها الأناناس والموز؛ وسيكون باستطاعتهم في الأيام القادمة تناول أطعمة مختلفة وفواكه أخرى كالبرتقال والمانجا.

التفتَ إميل تحت الضوء الشاحب نحو يوسف، وسأله: أتعرف ما هذا؟ وكان يحمل قرنًا صغيرًا جدًا من الموز. نظر إليه يوسف وكأنه يقول: شو؟ هل تعتقد أنني من كوكب آخر؟

أعاد إميل: هل أنت متأكّد من أنك تعرف ما هذا؟ ثقة إميل أربكت يوسف قليلًا، ولكنه أجاب بسخرية شاحبة: موز!

- «خطأ،» صرخ إميل بفرح، «هذا: مو فقط!»

فضحك الجميع، وضحك يوسف أيضًا، فموز بهذا الحجم الصغير كان أقصر من اسمه بكثير.

نهضت سهام وقالت: عن إذنكم.

سألوها: إلى أين؟

– إلى الإنترنت كافيه!

– «بجدّ؟» سألت نجاة.

فملأ الضحك الخيمة وفاض.

– «إلى الحمّام يا حبيبتي،» أوضحت سهام.

***

لم تكن المسافة التي قطعوها طويلة لكنها كانت البداية، حيث لم تصل أجسادهم لضبط إيقاع خطاها مع إيقاع الطبيعة بعد. شرح صوول خطة الغد: الاستيقاظ في السادسة صباحًا، الإفطار في السابعة، التحرّك في الثامنة، والرحلة نحو المخيم التالي: (موير)، ستستغرق من ست ساعات إلى ثماني ساعات حسب أحوال الطقس وسرعتنا.

ولذا ما إن نهض هاري معتذرًا من الجميع: «إنني متعب قليلًا وعليَّ أن أنام،» حتى نهضوا واحدًا بعد الآخر.

***

– «هل ستغلقين باب الخيمة؟» سألها غسان.

– «بالطبع سنغلق الباب!» أجابت الدكتورة أروى.

– هل للباب قفل؟

– «لا، لا يمكن أن يكون لباب الخيمة قفل لكن هناك سحابًا نفتحه من الداخل، وله لسان آخر بحيث يمكن أن يُفتح من الخارج. اطمئن، الضباع لن تستطيع فتْحه!» وحاولت أن تضحك.

بمجرد أن اندسّ في كيس النوم وجد غسان نفسه هناك في البلدة القديمة في الخليل، أمام بيته في سوق القَصَبة.

***

حيثما كان ينظر يرى أسلاكًا شائكة وشِبَاكًا معدنية وأبوابَ محلات تجارية مغلقة.

لم يعد باستطاعته أن يستعيد شكل شارع الشهداء، الشارع الأكبر في البلدة القديمة، إلّا إذا غامر وصعد إلى سطح مجاور للشارع وألقى نظرة عليه. شارع ميّت أشبه ما يكون بنهر عظيم جفّ. يتذكّر أيام طفولته الأولى فيه، والأوقات التي أمضاها يتنقّل من متجر إلى آخر. اختفت الحياة فجأة، حين سيطر الجيش عليه، لأسباب أمنية! أُغلقت المحلات باللّحام وقضبان الحديد، ولم يعد باستطاعة أحد من الفلسطينيين أن يعبر منه. وهكذا أصبحت المقبرة، التي كانت على بعد عشرين مترًا، تحتاج من المرء أن يسير تسعة كيلومترات حتى يصلها.

كانت المقبرة أول شيء يقفز إلى مخيلته دائمًا إذ ظلّ يشعر أنهم حين دفنوا أخته الصغيرة فيها دفنوه معها، وأنه منذ ذلك اليوم يحاول أن يخرج.

كان يذهب إلى أقرب سطح فيصعد بحجة أنه ذاهب ليزور صديقًا له من أبناء تلك العائلة التي أغلقوا باب بيتها في شارع الشهداء، فلم يعد في إمكانها سوى تسلّق عدة أسطح وأدراج حديدية لتصل إلى غرف البيت عبر الأسطح.

كان يعرف أن الوقوف فوق الأسطح يعرّضه للخطر، فهو دائمًا في مرمى رصاصة جندي أو مستوطن ضجِر أو غاضب، رصاصة واحدة فقط وينتهي كل شيء.

يتذكّر غسان كيف فتح المستوطنون أنابيب المياه المضغوطة على البيت، عبر الشّبّاك الصغير. كان أهله قد وصلوا ومعهم

العروس، عروس أخيه، الأغاني تصدح رغم كل الحزن المحيط بهم، وفجأة اندفعت المياه، مياه ملوثة أغرقت البيت وثوب العروس وتركت البيت غارقًا في رائحة لا تُحتمل لأكثر من أسبوعين.

نزلت أمه تطلب من الجيش أن يتدخّل، لكنه لم يفعل شيئًا.

أمضوا بقية النهار ينضحون المياه العادمة التي غمرت كل شيء. وقبل أن يبدأوا بغسل الأرضية، الحيطان والأدراج، سمعوا عدة طلقات، فأدركوا أنها موجَّهة إلى خزانات المياه الصفيحيّة فوق السطح.

كان الجنود ماهرين في اختيار النقاط السُّفلى من الخزّانات، فهم في الأبراج العالية، والبلدة القديمة تحت مرمى أبصارهم.

بعد يومين وصل شخص أنيق وطلب بأدب أن يرى صاحب البيت. نزل والدُ غسان الدرج القذر بسرعة، محاذرًا أن يسمح لأحد من القادمين أن يصعد.

لم تكن تلك هي المرة الأولى التي يطلب أحدهم فيها بأدب لقاء صاحب المنزل.

لم يكونوا مؤدبين إلّا حين يأتون لتقديم عرض لشراء البيت. يعرف والد غسان هذا، الخليل كلّها تعرف هذا.

تجمع الناس حول صاحب المنزل الذي رفع الشِّيك عاليًا، وقال: يعرضون علي مليوني دولار الآن بعد أن كانوا قد عرضوا مليونًا من قبل، وتأشيرات للعائلة كلّها إلى أمريكا! هل تعلمون ما الذي يحدث لو أنني وضعتُ هذا الشيك في جيبي؟ سيستولون على بيوتكم كلّها، واحدًا بعد الآخر. تعرفون أن بيتي هو العقبة في طريقهم لأنه أول بيت مجاور للبيوت التي استوْلوا عليها. يا خواجا، إن بعتك بيتي سأكون

قد بعتُ بيوت كل هؤلاء الناس. احملْ مالك يا خواجا وابتعد من هنا، لا أحد يريد رؤية وجهك في هذا البلد.

* * *

وصلت دوريّة في أواخر تلك الليلة. طرق الجنود باب المنزل بقوة. هبط والد غسان على عجل، ففي كل مرة تأخر كانوا يخلعون الباب.

ناولوه أمرًا عسكريا: لأسباب أمنية، يمنع عليكم إغلاق باب البيت الخارجي، أو إغلاق باب السطح.

وقبل أن ينطق كلمة سلّطوا ضوء كشاف عربة الدّورية على قفل الباب، ووجّه أحد الجنود بمطرقته ضربتين قويتين إلى القفل فأطارتاه، وأمامهم سار والد غسان كما أمروه نحو باب السطح والجنود يتأفّفون خلفه بسبب الرائحة: عرب حيوانات! هل تشمّون رائحتهم؟

* * *

تلك الليلة كانت مقدمة لكوابيس لا يستطيع الجحيم نفسه أن يخترعها.

ليل الصاعدين

ضباع قديمة

سبع مرات على الأقل سأل غسان الدكتورة أروى: هل نمتِ؟ وفي كل مرة كان يأتيه جوابها: غسان، كل شيء آمن هنا.

في المرة الثامنة، لم يكن جوابها سوى صوت تنفّسها العميق.

***

بمجرّد أن وضع إميل رأسه على المخدة، راح يشخر بصوت عال، بحيث أطار ذلك نوم ستة من أولئك النائمين في الخيام القريبة من خيمته.

لوهلة أحسّ هاري أنه لن يستطيع النوم، وأن ليلًا صاخبًا كهذا لن يساعده على إتمام ذلك المسير الطويل الذي ينتظره في النهار. فكرة وحيدة غيّرت رأيه: شخير كهذا سيبعد بالتأكيد أيّ ضبع يمكن أن يقترب منهما.

استعاد صورة الطيور الجارحة التي كانت تترقب لحظة هلاكه، والضبع الذي كان يتشمم رائحة ساقه أسفل السفح، ويهز الخيمة بخطمه، فأحسّ بأنه أكثر أمنًا من أي مكان آخر في محمية كليمنجارو. نام.

***

لم تكن اللغة عائقا بين جيسيكا ونجاة؛ لأن الثانية تتقن الإنجليزية كأهلها، لكنهما كانتا حريصتين، وقد اندستا في الخيمة، على إخفاء لغة أخرى يمكن أن تبوح بأسرارهما. اكتسى وجه جيسيكا بمسحة حزن حوّله ضعف ضوء الكشاف إلى أسى. في حين تلاشى ذلك البريق الذي كان يشعّ من عيني نجاة فقد كانت تغالب تعبًا ما، وتبذل جهدًا كبيرًا كي تخفيه. تعرف أن جيسيكا هي آخر من يمكن أن يعرف سبب ذلك الشحوب إن لاحظته، لكن ما كان يفزعها أن يكون سبب شحوبها مقدّمة لذلك الشيء الذي لا يمكن أن تخشى شيئًا أكثر منه في الجبل.

***

يوسف وصل الخيمة قبل عشر دقائق من وصول جون إليها، اندسَّ في كيس النوم، ونام فورًا.

وحده من بين الموجودين في الخيام المحاذية لخيمة إميل الذي لم يسمع ذلك الشخير الهادر.

«أسوأ ما كان يمكن أن يحدث ليوسف أن يجافيه النوم بعد كل تلك الحواجز التي مرّ بها، والمطارات التي أرهقه الانتظار فيها.» هكذا فكَّر جون.

***

أول ما فعلته سوسن أنها اطمأنّت على نورة. تفحّصت الجلد الرقيق في منطقة القطع. لم يكن الأمر يدعو إلى قلق شديد، فقد خُيِّل إليها أن التقرّحات هي نفسها التي رأتها قبل بدء الرحلة في الفندق.

– «هاكونا ماتاتا.» قالت سوسن بمرح، ثم راحت تخرج من حقيبتها علبًا كبيرة من مستحضرات التجميل.

امتلأت رائحة الخيمة بروائح كريمات مختلفة، من تلك التي كانت سوسن تحرص على وضعها، كما لو أنها أمام مراياها في البيت.

لم تكن الروائح النفاذة في أي يوم تزعج نورة لكنها اضطرّت أن تطلب من سوسن فتح جزء من سحّاب باب الخيمة.

– أظننا سنكون بحاجة لقليل من الهواء في الليل؟

لم تعترض سوسن. سوسن التي رتّبت شعرها ولفّته بطريقة تضمن بقاءه مسرَّحًا وجميلًا حين تنشره صبحًا على كتفيها.

***

– «هل أنت خائفة؟» سألت ريـما سهام.

كان رأس ريـما قد اختفى تماما وجسدها داخل كيس النوم.

– هل يظهر عليّ الخوف؟

– ربما.

– آخر شيء يمكن أن يخطر ببالي هو الخوف. قدومي إلى هنا هدفه أن أبدأ مرحلة جديدة؛ لأنني لم أحضر إلى هنا من أجل الماضي، حضرت إلى هنا من أجل المستقبل البعيد.

بعد العشاء مباشرة همس صوول لريـما شيئًا مقلقًا عن نسبة الأوكسجين في دم سهام.

– أي مستقبل بعيد؟ أظن أن علينا أن نفكر في اللحظة التي نحن فيها، لأن علينا أن ننجح.

- هذا ما أقوله لنفسي أيضًا. أتعرفين لماذا جئت إلى هنا؟
- للمشاركة في الدّعم.
- صحيح، لكن هنالك شيئًا آخر.
- هل ستخبرينني به؟
- أحب أن أخبرك به حين أتأكد من أن جسدي سيصمد ويحتمل التّعب ونقص الأوكسجين. لا أريد أن أخبركِ الآن، وأجد نفسي مهزومة أمام نفسي وأمامكِ أيضًا. زوجي وحده الذي يعرف سبب قدومي، أتمنى ألّا أقف مهزومة أمام أحد.
- تصبحين على خير.
- تصبحين على خير.

* * *

قبل أن يدخل جبريل الخيمة كان مرافقه الخاص، وهو حمّال ذو صوت جميل، قد هيأ له الخيمة تمامًا، وجهّز له كل ما يحتاجه. وبعد أن سمع جبريل بإمكانية وجود ضباع، قرر في سرِّه أن يستخدم إحدى المطرتين اللتين معه للتبوّل ليلًا داخل الخيمة، فاكتفى بواحدة ملأها مرافقه بالماء.

دخل جبريل الخيمة تاركًا ساقيه خارج بابها. فهم المرافق أن عليه مهمّة خلع حذاء السيد جبريل! بتردّد انحنى، وفعل ذلك. وحين طلب منه جبريل أن يُبقي الحذاء الرياضي خارج الخيمة (لأنه لا يريد أن يختنق برائحة قدميه) قال له المرافق بأدب شديد: إذا بقي خارج الخيمة لن تستطيع ارتداءه صباحًا سيد جبريل، سيتجمّد ليلًا.

على مضض اقتنع بالأمر، إذ لا يمكن أن يفشل في صعود الجبل، ويكون السبب حذاء مبتلًّا! طلب من الخادم أن يُدخل الحذاء.

بعد نصف ساعة من الهدوء الذي لم يكن يهزّه سوى شخير إميل، مرّ صوول بجانب خيمة جبريل، كان ضوء المصباح داخلها يتحرّك من جنب إلى جنب، في دائرة تصغر وتكبر.

- هل أنت بحاجة إلى شيء سيد جبريل؟
- صوول؟
- أجل، صوول.
- لا، شكرًا لك.

ابتعد صوول، محاذرًا أن يتعثر بوتد أو حبل. سلّط ضوء مصباحه القويَّ على المنطقة المحيطة بالمخيم. كان هنالك ثلاثة من الحمّالين المرافقين يقومون بدوْر الحرّاس، وفي داخل الخيمة لمعت تلك الفكرة ثانية، فهمس جبريل لنفسه: «فكرة هائلة ستحوِّل هذه الرحلة إلى أفضل رحلة تجارية قمتُ بها من قبل لو تحقّقت. صحيح أن الثمار ستبدأ معنوية، لكنها حين تنضج ستصبح مثل ورقة الشيك التي ما إن تصل إلى شبّاك موظف الصندوق في أيّ بنك حتى تتحوّل إلى مال.»

***

أصوات الثعالب بدأت تتّضح أكثر مع حلكة الليل، لكن أحدًا من أفراد الفريق لم يسمعها. كان التعب الذي استوطن أجسادهم هو أفضل أدوية النوم، مع أنه لم يسبق لأي منهم أن نام في ساعة مبكرة كهذه منذ عشر سنوات على الأقل، إذا ما استُثني يوسف.

بعد مرور ساعتين كانت الأرض المحيطة بالمخيم تكتسي باللون الأبيض، كما لو أن خناجر الصقيع الصغيرة الناتئة نبات يخرج من

داخلها، أما أعالي كيبو فبدت راضية هادئة وهي ترى كل ما حولها من طبيعة يحاول تقليد بياض ثلوجها الناصعة.

***

– «بردانة،» قالت سهام لزوجها، وإخوتها الذين كانوا في البيت معه. ولم يكن البيت نفسه.

– إزايِّك؟

– «بردانة، بردانه أوي، جيت أحضنكم شوية وأرجع تاني الجبل.»

كانت تحلم.

***

بعد ساعة راحت نورة تشهق غير قادرة على التنفّس، فاستيقظت سوسن فزعة: سلامتك.. شو في؟

– مش قادرة أتنفّس، افتحي باب الخيمة من شان الله.

تعثرت سوسن بأشياء لم تعد تعرف ما هي. أشرعت باب الخيمة، فتسرّب إلى داخلها هواء صقيعيّ كالسكاكين.

– «أغلقي الباب،» طلبت نورة منها.

– هل تحسين بضيق في التنفس؟

– لا أعرف، لا أعرف، ربما كنت أحلم، لا أعرف.

***

في الصباح، فتحت أروى عينيها، فوجدت غسان جالسًا، حول جسده سترته السميكة ورجلاه في كيس النوم.

– صباح الخير.

– «صباح الخير.» ردّ غسان.

– هل نمت جيدًا؟

– «نمت.» قالها وعيناه مثبتتان على سحّاب باب الخيمة.

– غسان، أنت لم تنم أبدًا.

– سأنام، أعدك سأنام في الليلة القادمة.

* * *

ارتفعت أصوات المرافقين أكثر فأكثر، وانتشرت رائحة القهوة قوية. استيقظت ريما فورًا. كانت عدسة كاميرا إميل أول ما ظهر في الخارج. وكم فوجئ إميل بذلك البياض الذي يُغطي الأرض المحيطة كلّها، والأعشاب، والخيام التي تحوّلت أقمشتها السميكة إلى ألواح من جليد.

الفخ

- «حَرَاكا.. حَرَاكا[١٣].» صاح صوول فكان ذلك إيذانًا بالتوغّل أكثر في السفوح العالية.

التقاء الجميع على طاولة الطعام كان الفرصة الأفضل لخلق جوّ من الألفة بينهم.

كانوا كلهم هناك، باستثناء سوسن. سألت نجاة: هل تعرفون من كان يشخر طوال الليل جوارنا؟

لم يفهم هاري السؤال ولا جيسيكا. بسرعة أعلن إميل براءته، وقال: لست أنا.

- «لماذا يقول لي قلبي لا تصدقيه؟» قالت نورة وهي تطلق ضحكة صافية.

وسأل يوسف: أيّ شخير؟

فقالت له نورة: نيّالك!

فضحكوا.

تدخّل جون وأوضح لهاري أنه متهم بالشخير فأجاب مستغربا:

---

١٣ - تحركوا.. تحركوا.

«أنا؟!» ونظر إلى إميل الذي هرب بوجهه بعيدًا، فصاح الجميع، وهم يشيرون إلى إميل: أمسكناك.

راح إميل يدندن بأغنية (ديلايلا) لتوم جونز، وابتسم لهاري: أرجوك أن تعترف، هل غنائي أجمل أم شخيري؟

- لقد تحوّلت إلى قاض بعد أن كنت في قفص الاتهام منذ لحظات! رغم ذلك سأكون مُنصفًا. شخيرك لا يُعلى عليه.

دوّى ضحك ملأ الخيمة دفئًا في اللحظة التي ظهرت فيها سوسن بباب الخيمة بكامل زينتها، مرتدية قميصًا كُتِبَ عليه بخط أخضر عريض **وحش الملوخيّة!**[١٤]

- «أو هووووو!» قال جون بإعجاب، «ما هذا يا سوسن؟»

وأضاف إميل: أقدم لكم النجمة الأولى لمسلسل ميامي بيتش.

تأمّلها هاري بابتسامة راضية، وعلّقت سوسن: تريدون أن تَفهموني جيدًا؟ أنا سوسن، وشعاري «لا شيء يقف في وجه سعادتي.» وكانت تبدو كأسعد من وطأت قدماه الجبل.

أفسَحوا لها مكانا فسألتهم: ما الذي كان يضحككم؟

* * *

صاح صوول: حَرَاكا.. حَرَاكا.

فراح جون وريـما يرتّبان طابور المسير من جديد، موزّعين أفراد الفريق بالطريقة التي رأوا أنها الأفضل؛ وقبل أن يتمّا ذلك كانت سوسن قد تجاوزت الجميع. انتبهت، وعادت: «لا تؤاخذوني،» قالت وهي تبتسم، «هكذا أنا دائمًا. أنا الشقيقة الوحيدة لخمسة إخوة، وكان أبي يأخذني معه في رحلات الصيد. مهمته كانت إطلاق

---

١٤ - طبخة شعبية فلسطينية، ومصرية، شهيرة.

النار، أما مهمّتي فهي أن أجمع ما يصطاد: أرانب، حجل، فرِّي، يعني كنت جرْو الصيد!» وضحكت بسعادة، فضحكوا.

***

سهام التي كانت في نهاية الطابور أمس، وضعوها في المنتصف. كان ذلك إشارة إلى أنها بحاجة للمراقبة، وفي المقدّمة كانت ريما.

تأملت أروى الطابور: خلف ريما كان يوسف، جون، نورة، صوول، غسان، أروى، وخلفها: سهام، هاري، نجاة، سوسن، إميل، جبريل.

لسبب عميق لم يكن جبريل سعيدًا بهذا الترتيب، بل كرهه.

بعد ساعة من المسير صار باستطاعة من ينظر خلفه أن يرى مخيم شيرا ٢ وغرفة موظفي المحميّة بوضوح، وأن يرى طابورًا آخر من الصاعدين كان أشبه ما يكون بقافلة نمْل مثابرة.

سطعت الشمس فأصبح على الكثيرين أن يتخفّفوا من بعض قطع الثياب التي ارتدوها.

تصفّح صوول وجوههم. كانت آثار التعب واضحة على ملامح بعضهم. ألقى نظرة على القمة المكلّلة بالثلج. أخذ نفسًا عميقًا وقال: تذكروا، هذا الجبل مختلف ومتمرد على طبيعة إفريقيا كلها، بثلوجه البيضاء وارتفاعه، ولذا، فليسأل كل منكم نفسه: لماذا لا أكون مثله؟

***

انحنت نجاة وأخذت تزجّ قطعة الملابس التي خلعتْها في حقيبتها. في تلك اللحظة أحست بأن ما قامت به كان كافيًا لإرهاقها. تلفتت حولها خائفة من أن يكون أحد قد لاحظ ذلك، وتسارع تنفّسها.

هاري شعر بالأمر نفسه صباحًا، حين طوى كيس نومه ووضع ما تناثر من أشيائه في حقيبته الكبيرة التي سيُلقَى عبء حملها على أحد الحمالين. وحينما انحنى ليلبس حذاءه بدا وكأن أضلاعه أطبقت فجأة على رئتيه. ولعل الوحيد الذي لم يحسّ بما أحس به الآخرون هو جبريل الذي كان مرافقه قد رتّب له كل شيء، وألبسه حذاءه أيضًا.

* * *

جبريل كان دائمًا بلا أصدقاء، وكلما التقى معارف جددًا تحدث عن صداقات سيتبين في نهاية السهرة أن عشرين سنة قد مرّت على انتهائها. وحتى ذلك الصديق الذي حرص على أن يحافظ على صداقته بكل ما لديه من قوة، صديق طفولته، كان يبتعد عنه يومًا بعد يوم.

بتسارع غريب تغيَّر جبريل بمجرد وصول السُّلطة إلى رام الله، وفي السنوات اللاحقة نمَت علاقات عمل جديدة له بأناس لا يمتّون بصلة لعلاقاته الماضية التي ظلّ يفتخر بها؛ علاقات غير مفهومة: بوزير فاسد، مثقّف مرتد، مفتّش مشبوه في وزارة الصناعة. وفي وقت كان فيه الكثيرون يتطلّعون لإيجاد موقع قدم لهم في مدن الضفة الغربية وقطاع غزة استطاع أن يختار المواقع التي يريدها بيسر.

صديق واحد لا ينتمي لعالم هؤلاء تمسّك به جبريل بقوة، فقد كان يحسّ أن هذا الصديق هو آخر من بقيَ من زمن المقاومة الجميل. كان صديقه محمود واحدًا من أشجع الرجال الذي قابلهم وأصفاهم. اكتفى محمود بالهامش، وبراتب شهري ضئيل مقابل ثلاث مقالات في الأسبوع في إحدى الجرائد اليومية. وعلى الرغم من أن جبريل لم يكن يبدي عواطف صريحة تجاه أي مخلوق، إلا أنه

كان يتحدّث بيسر عن حجم محبته لمحمود. لكن شيئين كانا يغيظانه فيه: الأول هو إصراره على نزاهته، والثاني: ذلك السرّ الذي يجعل فتيات كثيرات يقعن في حبه رغم ذلك العيب الخَلْقي في جسده.

جبريل يعرف أنه يكره في محمود تلك الطّهارة التي لا تنتمي للعصر الجديد، لكن لو فعلها محمود وتخلّى عنها لقتله جبريل فعلًا! فقد كان يريد شخصًا ما صافيًا، يجلس معه، ويستعيد معه الذكريات عشرات المرات، ويحسّ براحة غريبة حين تنتهي جلستهما في مطعم أو بار وتمتدّ يده إلى جيبه ويقول لمحمود: دع هذا البرجوازي يدفع شيئًا من أمواله. فيقول له محمود: أظن أن أموالك لن تنفعني، فأنت بهذه النّحافة منذ أن عرفتك. فيرد جبريل بكل جدية: لا، اطمئن، ستنفعك، أموالي جيدة ولكن لدي مشكلة واحدة هي أنني لا أشبع.

أدرك جبريل أن قربه من محمود هو أفضل مكان للتعرف إلى فتاة أو امرأة. في ذلك نجح أكثر من مرّة، وحينما لم يكن باستطاعته استمالة فتاةٍ صديقةٍ لواحدة من صديقات محمود، كان يتجاوز الخط الأحمر سعيًا للظفر بصديقات محمود أنفسهنّ.

إحداهن باحتْ لمحمود بمحاولات جبريل. لكن محمود لم يصدّقها، إلى أن باحت له واحدة أخرى كان على وشك الزواج بها، ولم يصدّقها أيضًا!

شيء ما كان يدفع محمود إلى عدم تصديق حتى النساء اللواتي سكنَّ قلبه.

* * *

في البداية، لم يكن جبريل يفعل هذا، لكنه في مرحلة متقدّمة من نجاحه أحسّ بأن ضميره ليس بحاجة إلى تنظيف كثير! وقد أدرك

أخيرًا أن محمود ليس أكثر من قطعة القماش الناصعة التي يلمّعُ بها ضميره.

شيء ما كان يدفع جبريل لكي يتغوّل أكثر إلى أن أخبرته صديقة لمحمود بأنها أخبرته بمحاولاته لاستمالتها، فقرّر أن يكون هو من يقطع العلاقة بصديقه، إذ لم يكن باستطاعته أن يتنازل عن قرار حاسم كهذا لمحمود.

فكر جبريل كثيرًا في الطريقة التي يمكن أن ينفّذ بها ذلك. تحدّث مع أصدقائه من أصحاب الشركات والمسؤولين الذين سبق لمحمود أن هاجمهم.

حين وصل محمود ذات مساء رائق من مساءات رام الله إلى مطعم (ضانا) متأخرًا - كما خطط جبريل - كانوا كلهم في انتظاره هناك.

رأى جبريل تلك القامة التي تعاني من عَرَج قليل في قدمها اليمنى قبل أن يرى الوجه، فنهض واقفًا وتوجه الى محمود. فوجئ محمود برؤية كل أولئك مجتمعين على مائدة تركوا له واحدًا من كراسيها فارغًا. فكّر أن يستدير عائدًا، لكن جبريل صافحه بحرارة، ووضع يده على كتفه الأيسر، وسار معه حتى الطاولة.

كان المدراء ودودين جدًا، بل وبدَوا أكثر سعادة من كل الوجوه الموجودة في ذلك المطعم، بل في رام الله كلها.

خجله غلبه فجلس بعد أن صافحهم.

كان محمود يفكّر: هل يخططون لاستمالته؟ أم يفكرون بإحراجه؟ إذ لا يمكن إلّا أن يراه شخص ما معهم في رام الله الصغيرة هذه. استبعد محاولة شرائه، فجبريل أكثر ذكاء من أن يلعب دور

السّمسار ما دام قادرًا على أن يلعب دور الوطنيّ بيسر. هي محاولة لعقد صلْح دون الحديث في شروط هذا الصلح إذًا!

لكن الأمور مضت في اتجاه مختلف بعد وصول طبق الصَّيَّاديَّة الهائل. أصرّ جبريل أن يوزّع الطعام بنفسه على صحون الحضور الثمانية؛ وحين أمسك صحن محمود بالغ كثيرًا في كمية الطعام التي وضعها فيه.

طلب منه محمود، بشيء من الغضب، أن يتوقّف عن إضافة الطعام. توقّفَ.

انتظر محمود أن يبدأوا لكنهم كانوا ينظرون إليه، منتظرين أن يبدأ.

– أنت ضيفنا اليوم، جميعنا قررنا أن ندعوك، ولستُ أنا فقط. لذا نصرُّ على أن تبدأ.

التفتَ إلى وجوههم. كانوا جميعا ينتظرون. أمسك بالملعقة خجِلًا وتناول لقمة أرز.

– «لا تقل لي إنك لا تحبّ السّمك،» قال له جبريل. «أنت تعرف أننا محرومون من السمك في هذا الوطن أكثر من أي شيء آخر.» بسهولة تمكّن من اقتطاع جزء من السمكة وبدأ بمضغه.

– كيف الطَّعم؟ طمِّنّا!

– ممتاز، أجاب محمود بحذَر.

– «الحمد لله،» وبدأوا يأكلون.

بعد دقيقتين أو أقل، قال جبريل لمحمود: غريب!

– ما هو الغريب؟

- طوال عمرنا نحاول إقناعك بأن المال الذي يأتي من عرق جباه الطبقة العاملة يمكن أن نشتري به طعامًا طيبًا، وأنت تقول: لا.

توقّف محمود عن مضغ اللقمة التي في فمه.

- «كلّ واحد من هذه الوجوه الطيبة يجني ماله من المنبع ذاته: ذلك الجبين، وها أنت معنا - والحمد لله - تستمتع تمامًا بما نستمتع به، وربما أكثر. كُلْ أيها العزيز، لا طعام في الدنيا يمكن أن ينفعك أكثر من طعام تأكله من عرق الغلابى.» قال جبريل وكأنه يُلقي خطابًا!

ضحكوا جميعًا، بل وانطلقت القهقهات ترجّ المكان.

كانت تلك هي أفضل طريقة يُنهي بها جبريل تلك الصداقة، ويحظى برضا أولئك الذين كتب أو لمَّح محمود لشخوصهم في مقالاته.

أسوأ خطأ ارتكبوه دون أن يدْروا أنهم أطلقوا تلك الضحكات العالية التي استرْعتْ انتباه كل من في المطعم.

حدّق محمود في وجه جبريل، ثم لفظ اللقمة التي في فمه في الصحن الذي أمامه. تجمّدوا. كلُّ ذلك الخجل الذي كان يوثِقه بحبال سميكة تلاشى فجأة، ثم رفع صحنه، وألقاه في وجه جبريل، ونهض.

***

لم يكن قد مرَّ وقت طويل على تلك الحادثة التي باتت فاكهة كثير من أمسيات رام الله. حين سمع جبريل برحلة الصعود إلى كليمنجارو رأى أن أكثر ما يحتاجه هو مرافقة هؤلاء الأطفال الذين تسبب لهم الاحتلال بفقدان أجزاء من أجسادهم.

طلب من سكرتيرته ترتيب الأمور بسرعة. وحين أعلمتْه أن عليه دفع نفقات الرّحلة، قال: لا مشكلة. وحين ألقت على مسامعه حجم تكاليفها العالية صمتَ قليلًا، ثم قال بأسى: أوكي.. لا مشكلة، حوّلي المبلغ لهم الآن.

في المساء تلقّى رسالة تتضمّن مجموعة من الأسئلة حول وضعه الصّحي، وقائمة بما يحتاجه من أدوات وألبسة للرحلة. وفي صبيحة اليوم التالي ابتاع كل ما يحتاجه من أشهر محلات الألبسة الرياضية، وطوال الأيام التالية راح يتدرّب في واحد من أندية اللياقة باذلًا كل ما يستطيع من جهد؛ لأن الشيء الذي لا يمكن أن يُحتمَل بالنسبة له هو ألاّ يستطيع الوصول إلى القمّة! لكنه كان حريصًا أيضًا على ألاّ يفقد الكيلوغرامات القليلة التي تشكل كرشه الصغير الذي كان يحلو له أن يداعبه مثل قط لطيف.

***

- «حَرَاكا.. حَرَاكا،» كان صوول يصيح في اللحظة التي كانت نورة تقول شيئًا ليوسف. ضحك يوسف، وأطلقت نورة ضحكة أعلى. تمكّن إميل من التقاط اللحظة، رآه جبريل، فسار نحوه: يبدو أنك قد التقطتَ صورة ناجحة، هل يمكن أن أراها؟

- «بالتأكيد.» قال إميل بفرح، وعرض الصورة على شاشة الكاميرا.

أمسك جبريل بالكاميرا. حرّكها لكي تكون في موضع معاكس لأشعة الشمس: «هائلة،» قال لإميل كما لو أنه يعقد واحدة من صفقاته: ما المبلغ الذي تريده ثمنًا لها؟

ارتبك إميل: ماذا؟

- كنت أمازحك. صورة جميلة فعلًا.

لكنّ هدف الرحلة كان قد تفتّح في عقل جبريل أكثر.

وقفتْ الدكتورة أروى تتابع حوارهما، وهمست لنفسها: هل كان جبريل سيقول ما قاله لو أن غسان ظهر في الصورة؟

إتيكيت

ذلك المثل الشهير: «إللي بدّو يسْكَر ما بِعِد قداح»، خطر ببال أكثر من واحد وهم يواصلون المسير، فمن يريد صعود جبل لا يمكن أن ينشغل بإحصاء عدد خطاه.

بدأوا يحصونها لا بالنظر إلى ما تبقى أمامهم من مسافة، فهي مجهولة إلّا لمن صعد قبلا، بل بالنظر إلى ما خلفهم.

كان التقدّم يزداد صعوبة، تمامًا مثل أي فكرة للرجوع، فأن تتقدّم يعني أن تسير، وأن تعود يعني أن تسير أيضًا، وإن كان هنالك فرق صغير صعب. فكلما تقدّموا كانت كمية الأوكسجين تنخفض، وشروط الحياة تنخفض، عكس الهبوط الذي كان يكفل لهم تأمين حاجتهم من الهواء، لكنه يرميهم بكثير من الخيبات.

النبتة الخضراء الأشبه برأس القرنبيط أثارت فضولهم، وحين سمعوا عنها تضاعف ذلك الفضول: «اسمها (لوبيليا)؛ واحدة من أذكى النباتات، في النهار تتفتّح وحين يأتي الليل تنغلق أوراقها لمواجهة الصقيع.» شرح صوول.

- «مثلما سيكون عليه حالنا في الأيام القادمة.» علّقت ريما فلم يضحك الجميع.

***

استعادت سهام بقلق ما قاله صوول لهم في بداية الرحلة: إن نصف القادمين إلى كليمنجارو فقط يستطيعون بلوغ القمة.

نظرت سهام نحو جون، فوجدته يراقب خطى نورة المرتبكة. أخافها ذلك أكثر من تعدد المناخات لأن ست ساعات من المسير لم تزل تنتظرهم قبل بلوغ مخيم (موير) التالي. وصدَق ظنُّها حين سمعت جون يقول: «سنستريح قليلًا.» بعد أن تبادل نظرات ذات معنى مع صوول وريـما.

***

حالة التقرحات عند منطقة القطْع كانت أسوأ، وما يزيد سوءها طبيعة القطْع غير المنتظمة التي لا تسمح بأن يكون الثِّقل موزّعا على مساحة منبسطة واحدة.

الاستراحة كانت فرصة للتأكد من وضع يوسف أيضًا.

نظرت الدكتورة أروى إلى غسان وسألته: «كيف الوضع.» قال: «جيد.»

– «هل تعاني من مشكلات في قدميك، أو مع الحذاء؟» سألته.

– «لا.» كان يحدّق في الأرجاء، ووحده الذي بدا سعيدًا بأن كل ما حوله شاسع ولا أثر للجنود!

***

لم يعد هناك أي وجود لنبتة هِلي كريسم بزهورها البيضاء التي كانت تؤنس قلوبهم، بعد أن غدت الغابة الممطرة التي وراءهم أشبه بذكرى بعيدة.

بمجرد أن خلعت نورة ساقها الاصطناعية، وأزالت الدكتورة

أروى الشاش، استدارت الوجوه بعيدًا، ولم يبق حول نورة سوى القلّة القليلة التي يمكن أن تعرف مدى صعوبة الوضع من سواه.

مُحرَجةً بدت نورة، حتى أن ابتسامتها اختفت، وتوارت عين كاميرا إميل بعيدًا مثل أعين الجميع. لم يكن في المشهد ما يبرر قيام أحد بتصويره.

الطرف الاصطناعي تجاوز الطبقة اللينة لسماكة الشاش، وأحدث باحتكاكه المتواصل بقعًا حمراء تُنذر بتقرّحات سيئة للغاية. نظفوا منطقة البتر، طهّروها وتركوها تتنفس قليلا في الهواء.

- «هل تحسين بألم؟» سألتها الدكتورة أروى.

- «لا.» أجابت نورة بثقة تملؤها المكابرة.

- «هل تعبتِ؟» سألها جون، فأعادت ما قالته في بداية الرحلة: «الطرف الاصطناعي هو التَّعبان!» لكنها لم تضحك كالمرة الأولى.

وتسرب قلق خفيّ إلى قلب جبريل.

حين نهض الجميع، وبدأوا استعدادهم لمواصلة المسير حاذتَ نورة يوسف، فدعاها بأدب شديد أن تسير أمامه: تفضّلي.

كانت تلك الدعوة الرائعة كفيلة بأن تبعث السعادة في قلوب الآخرين، فبدا أن الأمور تسير على ما يرام، وأن التعب وكمية الأوكسجين المتناقصة لم تُطفئا حماستهم للتقدّم أكثر.

* * *

بعد عشر دقائق كانت قوة جديدة تدفع الفريق كلّه إلى الأمام. لاحظ جبريل ذلك حين وقعت عيناه على أرجل يوسف ونورة.

انفلت بسرعة متجاوزًا إميل، وسوسن، ونجاة، وسهام، وهاري...
التفت صوول فرآه مندفعًا كما لو أنه في سباق:

– سيد جبريل، أرجوك أن تعود إلى مكانك في آخر الطابور.

وكما لو أن جبريل فوجئ بما فعله، فتوقف، وواصل الطابور
طريقه إلى أن انتبه أنه أصبح على بعد عشرة أمتار من إميل، فتبعهم.

الراكضة خلف الأمنيات

الغريب في الأمر أن إعادة رفْع الحقيبة على الظَّهر إذا لم يساعد الواحد منهم الآخر كان أكثر إرهاقًا لهم من حمْلها على ظهورهم لمسافات.

مجرد الانحناء، وبذل الجهد لوضع الحزام الأول للحقيبة على أحد الكتفين، ثم محاولة الوصول للحزام الثاني، قبل أن يَتمّ تثبيتها على الظهر، ذلك كلّه كان أكثر إزعاجًا للجسد من أيّ جَهْد آخر.

ما كان يريح ريـما هو ذلك الانسجام بين أعضاء فريقها، هي التي تعرف تمامًا وقد صعدت الجبل سبع مرات، ونظّمت رحلات لصعوده أيضًا، أي إزعاج يمكن أن يسببه عدم الانسجام هذا، أو غرابة أطوار واحد أو أكثر.

ريـما كانت تدرك جيدًا، أن أحدًا لا يستطيع القول بأنه يعرف الجبل حتى لو صعده ألف مرّة، تمامًا كما لا يمكن لأحد أن يقول إنه يعرف البحر لأنه قبطان، أو يعرف الغابة لأنه صياد، أو حتى يعرف البشر الذين يعيش بينهم عمره كلّه.

للجبل مفاجآت لا يمكن أن تخطر ببال، فهناك حالة الطقس التي لم تزل في صالحهم حتى الآن، حالة الطقس الجيدة التي تبدو مثالية تمهّد طريق الصعود، لكن أحدًا لا يعرف متى ستنقلب.

لا تعرف ريما أيضًا ما يخبئه المستقبل لشغفها بصعود الجبال، لكنها لن تنسى أبدًا ذلك اليوم البعيد:

كانت عائدة ليلًا من اجتماع ناجح استطاعت فيه إقناع الحضور بشراء عدد من الآلات الطبية الجديدة. ذلك كان يكفل لها مكانًا أفضل في الشركة، وعمولة غير عادية.

في ذلك الليل كان الشارع الطويل الذي يشقّ الصحراء بين مدينة العين ومدينة أبو ظبي بلا نهاية. صمت كامل. نظرت عبر المرآة الأمامية، فهالها غموض المسافة وراءها. أوقفت السيارة بجانب الشارع، أطفأت الأضواء، أشرعت النافذة، فداهمها صمت ثقيل مثل عاصفة رملية مجنونة.

حاولت أن تأخذ نفسًا، فلم تستطع. بدا لها أنها استهلكت آخر كمية من الأوكسجين في إقناع زبائنها بشراء ما اشتروه. وفجأة أطلّ ذلك السؤال الذي أفزعها أكثر من ظهور جَمَل فجأة أمام أضواء سيارتها المُنطلقة: ما الذي تفعلينه هنا، ريما؟! ما الذي تفعلينه؟!

في تلك اللحظة قررت اللحاق بأمنيات حياتها تاركة مهنة التسويق إلى غير رجعة.

***

كان لقاؤها الأول بكليمنجارو غامضًا، فبعد أن قطعت مشوارًا لا بأس به في مجال تسلّق الجبال الصغيرة، قررت زيارة تنزانيا. رحلة السفاري لم تكن أقلّ من مثيرة وعذبة، كانت مُفرحة. في طريق العودة أوقف الدّليل سيارة الدّفع الرباعي وقال لها: أظن أن عليك أن تودّعي المكان.

التفتتْ حولها. لم يكن هنالك ما يمكن توديعه، لم تكن هناك زرافة، أو فيل، أو حمار وحش، أو قطيع غزلان، أو أُسود!

لكنها ترجّلت. ألقت نظرة واسعة على المكان. سماء آب (أغسطس) صافية، زرقاء كأنها منبع الزرقة في العالم. كل ما لفت انتباهها تلك الغيمة العالية الوحيدة التي اتكأت على غباش كثيف تحتها.

سألها الدّليل: ماذا ترين؟

- لا شيء محددًا، هناك السماء والسهول الفسيحة، وهناك تلك الغيمة الوحيدة.

- ركّزي أكثر.

- «ماذا هناك؟» سألت وهي تتصفّح المكان، ودَهَمها إحساس ما وسألت نفسها: هل أنا عمياء؟

- تلك ليست غيمة. إنها قمة كليمنجارو، إنها ثلوج كليمنجارو.

في تلك اللحظة وقعت في غرام الجبل. فجأة اتّضح أن ذلك الغباش الذي يسند الغيمة ما هو إلا قامته، وبدا جميلًا إلى حدٍّ لا يُقاوم.

نظرت صوب الدليل، قالت: «في العام القادم، سأتسلّق ذلك الجبل،» وتسلَّقتْه.

* * *

لا يمكنك أن تلبي نداء عنصر ما من عناصر الطبيعة دون أن تلبي نداء العناصر الأخرى.

هذا ما أحسته ريـما التي صعدت، وجربت العيش في الخيام،

وعاشت مشقّات الصعود، ومعنى أن يعيش المرء بنصف كمية الأوكسجين، مقارنة بالأكسجين المتوفر على مستوى سطح البحر. اختبرت الليل والصقيع، ولحظات الأمل واليأس، وطعم الوصول إلى قمة أوهورو: قمة الحرية، سقف إفريقيا، ومعجزة طبيعة القارّة.

في تلك اللحظة نظرت حولها وهي على ثقة من أن باستطاعتها أن ترى القمم الأعلى لجبال الدنيا. رأتها، وقررت صعودها.

✴ ✴ ✴

– أنتِ بحاجة لأن تعرفي نفسكِ أكثر ريـما، ونفسكِ لن تعرفيها تماما، إلا بالآخرين. الآخرون ليسوا هم الناس فقط، إنهم كل شيء في هذا العالم. عليك أن تتقدّمي أكثر، وكلما تقدّمت ستكونين أكثر قربًا من نفسكِ، وستعرفين مكانك في قلب هذا العالم، منزلتكِ في قلب هذا العالم.

لم يكن يغيظ ريـما شيء مثل تلك الجملة التي كانت تسمعها بين حين وحين على لسان هذا المتسلّق أو ذاك: إننا نغامر. إننا نلعب مع الموت!

– اللعب مع الموت لا ينقطع أبدًا حين تكون أسير رتابة حياتك، أما حين تخرج عن هذه الرتابة فأنت تعانق الحياة وتتمسك بها أكثر. قالت لرفاقها على سفوح إفريست: «في الرّتابة تلعب مع الموت، حين نركب السيارة نلعب مع الموت، حين نقطع الشارع، حين ننزل الدّرجات، حين نصاب بالمرض، حين نكون نائمين نصف موتى نلعب مع الموت. بالنسبة لي، الموت ليس هو الشيء الذي يمكن لي أن ألعب معه. أنتَ تلعب مع الشيء الجميل لتفرح، مع من تحب لتفرح، مع الطبيعة وجمالها وقسوتها لتفرح، تلعب مع الجبل

١٢٩

لأنك تحترمه. الموت لا يمكن أن تحبه، أو تحترمه، ورغم أنه الشيء الوحيد المؤكد لكنك لا تلعب معه.»

أخذت ريما نفسًا عميقًا. كانت استعادة تلك الحوارات تجعلها تبذل طاقة استثنائية. وعلى الرغم من أنها تعرف هذا إلّا أنها لم تستطع منع نفسها من استعادة تلك الحوارات، ربما لأنها كانت على يقين من أن الجبل سيسمعها، وبذلك سيكون أقرب إليها، أكثر رأفةً بها وبمن معها، ومحبّةً لهم.

عن الأصدقاء والبحر

أشار صوول إلى أعالي كيبو، وقال: «بعد أربعة أيام أعدُكَ، ستكون على القمة.» لم يسمعه يوسف.

كان يوسف يـتأمل ذلك الارتفاع ويرى في الثلج أشياء لم يرها أحد من الذين معه، الجبل الذي التفَّ بعباءة هائلة من الغيوم. كان الجبل ينظر إليه أيضًا، يحدّق فيه مباشرة، يتأمّله.

ذلك أربك يوسف كثيرًا. استدار مُعطيًا ظهره للجبل، فوجد صوول أمامه: هل تشكّ في أنك قادر على صعوده؟

- «سأصعده، هناك ألف يد خلفي تدفعني إلى قمته.» قال يوسف.

– هذا أمر مهم لنا كلّنا لكن إرادتك في النهاية هي الأساس.

– وهناك أيادٍ كثيرة تدفعني إلى الوراء!

– هذا أمر يحدث لنا كلنا، لكن إرادتك في النهاية أيضا هي الأساس. فكِّر في الجبل كصديق، لا تنظر إليه بغضب، أو بخوف، كما كنت تنظر إليه قبل قليل. ثم هناك مسألة مهمة أيضا: لا تُدِر ظهرك للجبل أبدًا.

* * *

فكَّر يوسف: لو أنّه الآن في غزة لكان قرب صديقه البحر، لكن جون قال له إنك بحاجة إلى صديق جديد. هو يعرف هذا، فالأصدقاء خذلوه دائمًا. سقطوا في الاختبارات التي دخلوها، ولم تكن اختبارات يوسف إذ لم يكن معنيًّا باختبار أحد، لأن أكثر ما كان يسعده هو أن يعثر على صديق جديد، وحين يعثر على صديق كان يتشبّث به، ويتحاشى أن يجرّبه، أن يختبره، أن يطلب منه شيئًا، ولو كان صغيرًا؛ فأكثر ما يخيفه أن يقول له صديقه: لا أستطيع وهو يعرف أنه يستطيع.

الطائرات الإسرائيلية بلا طيار كانت وحدها التي تختبر أصدقاءه، وتختطفهم واحدًا بعد الآخر. لم يكن صعبًا على صديقه خليل ابن خان يونس أن يسمع طنين محرك الطائرة الصغيرة القاتلة، كان يعرف أن هناك جنديًا يبحث عن هدف، يبحث عن شخص أو أكثر ليقتله. حتى صوت القصف الشديد لم يكن يمنع خليل من أن يسمع طنينها. كان خليل قد حوصر داخل محلّ تجاري لم تزل بعض موجوداته التي تحوّلت إلى فحم تشتعل لكن أي ظهور له سيحيله إلى هدف سهل. حين ابتعد صوت الطائرة اندفع خليل بسرعة وسحب دولابًا ملقى قرب الباب. أشعله. كان يعرف أنه لو تمكّن من قطْع الشارع سيصل بيته، فعلى الطرف الآخر بإمكانه أن يختفي في الأزقة، ويتسلل من نافذة إلى نافذة حتى يصل. أشعل الدّولاب، لكن كان عليه أن ينتظر أكثر ليضمن أن النار التي شبَّت فيه لن تنطفئ. كاد يختنق من كثافة دخانه الأسود الثقيل. دفع الدولاب برفق وأخفى جسده. نجح في الوصول إلى منتصف الشارع. دوّت عدة قذائف، ورأى عبر الزقاق المواجه قنبلة فسفور أبيض تنثر الموت بأذرعها الأخطبوطية المميتة.

تصاعد الدخان وحجب الشارع كلّه. حاول خليل أن يسمع طنين الطائرة. كان قد اختفى. اندفع بسرعة، لكنه قبل أن يصل إلى الجانب الآخر وصله الصاروخ تاركًا إياه هناك على باب الزقاق المقابل متخبّطا في دمه. امتدت أكثر من يد وسحبته، وحين أفاق كان بلا ساقين.

أما صديقه عمّار، فقد عرفه بعد أن فقد إحدى ساقيه. التقيا في المستشفى، وسافرا معا إلى فرنسا، وعادا بساقين اصطناعيتين. وبعد سنوات تنافسا على بطولة السباحة.

عمّار كان أكبر منه. منذ عامين التحق بجامعة غزة، وأصبح له أصدقاء غيره.

كان الأصدقاء يأتون ويذهبون، باستثناء البحر.

في البداية كان يوسف يكتفي بالجلوس على شاطئه. ساعات طويلة كانت تمرّ وهو هناك، لا يتعبه الجلوس، يخشى السباحة، مع أنه يعرف أن البحر فيه، يغسله، يمسح كل أحزانه، يعيده إلى البيت أكثر صفاء. الليل والبرُّ كانا يعيدانه إلى اللحظة الأولى للانفجار، لعذابات لا تنتهي، إلى اللحظات التي كان يترجل فيها عن السرير ليلًا، ويسقط لأنه نسي أنه أصبح بساق واحدة.

راقبه أبوه طويلًا، وذات يوم قاد القارب إلى أن أوقفه بجانب يوسف، يوسف الذي لم ينتبه إلى وجود قارب، فالبحر كله فيه. دعاه أبوه لأن يصعد. رفض يوسف. «أرجوك أن تصعد،» قال له. وقد كانت تلك هي المرة الأولى التي يسمع فيها أباه يرجوه.

تحامل على نفسه، وقف ثم خلع ساقه الاصطناعية، عقد بنطاله، تقافز في الماء الضّحل، فالتقطته يدُ أبيه.

بعد عشر دقائق لم يعد باستطاعته أن يرى ساقه الاصطناعية على الشاطئ.

- أعرف أن البحر هو صديقك الوحيد الآن.

لم يُعلّق يوسف.

- ما دمت تحبّه إلى هذا الحدّ، فأنا واثق من أنه يحبك. كل شخص نحبه كثيرًا يحسّ بحبنا له، حتى لو لم نخبره. ولكن علينا أحيانًا ألاّ نكتفي بحبنا الخفيّ هذا، علينا أن نبوح به، وعند ذلك سنعرف إلى أي مدى يحبّنا ذلك الشخص. ذلك الشخص الذي قد يكون خَجِلًا مثلنا، ويحتاج إلى كلمة واحدة منا، إلى خطوة واحدة نخطوها باتجاهه. قف يا يوسف.

- ماذا؟

- قف، سأسندك إذا أردت، ولكنني أُفضّل أن تقف وحدك.

كان القارب يتأرجح في الماء، وزورقان حربيان إسرائيليان في البعيد يذرعان المياه، لمنع أي قارب صيد أو سواه من تجاوز المسافة المسموح بها لأهل غزة للإبحار أو للصيد. كانا الحاجز الذي يُغلق البحر.

- قف يا يوسف.

بصعوبة، وقف.

- اقفز إلى البحر.

- لا أستطيع.

- كنت سبّاحًا جيدًا يا يوسف، لا تخف.

- ولكنني.

- برِجْلٍ واحدة؟ ذلك لا يعني شيئًا. إذا كنت تثق بصديقك البحر لن يتخلّى عنك، سيتلقفك ويعينك، صدّقني.

ودفعه أبوه خارج القارب، فسقط في الماء كحجر.

تخبّط، أحسّ أنه على وشك الغرق، لكنّه لم يمدّ يده نحو والده، لم يحاول التشبّث بالقارب، لم يستغث.

فكرتان تصارعتا في داخله، فلأول مرّة يجد أن الفرصة التي راودته كثيرًا قد حانت: أن يغرق! أن يُنهي كل شيء في تلك اللحظة، أن يختفي هو وأحزانه وكوابيسه في الأعماق.

كان يواصل تخبّطه بجانب القارب الذي يجلس فيه والده، وفكرة الغرق تسكنه، في الوقت الذي كانت فيه فكرة أخرى ترفعه إلى الأعلى: «اصعد يا يوسف باستطاعتك أن تسبح، البحر صديقك، فلا تتركه خلفك، لا تجعله يحزن، لا تكسر قلبه، أنت تعرف أنه يحبك، وسيحبك بعد الآن أكثر لأنه أحسَّ بك أكثر حين أصبحت فيه!»

كتم والده فوق القارب أنفاسه، ففي ثوان قليلة اختفى يوسف. لم يعد له أثر. سحبه البحر. خلع والده قميصه بسرعة، وقذف بنفسه إلى الماء وهو يصيح: يوسف، يوسف.

غاص في الماء، وعندما صعد كان لمّا يزل يصيح: يوسف.

ففاجأه يوسف فوق سطح الماء: شو في؟

الاعتراف

قبل الوصول إلى خيمة الغداء أرعدتْ السماء، وهبط غيم كثيف
لامسَ الأرض. اختفت الوديان والقمم. كانوا معلَّقين في اللامكان.
صمتوا جميعًا، حتى صوول وبقية المساعدين! انفجر صوت هدير
عميق هزّ صدورهم، هدير ابتلع أصوات أقدامهم، وخطواتهم الثقيلة
وارتطامات عصيهم بالأرض، عصيهم التي يستندون إليها. وعاد
الرعد ثانية فابتلع لهاثهم، وحين تراجع كان لهاثهم أشدّ.

كانت الارتفاعات قد بدأت تترك أثرها الأوضح؛ بدأوا يحسّون
أكثر بثقل نقصان الأوكسجين، هذا النقصان الذي يشكل الخطر
الأكبر على الصاعدين، وقد يؤدي إلى دخول بعضهم في حالة فقدان
الوعي وسبات الدماغ.

بنظرته الخبيرة استعرض صوول الوجوه وهو ينتقل من أول
الطابور إلى آخره. ثلاثة على الأقل كان الشحوب قد اختطف
ألوانهم، وأطفأ بريق أعينهم: جيسيكا، سهام، ونجاة.

كان وجه نجاة هو الاختبار الأصعب لفراسة صوول، لأنها كانت
من القلّة القليلة التي يمكن المراهنة على نجاحها، فحتى ليلة أمس
كانت الأكثر انطلاقًا؛ كان بريق عينيها الواسعتين يضيء وجهها المائل
للسّمرة، ويعطي الكثير من الأمل للآخرين.

تحدّثت عن حماستها للمشاركة ما إن سمعت بأن هناك أطفالًا فقدوا أطرافهم وشوهتهم القذائف سيصعدون قمة جبل كليمنجارو. قالت لأبيها: «سأذهب معهم،» وقالت لها أمها: «هل جننتِ!» ولكنها كانت تعرف أكثر من سواها أن ابنتها مجنونة فعلًا، فقد سبق لها وأن نفّذتْ ما في رأسها وصعدتْ إلى مخيم الأساس لجبل إفريست.

***

- «ستأكلك الأُسود،» قال لها أبوها.

- لن أرى أسودًا، فالجبل مكان غير مفضّل لأي حيوان متوحّش، أو غير متوحّش.

- «لم تقنعيني،» قال لها، وغاب نصف ساعة، ثم عاد وقال لها:

- افتحي إيميلك.

فتحته، وإذا به قد أرسل إليّها رابط فيلم منشور على اليوتيوب عن فتاة تأكلها الأُسود.

- هل صدّقتِ الآن أن الأُسود يمكن أن تأكلكِ؟

- لا.

- إذا كنتِ مصرّة على أن تذهبي فاذهبي، ولكن إذا حدث لك شيء سأطلّق أمّكِ.

ردت أمها:

- صحيح أنني لست مع ذهابها، لكنني الآن أقول لكِ اذهبي لأن أباك بعد ثلاثين سنة من الزواج يهدد بطلاق المرأة العاقلة الوحيدة في هذا البيت من أجل ابنته المجنونة.

***

كانت نجاة تتحدّث وتضحك، وتصف وجه أمها الذي انقبضت ملامحه.

***

لم يكن آخرهم قد دخل خيمة الغداء حين بدأ مطر شديد بالهطول ما جعلهم يحشرون حقائب ظهورهم في الخيمة كيفما اتّفق. وتعالى صوت الرّعد أكثر وبدأ بَرَدٌ كثيف يتساقط بقوة بحيث لجأ جميع الأدلّاء إلى داخل الخيمة. وما هي إلّا لحظات حتى رأوا الماء يجري تحت أرجلهم، فأيقنوا أن الحقائب لن تنجو من البلل. حاولوا إنقاذها، لكن المساحة لم تكن تكفي لكي يتحرّكوا.

نظروا عبر باب الخيمة. كان الغيم قد حجب الرؤية تمامًا، واختفى الطريق الصاعد الذي أشار إليه صوول عند وصولهم.

– سنتناول طعام الغداء بسرعة لأن أمامنا أربع ساعات أخرى، سنتسلق ذلك الجبل، ربما نحتاج ساعة أو أكثر، حتى قمته، ثم نهبط نحو الوادي.

كان الشكّ قد بدأ يراودهم حول قدرتهم على قطع تلك المسافة، ولم يكن صوول وريما أقل شكًّا، فإذا ما تواصل المطر والبَرَد، فلن يكون باستطاعتهم بلوغ مخيم موير.

***

كان على صوول أن يستغل كل لحظة داخل الخيمة، وأن يُشغلهم أيضًا. أخرج جهاز فحص الأوكسجين ونبضات القلب، فراح كل واحد منهم يسلِّمه سبّابته. يفحص صوول، مخفيًا أيّ انفعال، في الوقت الذي يُخفي فيه النتيجة التي تظهر على لوح الجهاز الإلكتروني الصغير براحة يده اليسرى.

لم يكن عددهم كبيرًا بحيث يخلط بين النتائج. أجرى فحصًا أخيرًا لريـما، وحين التفت إلى نجاة رآها تحاول استراق لحظات من النوم، وكذلك جيسيكا. أما سهام فكانت تحاول ما استطاعت أن تبدو متماسكة، وهي تتدخّل في كل حديث وتحاول إيصال أطباق الطعام لمن يحتاجها. لكن ذلك كلّه لم يساعدها على بعث شيء من الحيوية في ابتسامتها المطفأة. كانت سهام قد بدأت تدرك أن جسدها يتراجع رويدًا رويدًا، تاركًا روحها وحيدة في ساحة المعركة! ولذا قررت أن تقول كل ما في داخلها دفعة واحدة لكي تُلزِم جسدها بالوقوف معها، لئلا ينسلّ مبتعدًا، لأنها لن تستطيع أن تنفّذ ما خططت له، إلا بوجوده إلى جانبها.

- أتعرفون لماذا جئت إلى هنا؟

التفتوا نحوها: «لصعود الجبل، ومساعدة هؤلاء الشجعان للصعود.» قال جون.

فأجابت: صحيح، ولكن هناك شيئًا آخر جئت من أجله.

صمتوا منتظرين أن تُواصل. صمتتْ وكأنها عادت إلى تردّدها. سألتها نورة: ما هو؟

- جئت إلى هنا لكي أتمكن من أن أُنجب طفلًا قويًا.

قالت أروى وهي تنظر إلى غسان:

- أظن أنني لم أفهم.

- كان زوجي يريد أن ننجب طفلنا الأول منذ عام، لكنني لسبب ما كنتُ أؤجل. يسألني: «لماذا» فأجيبه: «لا أعرف.» وحين سمعتُ عن الرحلة عرفتُ؛ قلت لنفسي: «إذا ما تمكَّنتِ يا سهام من صعود الجبل فستنجبين ولدًا قويًّا كالجبل وعاليًا مثله. لا تضحكوا عليّ.

يهيأ لي أن على كلّ امرأة تريد أن تنجب ولدًا أن تفعل هذا، أن تفعل أمرًا مشابها. أن تضع في جَنينها روحها وروح الجبل، أو البحر، أو الغابة، أو أي شيء يجعله يحسّ مستقبلًا بأنه تكوَّن هناك في الأعالي أو الأعماق، قبل أن يكون قد تكوّن في رحمها.

اعتراف سهام المفاجئ، وتفكيرهم في معانيه، أنسياهم تمامًا ما يدور في الخارج. اختفى صوت الرَّعد، وعراك الخيمة مع سيول المطر والبَرَد. راقب هاري وجيسيكا وصوول انفعالها، وصمت كل من في الخيمة، فأدركوا أن شيئًا عظيمًا قد قيل. رفع إميل يديه فوق رأسه وبدأ يصفّق بحرارة، فتبعه الجميع حتى أولئك الذين لم يفهموا اعترافها.

التفتت سهام إلى جسدها الذي كان قد غادرها، وتوقّف أمام باب الخيمة حين سمعها تتحدّث مصغيًا لها كما لم يُصغ لها من قبل. لم تكن مضطرة لأن تدعوه للعودة، لأنه خطا باتجاهها قبل أن تفعل ذلك، فابتسمت.

***

تذكّر هاري تلك الجملة التي قالتها له صديقته في السّهل، وهي تشير إلى الطيور المستعدة لافتراسه: (إنها تحيط بالمخيم، أنت لا تنتبه إليها أبدًا. ولكنك لن تموت إن لم تستسلم.)

أحس هاري بأن سهام باتت تشبهه، تشبهه تمامًا، فها هي رغم ضعفها البادي عليها تقرّر ألّا تستسلم، مثلما فعل هو نفسه: «لا بد أن هيلين وصلت باريس الآن، وأنها أمضت الرحلة تلعنه وتتمنّى أن تتعفن ساقه، وألّا يجد أحدًا يعيده!»

شدة الألم، وفكرة أن يكون ضعيفًا وسط سهل تملؤه الجوارح

والحيوانات المتوحشة كانت تغيظه كثيرًا، كما أن تمادي هيلين في إصدار الأوامر للخدم بأن يعطوه هذا، ويحجبوا عنه ذاك، كان يغيظه أيضًا، ولذا لم يمنحها حتى لحظة سعادة بعد أن سمع ما قالته عن الموت والاستسلام، فبدل أن يقول لها: أيّ فكرة جميلة هذه؟ سألها: أين قرأتِ ذلك؟

«هل تكون قد قسوتَ عليها أكثر مما يجب يا هاري؟» سأل نفسه، وأجاب: «أظنّ ذلك.» لكنها لم تعرف أن ما قالته كان تحدّيًا ألقته عليه، هو الذي بدا لها ولنفسه أشبه ما يكون بكيس ملح مبتلّ فوق ذلك الكرسي، هو الذي سمع الضبع يتشمّم خيمته، الضبع الذي لا يفتنه شيء مثلما تفتنه الجيف المتفسّخة!

أحلام لاعب كرة القدم

«هل تكون سهام قد التقطت شيئًا من قلق ملامحي، حين قرأتُ نتيجة اختبار دمها ونبضات قلبها؟» تساءل صوول.

أحسّ بسعادة عميقة، فقد كان يحبّ الجبل كثيرًا، وكان يهمه دائمًا أن يسمع مثل هذا التقدير العميق الصادق لكليمنجارو.

* * *

صوول كانت لديه أحلام أخرى جميلة، وكان يستحقها. «من الجيد أن تستحق الأحلام التي تحلمها.» كان دائمًا يقول لنفسه.

في كينيا، لاحظ الجميع بأن صوول، طالب المرحلة الثانوية، مؤهل ليكون لاعب كرة عظيمًا. كان الأسرع والأفضل في تحقيق الأهداف. كلّ مباراة خاضها كان نجمَها، وكل مباراة خاضها مع النادي الأَشهر في المدينة كان يحقّق هدفين من كل ثلاثة أهداف يحقّقها فريق المدرسة.

ذلك أحرج كثيرًا مدّرب فريق نادي المحترفين ولاعبيه. وهكذا لم يجدوا وسيلة أفضل للتخلّص منه سوى ضمّه إلى الفريق.

صوول غدا مُحترفًا، واستطاع أن يجذب نظر فِرق أخرى عملت

الكثير حتى ضمّته إليها. لكن حلمه كان أكبر من كينيا. حلمه كان أوروبا؛ الانضمام إلى فرقِها والتحوّل إلى نجم عالمي.

ليست مهارة صوول وحدها التي كان يمكن أن تؤهله ليكون نجمًا عالميًا. كان وسيمًا بملامحه المتناسقة، وتحديقته الواثقة وسماره الصافي بلون القهوة، بحيث يمكن أن يختطف بسهولة قلوب آلاف المعجبين والمعجبات ويغدو نجمًا لترويج كثير من منتجات الشركات الكبرى.

أتعبته كينيا، ركضٌ متواصل خلف الكرة، وأهداف كثيرة بلا نتائج:

- «سأذهب إلى تنزانيا، يكفي هذا، إنها بلد أبي. لا أظن أنني سأحقّق هنا، في بلد أمي، أكثر مما حققتُ.»

وصل إلى أروشا. نزل في بيت عمّه، واكتشف أن الناس نوعان: هؤلاء القادمون من كليمنجارو وأولئك الصاعدون إليه!

لأيام طويلة لم يعد يشغله شيء مثل الجبل، سماع أساطيره والقراءة عنه، وتأمّل صوره.

لم تعد تعنيه أوروبا. أحسّ بأن له شيئًا كبيرًا في الجبل، كما أن للجبل شيئًا كبيرًا فيه.

حين جاءه عرض لا يمكن أن يرفض من أفضل نوادي أروشا، لم يجد حتى ضرورة لكي يعتذر. ركب دراجته النارية، وانطلق حتى بوابة لوندوروسي.

أمام تلك البوابة رأى كيف تُولد الحياة كما لا تولد في أي مكان آخر مع أفواج الصاعدين إلى قمة أوهورو.

كان عمّه يراقبه بعين خبيرة، ويتساءل: ما الذي يريده هذا الفتى من هذه الدنيا؟

لم تستمرّ حيرته طويلًا. ذات ليلة قال له صوول: عمّي، أعرف أن لك أسهُمًا قليلة في شركة سياحية تنظّم الرّحلات إلى قمة أوهورو.

- نعم، لي أسهم فيها.

- أريد أن أعمل في هذه الشركة.

- وماذا عن كرة القدم؟

- لم تعد تعنيني كثيرًا. مَن لديه جبل كهذا لماذا عليه أن يمضي العمر راكضًا في السهول؟

هزّ عمّه رأسه وهو يحسّ بإعجاب شديد بما قاله ابن أخيه: وما الذي تريده مني؟

- أريد أن تساعدني للحصول على وظيفة في الشركة.

- هيا بنا إذًا.

- الآن؟

- نعم الآن، لماذا نؤجل شيئًا مهمًّا كهذا حتى صباح الغد؟ جهِّز دراجتك. سأرتدي ملابسي ونمضي.

* * *

- صوول هو اسمك إذًا؟

- نعم.

- «اسم جميل. وتريد أن تعمل معنا.» قال مدير العمليات، وهو يدور حول صوول.

- إذا ما تفضلتَ وسمحتَ لي.

١٤٤

- «وماذا تريد أن تعمل؟» قال وهو يواصل الدّوران حوله.
- أتمنى أن أعمل دليلًا.
- «تعملَ دليلًا؟!» وأطلق مدير العمليات ضحكة هائلة. كان رجلًا عملاقًا كشجرة غراند سينسيو التي فتنت صورها صوول دائمًا كما فتنت الأوروبيين حين رأوها، فأحسوا بأنهم يشاهدون نباتات من الفضاء الخارجي.
- نعم.
- أتعرف؟ أنت تحتاج إلى عشرين سنة على الأقل، يا صوول، حتى تصبح دليلًا. وعندما يحين ذلك الوقت ستكون مجرد عجوز مثلي، لا تستطيع حتى أن ترى قمة كيبو البيضاء من شيرا. هل أنت مصرٌّ بعد أن سمعت ما قلته لك أن تكون دليلًا؟
- نعم.
- ولكن عليك أن تتذكّر أن عليك أن تبدأ العمل حمالًا، ثم حامل حمَّام، ثم واحدًا من أفراد طاقم تجهيز المخيمات. وإذا نجحتَ في هذا ستصبح مساعد دليل، ثم دليلًا، وإذا كنت محظوظًا ستكون رئيس أدلّاء في النهاية.
- موافق.

***

ذهب صوول واشترى كل ما يلزمه من ملابس وأدوات، وبدأ حمّالًا.

لم يكن يهمّه شيء أكثر من أن يصعد الجبل! وساعدته سرعته وقوته أن يتقافز فوق الصخور حاملًا الحقيبة الثقيلة بلا أيّ مشكلات. وحين وصل للمرة الأولى إلى قمة أوهورو، اكتشف أنه لا يريد أن

يغادرها. ولم يقتنع بالنزول، إلّا لأنه على يقين من أنه سيعود إليها ثانية.

بعد سنة كان سعيدًا بحصوله على وظيفة حامل حمّام، وبعدها مساعد دليل. كان الأمر أشبه بمعجزة دفعت مدير العمليات أن يعترف لعمّ صوول: لم أر أحدًا من قبل مثل ابن أخيك!

بعد صعوده عدة مرات كمساعد دليل استدعاه مدير العمليات: لدينا فريق من مجلة ناشيونال جيوغرافيك، سيصعد الجبل بعد أسبوعين، اذهب واسترح، أريدك أن تكون دليلهم.إنهم أربعة عشر فردا. ستسلكون الطريق السريع عبر الغابة الممطرة. كن مستعدًا حين أتصل بك.

طوال سنوات ثلاث كان صوول يحسّ أنه جزء من الجبل، لأن الجبل لغيره أيضًا! في تلك الليلة عاد إلى البيت وهو على يقين بأن الجبل أصبح له، له وحده.

*** ***

أبيضَ كلُّ ما حول خيمة الغداء كان. انخفضت درجة الحرارة، وبدا وكأن الشمس التي توارت خلف الغيوم الكثيفة لن تظهر إلّا بعد أيام.

ارتدوا ملابسهم الواقية من المطر، وأخفوا حقائبهم في أغطيتها التي تحميها من البلل.

- «حَرَاكا.. حَرَاكا» صاح صوول، في الوقت الذي أطلقت فيه سوسن صيحتها الأقرب إلى قلبها: «ويرًّا.. ويرًّا.»

عتبة القمة

في ذلك اليوم البعيد

تجسّدت المخاوف بعد أقل من عشر دقائق من الانطلاق، ولم يكن هنالك شيء يمكن أن يختبر الجميعَ مثل ذلك المرتفع بصخوره السوداء، ونباتاته التي تقاوم دون جدوى مناخًا باردًا في تربة فقيرة.

اختفت الابتسامات من كلّ الصور التي التقطها إميل، حتى أن نورة نفسها، الأكثر حذرًا من أن تُلقي عليها الكاميرا القبض متلبسة بعبوس، كان وجهها أكثر إرهاقًا من دمعة. كلّ ما كان يلفت انتباهها اندفاعة يوسف الذي اتخذ قراره: سأصل القمة مهما حدث، ولن أقبل لأحد أن يثبت أنه مؤهل أكثر مني. ولكن في أعماقه، ظلّ هناك شيء من الخوف؛ فكلما لمح قمة الجبل استرق إليها النظر محاذرًا أن يطيل، كما لو أن ما يلزمه لصعود الجبل هو ذلك الذي يلزمه حين يُلقي بنفسه في البحر لأول مرّة.

***

لم يكن يوسف يختلف كثيرًا عن غسان في فرحه بالمسافات التي تمتدّ حوله بلا حدود. ليلة أمس أسرَّ يوسف لجون:

– أتعرف ما الذي يثير دهشتي هنا أكثر من أيّ شيء آخر؟

– ارتفاع الجبال؟

١٤٩

- ذلك يدهشني، لأن غزة محرومة من الجبال. ما يثير دهشتي أنني لم أجد نفسي حتى الآن أمام حاجز عسكري يمنعني من المرور. يدهشني أن هنالك في الأرض عالمًا بلا حواجز عسكرية، لا تعرف إن كان مَن فيها سيسمحون لك بالمرور أم سيطلقون عليك النار.

***

في ذلك اليوم البعيد، في البحر، بحر غزة الذي يغصّ بحواجز الجيش الإسرائيلي أيضًا، كان يوسف يتمنّى أن يسبح جوار القارب إلى ما لا نهاية، إلى عمق البحر لا نحو الشاطئ. في ذلك اليوم أدرك أنه خسر الكثير حين اكتفى بمراقبة البحر من فوق ذلك التلّ الرّملي الأصفر. نظر إلى أبيه، وقال له: شكرًا.

- «العفو» أجاب والده وقد امتلأ بفرح غريب، وهو على يقين من أن يوسف لن يكون بعد اليوم وحيدًا.

***

- «ماء، ماء!» طلب صوول من الجميع أن يشربوا، شربوا، فدعاهم لأن يشربوا أكثر! في الارتفاعات يلعب الماء الدّور الأهم في مقاومة الصداع ويعطي الجسم ما يحتاج من سوائل تلزمه.

صاحت ريـما: بُوْلي.. بُوْلي.

كان يُحظر عليهم أن يتعرَّقوا، ولذا كان السير البطيء، سير السلحفاة أو الحلزون، هو الحلّ. كلّ شيء إلّا التَّعرُّق. كل شيء إلّا الإرهاق الذي سيجد الجسم نفسه، إذا ما وقع فيه، غير قادر على القبض على حفنة من هواء. هنا الهواء يتسرب من بين الرئتين مثل الماء الذي لا يمكن ليدٍ أن تقبض عليه؛ وإن قبضت، فهي لا تقبض إلّا على الابتلال به ليس إلّا.

هنا الهواء ليس أكثر من قطرات يتذوقها الجسم اختلاسًا.

- «ماء، ماء،» صاح صوول.

***

كان هناك الكثير من الماء حول يوسف، بحرٌ كامل، بحرٌ رحب لولا وجود تلك القوارب الحربية التي تطبق على أفقه وتكتم أنفاسَ أمواجه. لكن يوسف تشبّث بذلك القليل منه، وهو يُمنّي النفس بتجاوز تلك الحدود ذات يوم، الحدود التي فرضها الإسرائيليون: «لا يحق لغزة أن تبتعد عن الشاطئ أكثر من ستة كيلو مترات، ولا يحق لصياديها أن يصطادوا أي سمكة بعد هذه المسافة.» كان يوسف يفكِّر في هذا، ويسبح بجوار القارب.

كل مخاوفه تلاشت. لم تبتلعه الأمواج كما كان يظنّ، لم يستقوِ عليه البحر لأنه برِجْل واحدة كما فعل أصدقاؤه حينما انفضوا من حوله؛ لأنه بات يثقل حركتهم، ويضعهم في مواقف محرجة لا يعرفون كيف سيتصرفون فيها إن لعبوا كرة أو لاحقوا فتاة، أو مضوا لحضور مباراة، وأحسّوا أنهم سيصلون متأخرين!

البحر كان حوله وفيه. لم يستحثّه البحر أن يسرع، ولم يطلب منه أن ينتظر عند الشاطئ إلى أن يقضي حاجة ويعود.

حين قال له أبوه: «أظن أن ذلك يكفي،» وقاد القارب نحو الشاطئ ويوسف يتبعه، حين لامس جسد يوسف الرّمل، نسيَ أنه برِجْل واحدة، وقفَ، لم يترنح، لم يسقط، لم يتذكَّر أنه فقد ساقًا إلا حين رأى ساقه الخشبية فوق ذلك التلّ الرّملي الصغير. تحامل على نفسه، وتوجّه إليها قفزًا.

عشرة الحصان

قالت ريـما: أنتم الآن على ارتفاع يساوي ارتفاع أعلى جبال الأطلس: طوبقال.

تلفّتوا حولهم. لم يكونوا فوق جبل، كانوا فوق تلٍّ يُطلُّ على وادٍ عريض، عليهم السير فيه ساعة على الأقل قبل الوصول إلى التلِّ المقابل.

بصعوبة جرَّتْ نجاة قدميها ووقفت خلف صخرة. توقّف الجميع. تبادلوا نظرات ذات معنى، فها هو الحصان الذي راهنوا على فوزه جميعا يتعثّر في منتصف المسافة.

بدأ الخوف يتسلل إليهم. كلّ واحد منهم راح يتحسس جسده بأصابعِ تَعَبِهِ وألمِهِ ليعرف متى سيحين دوْره.

أن تبدأ بالتقيؤ فذلك يعني أن مزيدًا من الإنهاك سيضرب كل عضو في جسدك، وسيرافق ذلك صداع قاتل.

كل الاحتياطات الضرورية لمواجهة الارتفاعات كان المشرفون على الرحلة قد اتخذوها: تناوُل ذلك الدواء (الديَموكس) الذي يحدُّ من أعراض الصعود؛ الحرص على وجود طعام جيد قادر على منح الأجسام أفضل طاقة تحتاجها؛ تذكيرهم بضرورة شرب الماء

وأن تكون أجسادهم دافئة؛ حثهم على تناول المكسِّرات والفواكه المجفّفة وقوالب الحبوب والشكولاتة التي أحضروها معهم. لكن ذلك كله لا يضمن النجاح للجميع.

شهقت نجاة خلف الصخرة، فانطلقت ريـما نحوها. تقيأت كل ما في جوفها، واتكأت على الصخرة في وضع انحناء كأنها ستلفظ معدتها.

ذلك الجهد الذي بذلته للتخلّص مما في جوفها أفرغ صدرها من الهواء تمامًا.

أخرجتْ ريـما عدة مناديل مبتلة وناولتها لنجاة. بصعوبة استطاعت الإمساك بها. مسحتْ فمها، حاولت أن تتراجع نحو صخرة صغيرة خلفها، فلم تستطع. غاص حذاؤها في الطين، ترنّحت، أمسكت بها ريـما، وساعدتْها.

أصبح بإمكان الجميع أن يروا جسد نجاة المنهك المتكوِّر على نفسه مثل كُرة.

صمتوا.

***

منذ تلك اللحظة وإلى آخر الرّحلة سيتّضح أن الفريق سينقسم إلى جزأين، الجزء القادر على قطع المسافات المتبقية بالسرعة المطلوبة، والجزء البطيء الذي سيتأخر وصوله إلى المعسكر دائمًا ساعة أو أكثر، لأن نجاة لن تكون الوحيدة التي ستواجه مصاعب الصّعود.

عذابات الصُّور

في قلب غيمة لا حدود لها كانوا يسيرون بحيث بدت كاميرا إميل مرتبكة بعينها الوحيدة! وتوقّف المصور السينمائي عن التقافز من مكان مرتفع إلى آخر، كي يظفر بلقطات أفضل. اختفت الجبال البعيدة، كما اختفى الوادي والوجوه القريبة التي اختطف ملامحها بياضٌ ضبابيّ، وانتشر صمتٌ عميق كاد يبتلع صوت الخطوات. لكن ذلك لم يستمر طويلًا. راح الصوت العالي لتنفّس نجاة يسيطر على كلّ شيء، كما لو أن الأرض تبذل جهدًا هائلا لكي تتنفّس وقد أحسّت فجأة بثقل أجسادهم على صدرها؛ كما لو أن الجبال حولهم تتنفس صاعدة هابطة، مغلقة الممرّ الضيق أمامهم، الممرّ الذي لا يتّسع إلا لعبور شخص.

أكثر ما كانوا يخشونه أن يلتفتوا خلفهم ويجدوا نجاة ساقطة على الأرض، أو محمولة على كتف واحد من المرافقين. ساروا طويلًا، وحين تلاشت الغيمة، وأشرقت شمس العصريّة، استداروا: لم تكن نجاة هناك وكذلك جون وبعض الحمّالين!

* * *

– «حَرَاكا، حَرَاكا،» صاح صوول. ولأول مرّة لم يُسمَع صوت

١٥٤

سوسن يردد: ويرًّا.. ويرًّا. فقد سيطر حزن كبير عليهم. فما كانوا يتوقّعونه هو انهيار جسد جيسيكا، جيسيكا التي توقّعت انهيار جسد هاري الذي يبذل جهدًا استثنائيًّا ليبدو متماسكًا.

تراجعت ابتسامة نورة خطوتين إلى الوراء. مال رأس يوسف إلى الأمام وكأن كتفيه لم تعودا قادرتين على حمله.

راقبت أروى غسان. كان في مكان آخر، بعيد.

راقبوا غيمة تتقدّم نحوهم، تدفعها ريح متوسطة، بعد أقل من دقيقتين سيكونون في جوفها.

مرّة أخرى يتلاشى كلُّ ما حولهم.

أطبقت عليهم الطريق.

استدار غسان محدّقًا بصعوبة فيما خلْفه وقد اختفى ما أمامه، وما على جانبيه.

* * *

كان المشهد نفسه يتكرّر، المستوطن يصعد حتى الباب الدّاخلي لبيتهم يطْرقه بشدة، فتطلّ والدة غسان من نافذة البيت الحديدية المحصّنة بشبك معدني، النافذة الشبيهة بنوافذ أبواب الزنازين في ممرات السجون.

- «زوجي مش في البيت.» قالت له.

رفع المستوطن الشيك وألصقه بالشّبك، فرأت ذلك الجندي الذي جاء معه، بحجة حراسته: قولي لزوجك المجنون أن يقبل بما نعرضه عليه، لأننا اليوم أو غدًا سنأخذ البيت. اليوم نعرض عليه ثمنه، غدًا سنستولي على البيت رغمًا عنكم. أنتم لن تستطيعوا العيش هنا بين خمسمائة يهودي.

- بل أنتم الذين لن تستطيعوا العيش بين مليون خليلي.

فجأة، أطلّت سارة، تلك المستوطِنة، من خلف الشبك، وصرخت في وجه أم غسان وهي تنغِّم الكلمات: شرموتة، شرموتة، شرموتة!

أغلقت أم غسان النافذة، وتراجعت وهي تحدّق في الباب متوقعة الخطوة التالية. لقد بدأتْ سارة تطرقه بقوة، محوّلة الشتيمة إلى أغنية.

في الخارج كان الجنود ينتظرون. أطلَّ المستوطن، ثم الجندي، تأخرت سارة في الداخل، فصاح المستوطن: سارة.

في ذلك المساء، أطلق مستوطن صَلْية رصاص في الهواء، وبعد ساعة وجّه رشاشه باتجاه بيت غسان، وأطلق صَلْيَة أخرى.

كلّ من في البيت يعرفون أن عليهم الابتعاد عن الشبابيك، والالتصاق بالأرض، خلف أيّ قطعة من الأثاث يمكن أن تحميهم.

كان الرصاص يعبر حديد النافذة ويحطّم الصور المعلّقة على الجدران.

منذ زمن لم يعودوا يجرؤون على وضع زجاج للصور، منذ أن تحطم أول إطار وتطايرت شظاياه القاتلة في كل مكان. لكنهم، كانوا يرفعون الإطارات من جديد، بعد أن يغيّروا الصور، ويُحضِروا صورًا أخرى لم يثقبها الرصاص.

خمس مرات على الأقل أصيبت صورتا ابنتهم الشهيدة وابنهم الشهيد: «كم مرّة يا رب يريدون قتلهما؟» كانت أم غسان تصيح.

فكرتْ بعدم تعليق الصور ثانية. لكن شيئًا ما في داخلها كان يجعلها تعلّق الصّور، فالحزن الذي كان يعتصر قلبها لأنهم أطلقوا النار على صور ابنتها وابنها، كانت ترممه بالتّحدّي. عادت حاملة

صورًا جديدة لهما، ووضعتها على الجدار نفسه ليروا الشمس عبر النافذة الوحيدة، ويروا قاتليهم أيضًا!

كان صاحب الأستديو يسألها بحزن كلّ مرة، وكأنه لا يعرف الجواب: قتلوهم مرة أخرى يا خالتي؟!

فترد: قتلوهم مرّة أخرى.

يناولها الصور الجديدة، وحين تمدّ يدها إليه بالنقود، يهز رأسه رافضًا المبلغ بصمت.

* * *

تلك الليلة، ليلة إطلاق النار، انتشر المستوطنون في الطرقات، فاختفى المارّة الذين يعرفون أنهم سيكونون عرضة للضرب والاعتقال والإهانة.

على أبواب البيوت والمحلات التجارية وعلى كل حائط وجدوه أمامهم كتب المستوطنون أسوأ الشتائم، لا الشتائم التي تطال الجميع فقط، بل شتائم بأسماء النساء والفتيات الفلسطينيات اللواتي يسكنّ البلدة القديمة. كل امرأة لحقتها شتيمة معيبة تنال من شرفها وأعضائها التناسلية، وقد كُتبت بخطّ كبير على جدار بيتها.

* * *

أطلّت شمس اليوم التالي على مشهد لم تره الخليل من قبل. وإذا بالأولاد والإخوة والأزواج والأجداد والأمهات والأقارب وجهًا لوجه مع تلك الشتائم.

قبل أن يُغطي جارهم، عبد القادر، الشتيمة التي نالت شرف زوجته وبناته بالطلاء الأبيض الذي أحضره سريعًا، انطلقت رصاصة وثقبت ذراعه فسقطت الفرشاة على الأرض واندلق الطلاء.

ولعدة أيام، كانت كلّ يد تمتد لتمحو شتيمة تكسِرها هراوةٌ أو تثقبها رصاصة، إلى أن أحسّ المستوطنون والجيش أن كل واحد قد قرأ الشتيمة التي تخصّه حتى انفجرت شرايينه.

* * *

بعد أسبوعين من ذلك، وصلت دورية جنود بعد منتصف الليل. توقّفت أمام باب بيت غسان، وسلّط الجنود أضواء الكشّاف على البيت. طلب جندي، بمكبر الصوت، من أصحاب البيت النزول إلى الشارع.

– «هل سيرحّلوننا رغمًا عنا؟» كان هذا هو السؤال الوحيد الذي خطر ببالهم، وهم ينهضون على عجل، بعد أن غدا باب المنزل الخارجي وباب السّطح مشرعين بأمر عسكري، ليلًا نهارًا.

راحوا يهبطون الدرج المتآكل بسرعة، يقفون أمام الجنود، ويمدّون أيديهم بخوف لكي يتسلّموا ذلك الأمر العسكري الذي سيفتح في رؤوسهم باب كوابيس جهنميّة لن يُغلَق أبدًا.

فرصة أخيرة

لا يميِّز مخيم موير عن أيِّ مخيم آخر سوى وجود ذلك الكوخ، خماسي الأضلاع، الكوخ الذي لا يبعد عن جدار صخريّ عملاق أكثر من عشرة أمتار، الكوخ الذي يُدعى (مْويها هَت).

كان الكوخ مُقامًا على قاعدة إسمنتية متينة تجعل القادم إليه حائرًا في الطريقة التي أوصلوا فيها الاسمنت إلى هذه الارتفاعات العالية.

حين سألتْ سوسن التي لفتَ الكوخ انتباهها أحد المرافقين، قال لها إنه كان يُستخدم للحراسة. لم تقنعْها الإجابة، وربما الأدقّ: لم تحبِّ الإجابة. فكوخ مُنعزل وحيد كهذا كان بحاجة لأن يتمّ تبرير وجوده بصورة أفضل، كأن يكون مَن أنشأه عاشقًا رفضوا زواجه من حبيبته فالتجأ إلى الأعالي هاربًا من كلّ مخلوقات الأرض! أو أن يكون هذا العاشق قد بنى الكوخ لأنه خطط لاختطاف حبيبته التي رفضوا زواجه منها! لكن سرّه انكشف، فقُتل، وظلَّ الكوخ شاهدًا على حبّه، يمرُّ به الصّاعدون إلى قمة الحرية، ويستعيدون قصته بحزن!

- هذا الكوخ كان يستخدمه ثاني رئيس لكينيا، دانيال أرب موي، أثناء حرب الاستقلال للاختفاء بعيدًا عن المطارِدين.

***

في تلك الأعالي لم يكن من السّهل العيش طويلًا، فالبرد الشديد فرض على بُناة الكوخ أن يبنوه بصورة جيدة. فجدرانه الخشبية كانت من طبقتين، بينهما موادّ عازلة. ولم يزل باستطاعة كل من يمرَّ به أن يرى بقايا غطاء بلاستيكي أخضر كان بمثابة معطف ضخم يمنع تسلل الماء والهواء إلى داخله.

اقتربت سوسن أكثر، فقصة الكوخ الحقيقية ذكّرتها بأنها تصعد مع فتية فلسطينيين أمضوا عمرهم محاصرين مطارَدين.

لمحت يوسف، فأشارت له أن يأتي؛ كان بحاجة إلى أي شيء يكسر إيقاع الرّحلة، شيء يشبه اللهو ولو قليلًا، ولم يكن هناك أفضل من كوخ مهجور.

تحت قاعدة الكوخ المُقامة على أعمدة الإسمنت كانت هناك زهور أقحوانية بيضاء، زهور ما كان يمكن أن تُرى في أي مكان آخر، لا في الطريق، منذ مغادرة (ليموشو)، ولا حول المعسكر، ولا حول الكوخ نفسه. ببياضها الناصع وخضرة أوراقها اليانعة كانت أشبه بمعجزة. وصل يوسف، تأمل الكوخ، دار حوله ثم دخله، فأصبح باستطاعته أن يرى سدّة يوصل إليها سُلَّمٌ صغير متهالك كجدران الكوخ وعتباته ونوافذه. لكن أكثر ما أثار انتباهه تلك الكلمات التي خطَّها الصاعدون على كل مساحة تتسع لكتابة اسم أو جملة.

التقط قطعة فحم عن الأرض، وكتب بالإنجليزية على بقايا لوح خشبي: Gaza، وراح يبحث عن مكان يمكن أن يثبّت اللوح عليه.

رغم تحذيرات سوسن وخوفها الذي أطلَّ من عينيها، تسلّق يوسف أحد جدران الكوخ، وظلّ يصعد حتى ثبّت اللوح فوق الباب الذي كان يطلّ على جهة الشرق.

بعد خمس دقائق حضر هاري؛ فوجود كوخ مثل هذا كان كافيًا لإثارة مخيلته، ووجود يوسف أيضًا في مزاج جيد - كما يبدو- كان يدفعه لمعرفة شيء عنه وعن إصابته.

- «خطٌّ جميل.» قال ليوسف.

فشكره يوسف، وهو يبحث عن مكان لتثبيت قدميه وهو يهبط.

راقبته سوسن وهاري بقلق حتى وصل الأرض.

- «أحبُّ أن أتحدّث مع يوسف، هل باستطاعتك مساعدتي على الترجمة؟» قال هاري لسوسن.

- بالتأكيد، وأرجو أن يكون يوسف مستعدًّا لهذا.

حين التفتوا إليه كان يقوم بحركات بهلوانية رافعًا رِجْليه: السليمة والاصطناعية إلى الأعلى وسائرًا على يديه.

لم يكن أمرٌ كهذا سهلًا، بخاصة أن سطوح الصخور كانت ناتئة كالشوك، وسببت للكثيرين جروحًا صغيرة مؤلمة في أطراف أصابعهم وهم يتشبّثون بها صاعدين.

بعد دقيقتين كان يوسف قد انتهى من رياضته.

حدّثته سوسن عن رغبة هاري بالحديث معه فوافق على الفور.

امتدّت يد هاري إلى جيبه وأخرج دفتر ملاحظات صغيرًا، ثم طرح سؤاله الأول عن صعوبات الرحلة وقرار المشاركة فيها.

تأمل يوسف خيام المعسكر التي لا تبعد أكثر من ستمائة متر، وبدأ يجيب، وسوسن تترجم.

تحدث عن مصاعب الرحلة، ومعاناته مع حاجز إيريز، وكيف تركوه ينتظر ساعات، رغم أنه كان الوحيد في ذلك النهار الذي ينتظر في المعبر؟ تحدث عن أولئك الجنود والموظفين الإسرائيليين

الذين لم يكن يراهم، ويعرف بأنهم يراقبونه عبر الكاميرات، وكيف راح يتقافز أمام الكاميرا داعيًا إياهم أن يسمحوا له بالمرور، وكيف كان عليه أن يستجيب لمكبر الصوت والأوامر المتلاحقة ويتراجع حتى حائط القاعة الأخير ويخلع ساقه الاصطناعية، يقفز على رِجْل واحدة، ويستدير حول نفسه، ثم يعاود الجلوس ثانية، وألا يتحرك قبل أن يسمحوا له.

حدّث هاري عن خوفه من أن يعيدوه، فقد كان يوسف لمّا يزل بعد في خانة الأطفال، كان قد تبقى له شهران لا غير كي يحصل على هوية ويعتبرونه شابًا، وبالتالي خطَرًا! وبذا لن يكون باستطاعته الخروج بسهولة من غزة.

– فرصتي الأخيرة كانت الرحلة، لأرى العالم ثم أعود إلى السجن من جديد، إلى غزة. أمنيتي الوحيدة الأخيرة كانت الخروج من الحصار، وأن أتنقّل في أماكن لا حواجز عسكرية فيها.

– هل تحس أنك اكتفيت الآن؟

– لا، لا أبدًا، أيّ مجنون ذلك الذي يمكن أن يقول: تعبتُ من الحرية!

كتب هاري العبارة الأخيرة ووضع تحتها خطّين.

– وهل تعتقد أنك ستصل إلى القمة؟

– لا أسمح لنفسي بأن أشك في ذلك. لن يكون هناك أي معنى للقدوم إلى هنا إن لم أصل إليها.

ضحك هاري، وسأله: وهل تظن أنني قادر على الصعود إليها أيضًا؟

– لا أعرف ما الذي دعاكَ إلى مرافقتنا في اللحظات الأخيرة،

لكنني أظن أنه سبب قوي، وما دام لديك سبب قويّ، ستصعد.

– هذا يعني أن لديك سببًا قويًّا؟

ضحك يوسف كما لم يضحك منذ وصوله وقال: سبب؟! هههههههه! قل مائة سبب على الأقل.

ضحك هاري، وسأل يوسف: هل يمكن أن نتحدّث فيما بعد عن إصابتك، أسرتك، أصدقائك، غزة، إن لم يكن لديك مانع؟

– لا، لا يوجد أيّ مانع.

تأمل هاري المكان، وكم بدا سعيدًا لأنه لم يجد في السماء أي أثر لتلك الطيور الجارحة التي كانت تنتظر لحظة الانقضاض عليه؛ كأن سنوات طويلة مرّت على حواره مع صديقته التي تركها تعود وحيدة.

(– ألا يمكنكِ أن تسمحي لرجل بأن يموت كما يحلو له..؟

– لأنك ستنجو من الموت!

– لا تكوني سخيفة. إنني أحتضر الآن. اسألي أولاد الحرام أولئك.. تلك الطيور الهائلة القذرة ورؤوسها العارية وريشها المنفوش المحدودب..)

ألف بوابة مغلقة.. ولكن!

بعد منتصف الليل بقليل أطلق جون صرخة هزّت المخيم الصغير، وحينما سمعوها تبين لهم أنه يطلب المساعدة من الدكتورة أروى.

لكنه عاد ونادى: «إميل.» حين طلب منه يوسف ذلك.

ثلاث ساعات كانت قد مرّت على نومهم، وفي الخارج كانت الأرض قطعة هائلة من جليد.

قبل أن يصحو هاري، كان إميل قد بدأ بارتداء ملابسه على عجل والبحث عن حقيبة الإسعافات الأولية التي أحضرها معه، والضوء يتأرجح في داخل الخيمة بجنون.

– «ارتدِ سترتكَ يا إميل، البرد شديد في الخارج.» قال له هاري الذي اعتدل، وقد قرر ألّا يعود إلى النوم قبل معرفة ما يدور، رغم البرد الشديد الذي فاجأه أيضًا.

خارج الخيمة كان انعكاس الصقيع يضيء المكان كلّه.

أشرع جون باب الخيمة، ودعا إميل لأن يدخل بسرعة.

تحت ضوء مصباح الرأس، رأى إميل الألم متجسّدا في وجه يوسف. كان يتألم وهو يشدّ على فخذ رِجْله المبتورة، وينظر صوب وجه إميل الذي حجبه وهج المصباح.

- «شو اللي عم بيصير؟» سأل إميل بقلق.

امتدّت يد جون وأبعدت قطعة بيضاء من قماش كانت تحجب ركبة يوسف عند القطع.

ارتبك إميل لوهلة، رغم أنه التحق بأكثر من دورة إسعافات طبّية في الماضي.

تحت الضوء كان وجه يوسف أصفر كليمونة. ومرّة ثانية، هتف إميل في داخله: إنه أنا!

استعاد إميل ذلك اليوم الذي أشعل فيه الحريق. استعاد نظرته لنفسه في المرآة. لم تكن هنالك -يومها- قطرة دم في وجهه الشاحب.

فتح حقيبته، وأخرج حبّتي مسكّن، ووضعهما في يد يوسف. ابتلعهما يوسف، فلم يدر إميل هل ابتلعهما دون ماء لأنه يستطيع أن يفعل ذلك، أم ابتلعهما لأن ألمه لم يُمْهله لأن يطلب الماء!

كانت مساحة القطْع ملتهبة في نقطة الوسط حتى نهاية طرفها الدّاخلي.

طلب من يوسف أن يستلقي. فعل ذلك وهو يتألم بشدّة. غطاه جون بسترته وبعض الثياب التي أخرجها من حقيبته.

لم يكن باستطاعة إميل أن يتحدّث عن شدّة الالتهاب، كما لم يكن باستطاعته تبادل النظرات مع جون.

حاول جون التغلّب على ارتباكه ما استطاع. حاول كتم خوفه. كان يتوقّع أن تبدأ مثل هذه المشاكل مع نورة، وإذا بها تنفجر دون مقدّمات في ركبة يوسف.

بمهارة طبيب وجرأته، طهّر إميل يديه بمحلول كحولي، ثم بدأ

١٦٥

العمل على تنظيف الالتهاب بهدوء شديد، محاذرًا أن يتسبّب في أي ألم يمكن تلافيه.

بعد نصف ساعة كان قد أنهى عمله. غطّى الجرح بشريط من شاش طبّي، أنزل المصباح عن رأسه، وقال ليوسف: كل شيء سيكون على ما يرام.

- «هل أستطيع صعود الجبل؟» سأل بخوف.

- ولو يا يوسف يا خيي، ألا تثق بعلاج خيّك إميل؟ طبعا ستصعد الجبل، وستكون أول من يصل القمة.

- تعرف! لا أريد الرجوع إلى ...

قاطعه إميل: لا تُكمل، ليست لديّ أي ذرة من الشك في أنك ستعود منتصرًا، أتعرف لماذا؟ لأنك عنيد مثلي، ولأنك إذا ما قررتَ أن تقوم بشيء لا يستطيع أحد أن يمنعك. هل تعتقد أن الإسرائيليين عند حاجز إيريز هم من سمحوا لك بالخروج؟ لا. أنت أجبرتهم في النهاية أن يسمحوا، لأنك كنت مصرًّا على ذلك. كان يمكن أن تعود إلى البيت حين وصلت بوابة الحدود في رفح ووجدتها مغلقة. وكان يمكن أن تقول بعد أن تأخّر صدور تصريح خروجك من إيريز: يكفي، فهذه الرّحلة مشؤومة من أولها. وكان يمكن أن تُردِّد الكلام نفسه حين لم تصدُر تأشيرة دُبي. وحين كادت الحافلة الأخيرة على جسر اللينبي أن تنطلق دون أن تكون فيها. وحين صدرت تأشيرة تنزانيا بأعجوبة، وكانت باسم أمك، لا باسمك، ولكنك حملتَها وطرتَ بها من أبو ظبي إلى الدوحة، ومنها إلى دار السلام دون أن ينتبه أحد من موظفي الطيران لذلك. كنا نُصلّي جميعنا كي تصل، ووصلت، وحُلّت مشكلةُ الفيزا! كان يمكن أن تردّد هذا الكلام حين

فقدتَ حقيبتك التي وضعتَ فيها طرفك الاحتياطي، وكان يمكن أن تردّد هذا الكلام حين وجدتَ نفسك تصعد الجبل دون أن تستريح لحظة. هل عرفت الآن لماذا أقول لك بأنني على يقين من أنك ستصل القمة؟

- «صحيح أنك جعلتني أطمئن، ولكنك أتعبتني يا شيخ وأنت تذكّرني بكل تلك المصائب.» وأطلق يوسف ضحكة متعَبة. ثم قال له: شكرا صديقي.

لم يكن إميل ينتظر شيئًا مثلما كان ينتظر تلك الكلمة: صديقي. احتبس الدّمع في عينيه، أغلق حقيبة الطوارئ، وخرج من الخيمة وهو يتمنّى له ليلة سعيدة.

وقف إميل في الخارج. كان يريد أن يصرخ فرحًا، لكنه كان يعرف أن صرخةً تنطلق في ليل كهذا لن تُفهم أبدًا على أنها صرخة فرح.

عبَّ كمية هائلة من الهواء. رفع باب الخيمة. وجد هاري في انتظاره. شرح له بسرعة ما حدث هناك، فسأله هاري: هل أنت متعب؟

- «لا.» أجاب إميل.
- هل باستطاعتك إذًا أن تعالج ساقًا أخرى؟
- «ساقُ مَن؟» سأل إميل بقلق.
- ساقي أنا.

***

في الصباح كان إميل أول من يغادر خيمته. مزاجه الرّائق دفعه لأن يتقافز أمام خيمة الطعام ممارسًا ألعابا سويدية! لم يكن يرتدي سوى فانيلة رياضية خفيفة، نصف كُم.

كان إميل قد نسيَ أن الهواء في الأعالي أقلّ، نسيَ تمامًا. سعادة ما كانت ترفعه عن الأرض وتعيده. أحسّ بِحركة في خيمة يوسف وجون، فتوجّه إليها.

- صباح الخير، كيفك يا بطل؟
- ممتاز.
- هل أنت مستعد لتناول الإفطار؟
- جدًّا، ولكن بعد أن أُثبِّتَ الطَّرف.
- ما في ضرورة لهيْدا يا خيي، اليوم ستركب حصانًا إلى المطعم!

وقبل أن يسأله يوسف: «أيّ حصان ذلك الذي تتحدّث عنه في سفوح كليمنجارو العليا؟» انحنى إميل، فزحف يوسف حتى وصله، وضعه إميل على ظهره وانطلق به إلى المطعم في جو من البهجة أضاء قلوب الجميع.

ذكريات حزينة

لم ير إميل القتيل لكنه عرفه حيًا. كان طيبًا معه ولم يسبق أن أساء إليه بشيء، حتى أن جورج الفلسطيني الذي التجأ لقرية إميل في الجنوب، كان يبدو أرقّ الناس، وأكثرهم حرصًا على ألا يؤذي أحدًا.

بعد مقتل جورج، حاول قاتلوه إلحاق كل الصفات السيئة به: كان جاسوسًا، لم يكن يتعب من تعقّبنا حتى أيام الأحد! هل رأيتموه يومًا متغيّبًا عن الصلاة!

ويقول آخر: لم يكن يملك غير تلك الدّكان الصغيرة. بعشر ليرات ما كان يبيع في اليوم، كيف كان عايش؟

لم يكن الأمر المحزن قائمًا في كيف كان جورج يعيش، بل كيف مات!

حين وصلت الأخبار بأن ابن مختار القرية قُتل في اشتباك مع الفلسطينيين، لم يجد رجال المختار أمامهم مَن ينتقمون منه. وفجأة، تذكّروا أن جورج فلسطيني! بهدوء رجال ذاهبين لتأدية أمر مقدّس سحبوا جورج من الدّكان، وقبل أن يسألهم ما الذي يجري أطلقوا مائة طلقة عليه!

الأمر الجيد الوحيد الذي حدث أن أحدا من أولاده لم يكن في الدكان، كما أن الغاضبين لم يذهبوا إلى بيته لتصفية عائلته.

لسنوات طويلة ظلت القرية تتحدّث في الأمر، وفي كل مرة كانوا يشعرون أن من يواصل تبرير قتل جورج هو الأكثر ندمًا وشحوبًا.

كان إميل يحب جورج كثيرًا، جورج الذي كان يقول له دائمًا كلما اشترى منه شيئًا: هذا بدل الثمن الذي دفعته، ويعطيه شيئًا آخر ويضيف: وهذا هدية من عمّك جورج.

يومها قرّر إميل أن يغادر ذلك الجحيم بمجرد أن يبلغ الثامنة عشرة، وفعلها. لم يكن يريد ليديه أن تتلوثا بأيّ دم.

خارج المكان

في ذلك الفندق، في أروشا، في الفندق الذي أصبح ذكرى غالية، مع كلّ ذلك الصقيع ومع ضيق الخيام الصغيرة والهواء الذي لا تُعرَفُ الجهةُ التي يهبّ منها، ومع وجود تلك الحمّامات الصغيرة، المصنوعة من قماش الخيام، الحمامات التي ستنهار لو فقد أيّ منهم توازنه وهو يحشر نفسه فيها؛ وسط ذلك كلّه، بدا إميل أكثر سعادة من أي إنسان آخر. إميل الذي استطاع الوصول إلى منصب نائب مدير في واحدة من أكبر شركات الطاقة الأجنبية العاملة في الخليج.

كان ينظر إلى الفريق فرحًا لأن هدفًا واحدًا يجمعهم كلّهم: هو إيصال هؤلاء الفتْية إلى القمّة، ومساعدة بشر لم يسبق أن التقوهم بحاجة للأمل كما هم بحاجة لأطراف وعمليات جراحية وابتسامات أيضًا.

كان يرى الأمريكي واللبناني والفلسطيني والفلبيني والتنزاني والسعودي والأردني، كأنهم نموذج هائل لبشرية يحلم بها.

صحيح أن إميل تحمّس كثيرًا للصعود ما إن سمع بالرحلة، لكنه أيضًا كان يريد الابتعاد عن جو العمل. كانت المنافسة بينه وبين ألماني وبريطاني على منصب المدير تنتظر قرار مجلس إدارة الشركة الذي التقى ثلاثتهم في برلين.

١٧١

لقد سبق لإميل أن تسلّق جبالًا من قبل، لكن كليمنجارو كان مختلفًا. وحين بدأوا يرتفعون كان يحسّ أن عليه أن يبذل الكثير لكي يبلغ القمة. لكنه لم يتناول أي دواء يمكن أن يساعده على الصعود دون متاعب. حذرًا كان دائمًا من الأعراض الجانبية للأدوية، كل الأدوية، حتى تلك التي كانت في حقيبته التي ما كان يمكن أن يُحضِرَها إلّا لأنه يعرف أن هناك من سيحتاجها. وتأكّد من صواب قراره حين فوجئ الفريق بغياب أهمِّ عنصرين فيه: أخصائي الأطراف الاصطناعية، والطبيب المختص بأعراض أمراض السّفر.

❊·❊·❊

مقعدان كانا فارغين حين بدأوا بتناول طعام الإفطار. سأل هاري: «أين نجاة؟» وقبل أن يتصاعد قلقهم، أجابت ريما: «نجاة سبقتنا إلى مخيم بارانكو. فضّلنا أن تسير ببطء، إذا وصلت قبلنا سيكون باستطاعتها أن تستريح أكثر.»

هرش جبريل جسده. انتبه يوسف فهرش جسده، وبعد قليل كانوا كلهم منهمكين في هرش أجسادهم.

وسيلة النظافة الوحيدة التي كانت متاحة: مسح أجسادهم بالأوراق الصحية المبتلّة، لأن الماء كان شحيحًا، وكان على الحمّالين أن يأتوا به من الوديان المجاورة للمخيمات ويقوموا بتعقيمه وتصفيته.

ريما قالت: «أريدكم أن تتذكّروا أننا لم نبلغ منتصف الرّحلة، وأن ما تخسرونه من وزن ستعوضه أجسادكم بالأوساخ التي ستتراكم عليها!» وضحكتْ، قبل أن تضيف: «في كل مرّة عدتُ فيها من الجبل

١٧٢

ووقفتُ للاستحمام في غرفتي في الفندق، كانت الأوساخ المتراكمة عليّ تغلق مصارف المياه!

ضحكوا كثيرًا، وكأنها تقول نكتة، ولكن شيئًا ما أعادهم من جديد لهرش أجسادهم بشدّة أكبر.

***

لم يسأل أحد عن المقعد الفارغ الثاني، فالجميع كانوا يعرفون أن سوسن لن تخرج قبل أن تتأكّد من كمال زينتها.

المفاجأة أنها حين وصلت أخيرًا كانت كمن استمتعت بحمام طويل، فشعرها يتطاير على كتفيها نضِرًا، ووجهها يشعّ بنظافة لم يعرفوها منذ ثلاثة أيام، وحتى أظافرها كان يشع طلاؤها الأحمر الذي لا علاقة له ببؤس تلك المرتفعات، بحيث لن يستطيع أحد أن يرى إن كانت الأوساخ قد تراكمت تحت أظافرها، مثلهم، أم لا!

كانت أحضرت معها من وسائل النظافة أضعاف ما أحضرت من طعام وملابس!

وقفت أمام باب الخيمة، الشمس منعكسة على شعرها الذهبي، قامت بدورة كاملة، وسألت: كيف؟

- «أو هووووو!» تصاعد أكثر من صوت.

لم تكن هناك سعادة أكبر من سعادتها بأن شيئًا لم يتغيّر في حياتها اليومية رغم ذلك الشقاء الذي يرزح تحته الجميع.

***

جلست سوسن مقابل إميل. قالت له: إنت لبناني وبتفهم بهيك أمور، كيف شايفني؟

- يا خيْتي، ريتا مراتك تنكسِر.

- «ليه بتحكي هيك؟» سألته سوسن بغضب.

فرد بابتسامة عريضة: حتى أكوْنْ مرايتك!

ضحكوا.

****

بعد نصف ساعة من مغادرة المخيم سيغني صول: زَيْنَه، زيْنه زينه، الأغنية الأشهر بعد أغنية كليمنجارو، وسيبحثون هم عن أغنية يغنونها، لكنهم سيفشلون في إكمال أي أغنية، فتارة سيغنون: عندك بحرية يا ريس، ويتوقّفون، وحينًا سيغنون: يا بحريّة هيلا هيلا.

وستنبّههم سهام التي لم يعد هناك ما يثنيها عن بلوغ القمة: إيه ده يا جماعة، هوَّ إحنا في البحر وانا مش عارفة!

وتغني ريـما: «لطلعْ ع راس الجبل.. وانزلْ» ولكنها لن تستطيع تذكُّر ما بعد هذا المقطع، وسيقول لها أكثر من واحد: هذه ليست أغنية، إنها من اختراعك، وتُقسم أنها أغنية، لكن أحدًا لن يصدّقها. وسط ذلك النقاش الصاخب سيتصاعد صوت إميل بموال قبل أن يُغني أغنيته التي ولِد مطلعُها على مسمع الجميع:

قُمت الصُّبح، قَبل الصبح، كان القمر غفيانْ

ورموشه بتنقّط ندى.. وخده الحلو سِكران

ع مخدته كان العشب غافي وسبع غزلان

نفسي ابمنامه وصحوته.. يا ريْتني فنان

لرسم.. شْفَافُه إبوستي.. وصدره بصهيل حصان

ريتا مراتك تنكسر

حتى أكون مرايتك

ويبقى قميصك همستي
ونسمة هوا بردايتك

وستدوّي في الفضاء صيحات الإعجاب.
ريتك إلي وريتني إلك
وأحيا بشمس محبتك
ونزرع شجر قلب البشر
وأحيا حياتي عاشقِكْ

ريتك أنا وتمشي معي
بغنيك وإنتِ بتسمعي
وقدام إمك أحضنك
وع عيون بيِّك بايسكْ

بحبك لحتى صير أنا
أوف وعتابا وميجنا
وجْناحك إللي في السما..
سريرك.. وريش وسادتك

تصاعدت صيحات الإعجاب أكثر، ارتفعت وارتفعت، وفجأة غطى عليها رعد شديد، ودون مقدّمات هبت ريح، وأغلق الأفق ثلج كثيف.

ليلة الحقل

على عجل راحوا يرتدون الملابس الواقية من المطر والمعاطف البلاستيكية. فتح أحد الحمالين مظلّته الملوّنة كقوس قزح، وما إن وضعها فوق رأسه، حتى اقتلعتها الرّيح، ودحرجتها بعيدًا. كان من الجنون اللحاق بها، فمن يستطيع أن يسابق ريحًا كهذه؟!

خُيِّل لنورة، التي بدأت تحسّ بعودة الألم، أنها لن تتمكّن أبدًا من بلوغ قمة لاڤا تاور، القمة التي كانت أمامهم ورأتها قبل نزول الثلج.

* * *

حين كانت تتدرّب للصعود بعيدًا في قريتها، أحسّت أن صعود كليمنجارو أسهل من صعود تلّ لا يزيد طول سفحه على مائتي متر. قالت ذلك لأبيها وهي تشير إلى المستوطنة أعلى التلّ.

وأضافت: تصوّر! ربما استطاعت أن تصعد أعلى جبال العالم، لكنها لن تستطيع صعود تلّ كهذا.

هزّ أبوها رأسه موافقًا، واستعادت شريطًا طويلًا من الذكريات.

كان لابن عمّ والدها: رجب، أفضل كرْم زيتون في موقع المستوطَنة؛ منه يستطيع أن يرى نابلس كلّها. بدأ المستوطنون

بمضايقته، مستوطنون يهاجمون الحقل، يحميهم الجنود، وهو يحاول ما استطاع حمايته.

رجب ابن السبعين عامًا، كان نحيلًا وذا قامة قصيرة، وجهه أقرب إلى السواد لفرط ما تعرض للشمس، وعيناه يقظتين كعيني صقر حكيم.

عرض ابناه عليه أن يستريح، لأنهما سيحرسان الحقل مكانه، رفض، وقال شبه ساخر ليثنيهما: خليكوا في دروسكو أحسنلكو!

لكنهما رفضا. في النهاية وافق على ذهابهما، لكنه أوصاهما: انتبهوا.

- يعني شو بدهم يعملوا؟ يطخونا؟ ما راح يقدروا.

حملا إبريق شاي وطعامًا للعشاء، وأوقدا نارًا صغيرة، لكي يَفهم أيُّ مستوطن أن هناك من يحمي كرْم الزيتون.

في الحادية عشرة ليلًا دوّى انفجار هزّ القرية. أشرع أبوهما وبقية الناس النوافذ باحثين عن مكان الانفجار.

كانت النار تشتعل في كرْم الزيتون.

حين وصلوا لم يكن هنالك أيّ أثر للولدين. فتّشوا طويلًا، قبل أن يدركوا أنهما تحوّلا إلى فُتات. قال والد نورة: أكبر قطعة كانت بحجم الإبهام. وضعناهما في أكياس صغيرة، ولكن رجب لم يقتنع أن ذلك هو كلّ ما تبقّى من سائد وأحمد. واصل البحث في شقوق السناسل وفوق غصون الأشجار. وهكذا كان على بعض الناس أن يبقوا معه.

في الصباح، واصلوا البحث، لكنهم لم يعثروا سوى على أنفٍ حشَرَهُ الانفجار بين غصنين ملتصقين.

لم تعرف نورة لماذا تستعيد تلك الحكاية، نورة التي تستعيد كلّ الحكايات وترفض أن تستعيد حكايتها، تستعيد الحكايات الأقسى، كما لو أنها تعزّي نفسها بمآسي الآخرين الكبرى! نورة التي لا تنكر أنها تكره الجزء الثاني من حكاية رجب، وتحبّ الجزء الثالث، وتكره الجزء الرابع.

بعد يومين مما حدث وبينما كان الناس يتوافدون من القرى القريبة والبعيدة لتقديم واجب العزاء، سمعوا ذلك الصوت الذي لا يكرهون صوتًا مثله: فحيح مناشير الأخشاب على التل! كانت هناك حفلة إعدام لكل أشجار الكرْم، ولم يكن باستطاعة أحد أن يتحرّك وكشافات السيارات العسكرية للجيش تضيء الحقول والمنطقة المحيطة، وقد خصصوا كشافًا وجّهوه نحو خيمة العزاء نفسها.

في اليوم الأربعين وقف والد الشهيدين وسط الشارع الرئيس المؤدي إلى القرية، وانتظر، انتظر طويلًا، وحين وصلتْ سيارة عسكرية وأطلقتْ بوقها تدعوه أن يبتعد ظلّ واقفًا مكانه. اقتربت أكثر فأكثر، وحين وصلت، وترجّل سائق الجيب العسكري والضابط الذي كان بجانبه، أطلق رصاصتين فقط، فسقطا قتيلين. وقبل أن يترجّل الجنود الستة من صندوقها، أطلق ما تبقى من رصاص في مسدسه، فقتلهم.

كان هادئًا تمامًا، لكنه عرف أن أصوات الرصاص قد وصلت إلى المعسكر الإسرائيلي فوق التل المقابل، وأنهم لا بدّ شاهدوه.

اختفى، لكن كلّ ظهور له كان يُعلَنُ عنه بمقتل جندي أو أكثر.

* * *

هذا الجانب من الحكاية تحبّه نورة؛ يبدأ صدرها بالهبوط

والصعود، كما بدأ يفعل في ذلك السفح العالي الذي يصلها بلاڤا تاور.

هل كان سبب ذلك أنها تستعيد القصة، تستعيد انفعالها بأحداثها، أم لأن الهواء قد أصبح بخيلًا إلى حدّ أنه لم يعد قادرا على ملء رئتيها؟

فتحة ما في الغيوم انشقّت، فرأت قاعدة لاڤا تاور لثوان قليلة، ودوّى رعد شديد مثل ذلك الانفجار الضخم الذي هزّ القرية مرة أخرى.

* * *

كان الجيش، مستخدِمًا عيون الجواسيس لمراقبته، قد توقّع مكان الضربة التالية لوالد الشهيدين. على مفرق القرية، انتظروه في كمين مُحْكَم، وحين وصل إلى السيارة العسكرية، ووضع مسدسه في رأس الضابط، كانت عشر بنادق قد غُرست في جسده.

طلبوا منه أن يُلقي مسدسه، لكنه لم يفعل. ثوان طويلة كالدهر مرّت، ويده على الزّناد، وحين طلبوا منه ثانية أن يُلقي سلاحه، قتل الضابط، واستدار ليطلق النار على من خلفه، لكنهم أمسكوا به.

العملاء الذين تمّ إلقاء القبض عليهم فيما بعد اعترفوا أنهم أخبروا الجيش بكل تحرّكاته، وأن أحدهم شاهد بعدما أمسكوه كيف قطعوا يده وأذنيه، وفقأوا عينيه، وهم يحاولون انتزاع اعتراف منه هو الذي لم يكن لديه أي اعتراف، فقد عمل وحده، إذا ما استثنينا الشخص الذي اشترى منه المسدس.

- من أي جماعة تخريبية أنت؟

- لا أنتمي لأي جماعة.

- من الذي نظّمكَ؟
- أنتم، حين قتلتم ولَدَيَّ.
- من الذي زودك بالمسدس؟
- لحم ولديَّ في حقل الزيتون.

حملوه إلى المكان الذي اعتقلوه فيه. كان شبه ميت، ربطوه بعبوة ناسفة، وفجروا نصفه الأعلى.

في اليوم نفسه تصاعدت هجمات المستوطنين أكثر، وراحت الحقول والكروم تختفي تحت بيوتهم الجاهزة التي تأتي بها الشاحنات. ارتفعت الأسلاك الشائكة حول المستوطنة التي أطلقوا عليها اسم (براخا) ، وبدأ فصل طويل آخر من العذاب، سينتهي بحكاية لا تقل عن الحكاية الأولى.

المكافأة

السماء كانت تحت الأرض لا فوقها، هناك في لاڤا تاور في ظلّ ذلك الجبل الصخرة الذي يقع على ارتفاع ٤٦٣٧ مترًا فوق سطح البحر.

راقبت ريـما، وراقب معها صوول الوجوه بحذر. كانت تلك النقطة هي الامتحان الأكبر للصاعدين، ففيها تخضع الأجسام لأقسى اختبارات الرحلة، فإما أن تتجاوز الأعراض القاسية للارتفاع وإما أن تنهار.

كان الإرهاق قد تمكّن من الجميع، وبخاصة بعد النصف الأول من اليوم، حيث لاكت العاصفة الثلجية أجساد الجميع، ولفظتها منهكةً حول خيمة الغداء التي كانت في انتظارهم.

أما جبريل فقد أصبح على يقين من أنه سيكون أول من يبلغ القمة، بعد أن خرج من الطابور مرتين، دون أن يلحظه صوول متجاوزًا يوسف ونورة. لكن صوول رآه في المرة الثالثة، فصاح به: «سيد جبريل عد إلى مكانك.» لكن جبريل لم يسمعه.

كان جبريل يركض بكل قوته في ذلك الملعب الترابي محاولًا أن يتجاوز صديقه الصغير محمود، حاذاه، فملأه الأمل بأنه سيستطيع الفوز في السباق هذه المرة، لكن محمود عاد وتجاوزه. استجمع

جبريل ذلك الطفل النحيف ما تبقّى من طاقة في جسده، وحاول مرة أخرى. تباطأ محمود، أم تعب؟ لم يعرف جبريل ذلك وهو يراقب ساق محمود اليمنى وقد تحوّلت إلى قطعة من قماش مثيرة للغبار. أحس محمود بأنه على وشك أن يخسر، فلم تعد قدمه المعطوبة تلامس الأرض.. طار فارتمى جبريل على التراب لاهثًا قبل عشرة أمتار من نقطة النهاية.

- «أرجوك سيد جبريل، لا تعد لتكرار ما فعلته قبل قليل، ستقتل نفسك.» قال له وقد ارتمى جبريل على الأرض غير قادر على التقاط أنفاسه.

واصل الفريق تقدُّمه في حين بقي أحد المرافقين مع جبريل.

راقب جبريل الطابور يبتعد دون أن يستطيع إبعاد عينيه عن أقدام يوسف ونورة.

- هل تستطيع المواصلة سيد جبريل؟

- «اغرب عن وجهي،» أجابه، واتكأ على الأرض ونهض.

* * *

حين دخلوا الخيمة شبه المعتمة رأوا نجاة منكفئة على الطاولة. لم تستطع أن تكمل الطريق حتى مخيم بارانكو لترتاح فيه.

صوول كان يعرف أنها وصلت لاڤا تاور، عبر جهاز اللاسلكي، لكنه لم يستطع أن يُقدِّر وضعها إلّا حين رآها.

انفرد بريـما وتحدّثا قليلًا، ثم عادا إلى الخيمة، حيث تناول الجميع حساء البصل والمعكرونة، وقطعًا قاسية من لحم الدّجاج، وفي نهاية الغداء تناولوا شرائح البرتقال والأناناس.

دار صوول حاملًا أداة الفحص الإلكترونية متفقّدًا الجميع. أربعة

كانوا في دائرة الخطر إضافة إلى نجاة: يوسف الذي بدأ يعاني من صداع شديد؛ سهام التي ارتفعت نبضات قلبها إلى درجة مُقلقة؛ وجيسيكا التي كانت تتأرجح مثل قطعة من القماش على حبل.

حالة الفريق الكوري الذي وصل قبلهم بنصف ساعة زادت من مخاوفهم، حين قرر الطبيب المرافق للفريق عودة ثلاثة من أعضائه: رجل في الستين من عمره، وآخر في الثلاثين، وفتاة في منتصف العشرينات...

تماسك أعضاء الفريق الكوري الذين لم يستطيعوا إكمال الرّحلة. كانوا يريدون أن يتمّ الانسحاب بقليل من الكبرياء. وساعدهم بقيّة أعضاء فريقهم على ذلك؛ لكن كل شيء انتهى فجأة، مع بدء العناق. بكوا، فبدأ مشرف الرحلة بفصلِ الواحد منهم عن الآخر، عن الجميع. كان البكاء والانفعال أمرين خطرين يُحمِّلان رئاتهم أعباء لا طاقة لها بها.

***

أعطى صوول أمرًا بأن يهبط اثنان من الأدلاء مع يوسف ونجاة بمرافقة جون، فلم يكن هناك أفضل من أن يبدأوا الانحدار ثانية، فكل خطوة نحو الطرف الثاني للاڤا تاور، كانت تعطيهم حصّة أفضل من الأوكسجين. فالخطة واضحة: بعد أن تتلقّى الأجسام أقوى صدمة لنقص الأوكسجين في تلك المرحلة، تبدأ الفرق بالهبوط ثانية إلى مخيم بارانكو على ارتفاع ٣٩٧٦ مترًا.[١٥]

---

١٥ - الغرض من الصعود إلى نقطة عالية ثم الهبوط إلى نقطة منخفضة هو جعل الجسم يستوعب نقص الأوكسجين، ثم إراحته بكمية أكبر، وهذه العملية تمهيد لكي يكون الجسم متكيّفًا مع يوم الصعود الأخير إلى القمة.

في الرّابعة من بعد الظهر بعد استراحة قصيرة أعقبت ست ساعات من المسير، كان اكتشاف وجود إشارة لإجراء مكالمة هاتفية هو المكافأة الأفضل على نجاحهم في الوصول إلى تلك النقطة.

أخرج كل واحد منهم هاتفه كما لو أن الحياة دبّت في أوصالهم من جديد، وبدأوا بالبحث عن نقاط مرتفعة لإجراء المكالمات وإرسال الرسائل النّصية لطمأنة الأهل والأصدقاء. كانوا أشبه بطيور ضخمة وقد وقف كل منها متصفّحًا الجهات فوق قمته. قلّة من المحاولات نجحت، إذ إن مجرد إخراج الهواتف من الحقائب أو الجيوب، كان يعرِّضها إلى موجة صاعقة من البرد، ما يجعل بطارياتها تفقد الطاقة في تسارع غريب.

حدث هذا الأمر مع جيسيكا التي وجدت رسالة أسفٍ من توم:

«كان لا بدّ من ذهابي إلى باريس، تعرفين، لم آت معكِ إلا لأنني أحببت أن نصعد الجبل معًا. أعتذر لكِ. أعرف أن هذا الاعتذار لا يكفي وأنني أربكتك بما حدث، أعدك...»

بين أن تواصل جيسيكا القراءة أو تتوقّف، توقّفت. أغلقت الهاتف عند هذا الجزء الذي كان يظهر على الشّاسة. حدّقت في الوادي فوجدته أكثر اتساعًا، وبلا قاع، أغمضت عينيها دقيقة كاملة قبل أن تفتحهما ثانية. كان الوادي هوّة بلا قاع!

قرّرت أن ترسل إليه رسالة، حتى قبل أن تقرأ بقية رسالته. فتحتْ هاتفها. كانت طاقة البطارية تتبخر أمامها، وقبل أن تكتب الحرف الأول انطفأ الهاتف.

* * *

جبريل، الذي تحسّن مزاجه لسبب لم يدركه أحد، حتى هو!، راح يمازح نورة. وحين أخرج هاتفه ليتكلم أخذ بنصيحة ريما:

لديكَ فرصة مؤكدة لإجراء المكالمة التي تريدها غدًا، حين نصل إلى مخيم كارانغا. فقط احرص على أن يكون هاتفك دافئًا، ليلًا كان ذلك أم نهارًا.

- «بالمناسبة أعرف نكتتين، واحدة عن الليل والنهار وواحدة عن الهواتف،» قال جبريل، «هل أبدأ بالأولى أم الثانية؟» وقبل أن يفتح أي منهم فمه قال: «سألوا محشش: مين أطول الليل أم النهار؟»

قال: حتى أكون صادق، أنا شخصياً ما بعرف لأني بحياتي ما شفتهم واقفين جنب بعض!

ضحك بعضهم. فأضاف: «أما نكتة الهواتف:

- واحد محشش اتصل بشركة الاتصالات: عندي شريحة وأختي بلْعتها.

سأله الموظف: طيب كيف أخدمك؟

سأله المحشش: إذا أختي تكلمت راح ينقص رصيدي!

***

سوسن أحضرت أربعة هواتف لأنها كانت تعرف أن عليها أن تبقى على اتصال مع البيت للاطمئنان على أولادها، ولأن الشيء الوحيد الذي لن تتحمله هو أن تجد نفسها بلا هاتف في تلك الأعالي.

حاولت سوسن أن تتّصل، لكنها لم تنجح.

إميل كان أكثر حرصًا من الجميع على نفسه وعليهم، إذ كان يحمل شاحنًا شمسيًّا، لكن طاقة الشاحن كانت أقلّ بكثير من أن تلبي حاجة كل تلك الهواتف، ومع يوم الثلج، والشمس التي لم يروها إلّا قليلًا، أصبح الشاحن بلا جدوى تقريبًا، ولا يخدم مقابل ذلك الجهد الذي يُبذل لحمْله وإزالة الثلج عنه.

رغم ذلك أعلن إميل بشهامة أنه قادر على المساعدة إلى حدّ لا بأس به.

إميل نفسه لم يحاول الاتصال. كان في سلام من نوع ما مع النفس، بل وبدا رائقًا أكثر مما يجب. انتحى جانبًا، وجلس فوق صخرة كبيرة، ثم أخرج دفترًا صغيرًا بحجم الكفّ، وراح يكتب ويكتب، وبمجرد سماعه لنداء صوول أقفل الدّفتر وتوجه إلى حيث المجموعة المستعدة لبدء الهبوط. لكنه قبل أن يصل، عاد وأخرج الدّفتر من جيب سترته، وكتب سطرين آخرين وهو يواصل المسير، ماجعل خطه غير قابل للقراءة تقريبًا.

الشيء الذي لم يتوقّعه إميل هو أن يحدث معه ما حدث، أن يستعيد موهبة مضى على هجرانها له وهجرانه لها أكثر من خمسة عشر عامًا، موهبة عادت بحوار أخوي لطيف مع سوسن اكتمل بأغنية لم يغنْها فقط، بل لحنها أيضًا، وكان لحنها جيّدًا بدليل سهولة انخراط الجميع في غنائها.

كان يفكّر في كل هذا دَهشًا، مستعيدًا أيامه في القرية وسهرات الزّجل التي لا تنتهي.

سمع سهام تدندن محاولة أن تبدو أقوى ما استطاعت:

ريتا مراتك تنكسر

حتى أكون مرايتك..

كانت تحفظ اللحن بصورة رائعة.

«أيعقل أن أعود إلى الشعر من جديد؟» سأل إميل نفسه قبل أن يتذكّر أنه كتب أبياتًا لا بأس بها قبل لحظات.

تنبَّه إميل إلى أن الشِّعر أنساه الكاميرا. أسعده ذلك وأحزنه أيضًا.

تلفّت حوله باحثًا عن يوسف، فلم يجده: «وَيْن يوسف؟» سأل بفزع.

- «اطمئن، إنّه بخير.» قالت له ريـما وقد أدركت حجم قلقه.

- طب وَيْنه؟

- سبَقَنا مع جون ونجاة.

- «لَيْش ما قولتولي؟» قالها بعتب غاضب. وأضاف: «إمتى نزلوا؟»

- من عشرين دقيقة.

ترك الجميع حائرين واندفع يركض مهرولًا فوق الصخور كمجنون.

***

الأجساد التي نالها التعب، وصمدت، كانت مكافأتها الهبوط عبر وادي بارانكو، لا إلى ذلك الجدول الصغير من الماء، بل إلى ذلك الجدول الخفي من الأكسجين الذي يعمّ كل تلك المنخفضات وصولًا لمخيم بارانكو. هناك، سيتمكن كل من يستطيع الوصول أن يدرك برئتيه أي نعمة تلك التي ستتنزّل عليه حينما يهبط ٦٦١ مترا!

طائر الشمس الفلسطيني

الظلُّ الأبيض

لا يعرف أحد كيف تفتّتَ طابور الرحلة. وجدت نورة وصوول وسهام وهاري وريــما، مع عدد من المرافقين، أنفسهم وحيدين. ولمدة نصف ساعة لم يظهر أحد أمامهم.

كانت الغيوم المنخفضة التي لم تستطع صعود الجبل تتقدّم وتبتلع وادي بارانكو العظيم. وجود صوول معهم كان يغمرهم بالكثير من الأمان، لكن ذلك لم يكن ليستمر طويلًا.

شجرة غراند سينسيو كانت فتنة الوادي وسيدته التي لا مثيل لها بطولها المهيب الذي يصل إلى ثلاثين قدمًا، وأغصانها السميكة الخشنة التي ينتهي كلّ منها بتاج أخضر لكنه أصغر بكثير من تيجان النخيل.

– «كيف يمكن أن تعرفوا عُمْر هذه الشجرة بنظرة واحدة؟» سأل صوول.

صعبًا كان السؤال. تأمّلتهم ريــما التي تعرف الإجابة باسمةً.

– «بقياس محيطها.» قالت سهام.

– قلت: بنظرة واحدة.

– «بتقدير طولها.» أجاب هاري.

- «بعدد فروعها.» أجاب صوول، وأضاف: «كل فرع من فروع الشجرة يعني خمسة وعشرين عامًا.»

راحوا يحصون فروع الشجر، هذه عمرها مئة، هذه مائتان، تلك ثلاثمائة.

- «سِرُّ حياة هذه النبتة،» قال صوول، «أوراقها التي تموت.»

كان الأمر مثار دهشتهم. أخرج هاري دفتره وبدأ بكتابة ما يقوله صوول، وعاد وسأله عن اسم الشجرة ودوَّنه.

- حين تموت أوراقها لا تسقط بل تلفّ نفسها حول الجذع لتصنع طبقة عازلة من الفراء الناعم الذي يشبه الحرير.

خطا صوول عدة خطوات، ومسّ طرف جذع إحدى هذه الأشجار، ودعاهم أن يقتربوا. أبعد جزءًا رقيقًا، فظهرت تلك المادة الحريرية الشبيهة بكتل الصوف.

ضحك مضيفًا: هذا معطفها الأدفأ من كل معاطفنا. بسببه تعيش، وتقاوم البرد الشديد لأن هذه المادة تمنع الماء من التجمُّد داخل الشجرة.

كانت تلك مناسبة لالتقاط بعض الصور بكاميرا نورة، إذ ستبدو الرحلة ناقصة إن لم يلتقط المرء صورة بجوار هذه الشجرة الأعظم في المسافة الممتدة من نهاية الغابة الممطرة حتى قمة أوهورو.

افتتان هاري بالنبتة العملاقة دفعه لأن يطلب من نورة أن تلتقط له- بمفرده- صورة مع الشجرة.

أسندتْ عصَوَي المشي على جسدها، والتقطت الصورة.

اطمأن هاري إلى أن الصورة كما يتمنّى، وقال لنورة: سترسلينها إليّ بالتأكيد.

- بل سأعطيها لك مع بقية الصّور في الفندق حين نعود.

- اتفقنا.

- اتفقنا.

كان هاري على وشك أن يستدير مبتعدًا، لكنه لم يفعل. نظر إلى نورة. أدركت أنه يريد أن يقول شيئًا. ابتسمت له.

- هل باستطاعتي أن أسألك عدة أسئلة؟

- «طبعا.» أجابت، واستندت بمرح إلى الشجرة العملاقة خلْفها.

أشار هاري لريما فانتبهتْ ثم أتت نحوه، سألها: «هل يمكن أن تساعدينا على الترجمة أنا ونورة؟»

- بالتأكيد.

- «هذه رحلة صعبة، لماذا قررتِ المشاركة فيها؟» سأل نورة.

استعادت نورة بسرعة إجابتها عن هذا السؤال الذي طُرح عليها عشرات المرات: لأنني أؤمن أن الإعاقة الحقيقية هي إعاقة الإرادة لا إعاقة الجسد. لا للمستحيل في ضوء المثابرة والمواصلة لتحقيق المراد.

وترجمت ريما بعد أن طلبت منها أن تتحدّث ببطء: «على مهلك!»

أخذ هاري نفسًا عميقًا فقد كان متردّدا في طرح السؤال التالي، لكنه كان يعرف أن التوقّف عند السؤال الأول سيكون غير جيد، لا لنورة ولا له: لنتخيّل أنكِ صعدتِ الجبل- وهذا ما أراه- وأنت الآن بين أهل قريتك، ماذا ستقولين لهم ولكل من يسمعك؟

- سأقول لهم بأن الطفل الفلسطيني يستطيع تسلّق أعلى جبال

العالم وإن كان برِجْل واحدة، ليرفع علم بلاده فوق القمة. ولذلك أدعو الجميع إلى عدم الاستسلام أمام التحديات.

- شكرًا لك نورة.
- شكرًا لك سيد هاري. كيف كانت إجاباتي؟
- ممتازة.

* * *

- «هاري، أظنك لن تحصل من نورة على شيء بهذه الأسئلة. إذا أردتَ نصيحتي دعها تتحدّث لك عن قريتها، عن حياتها، عن ذكرياتها.» قالت ريـما.

- وهل تعتقدين أنها ستقبل؟
- أظن ذلك، وإن لم تقبل سأساعدك.
- وأنتِ ريـما، هل أنتِ مستعدة للحديث عن تجربتك أيضًا؟
- «أنا؟ سأفكر في الأمر، أمامنا عدة أيام.» وضحكت.

* * *

تقدّمت الغيوم المنخفضة أكثر بحيث بدا لهم أنهم قادرون على سماع اللحظات التي تصطدم فيها غيمة بأخرى. وبسرعة استثنائية أطبقت عليهم الغيوم تمامًا، فلم يعد لهم أثر، كما لو أنّ ممحاة عملاقة مرّت فوق أجسادهم في ذلك الوادي العظيم الذي ترتفع على جانبيه جبال عملاقة. أصبحت الرّؤية شبه معدومة، وأصبح لظلالهم لون وحيد هو الأبيض. في تلك اللحظة، بدأت أنفاسهم تزداد ثقلًا، كما لو أنهم يصعدون الجبل، فيما هم يواصلون في الحقيقة هبوطه.

الحجارة الكبيرة والرّمال الناعمة والحصى، الأشبه ما يكون بكرات زجاجية، كانت تهددهم بانزلاقات تنذر بأسوأ الأخطار.

مرّت ربع ساعة ثقيلة، غدا فيها صوت ارتطام أحذيتهم بالأرض مساويًا لتصاعد صوت أنفاسهم. أبرقتْ السماء، وهزّ الوادي رعد شديد تردّد صداه عشرات المرات كما هيئ لهم، وأبرقت ثانية.

كما لو أن ضوء البرق امتصَّ حلكة الغيم، والغيم نفسه، فعادوا يرون أنفسهم. ولكن قبل أن يتأكدوا من أن الجميع بخير بدأ ثلج رهيب لم يروا مثله من قبل بالنزول، كأن السماء كانت تعدُّ لهم كمينًا مُحكَمًا وقد انفردت بهم بعيدًا عن بقية الفريق.

صاح صوول: «بولي.. بولي.» وقد رأى الثلج يغمر الأرض ويرتفع بتسارع غريب. لم تكن السماء تثلج، كانت تُلقي بكتل ضخمة من الثلج فوقهم، كأنها تغرف من جبال ثلجية في الأعالي وترشقهم.

باردًا أصبح الجو، ارتجفتْ مفاصلهم، على وشك التجمّد كانت. التفت هاري إلى شجرة غراند سينسيو، أحسّ بِرِجْلهِ اليسرى تهتزّ والدّم يتجمّد فيها، تمنّى أن يكون تلك الشجرة.

سقوط الثلج المفاجئ في ذلك الوادي لم يكن متوقعًا، فكل ملابسهم المعدّة لمقاومة درجات ما تحت الصفر، بقيت هناك في حقائبهم التي سبقهم بها الحمالون إلى مخيم بارانكو.

تحدّث صوول بالسواحيلية التي لا يفهمونها مع المرافقين، ثم تحدث مع ريـما هامسًا.

- «لدينا فرصة جيدة للوصول في الوقت المناسب إذا ما حافظنا على هدوئنا. الآخرون على وشك الوصول،» قال صوول، وأعاد: «بولي بولي.»

الثلج الذي راح يتراكم أعلى فأعلى، جعل السّير أكثر خطورة.

لم يعد أحد يعرف ما الذي ينتظره في خطوته التالية، حفرة أم حجر أم انحدار صغير أم أرض مستوية؟

تعبت نورة. فاجأتهم وجلست حتى قبل أن تستشير أحدًا.

أدرك صوول بسرعة صعوبة وضعها. سألها عن حالتها، فردّت: «مُتعبَة.. هناك ألم.»

- هل تستطيعين المواصلة؟

صمتت.

تحدّث مع ريـما همسًا. ابتعد قليلًا، وفتح اللاسلكي. طلب أن يوصلوه بجون. وحين أصبح جون على الخط ابتعد صوول أكثر كي لا يسمع من معه الحديث.

- «صوول، أظن أن عليك أن تتصرّف بسرعة. إذا قالت هذه البنت بأنها متعبة، فهذا يعني أنها متعبة جدًا. إنها مكابِرة، وما دامت اعترفتْ بأن لديها مشكلة، فهذا يعني أن وضعها خطير. سنوصل من معنا للمخيم، ونعود لمساعدتكم.» قال جون.

سطعتْ شمس خجولة في البداية من بين غيمتين. أشبه بنظرة تلصص كان شعاعها الخاطف.

الأرض حولهم بيضاء تمامًا. الصخور البركانية السوداء مغطاة بالثلج. الشمس تصارع في الأعلى أكثر لتشقّ طريقًا أوسع لها بين الغيوم. اتّسعت الفجوة في السماء، اتّسعت أكثر، وأشرقت الشمس، خفضوا أبصارهم، فداهمهم وهج أشدّ قسوة: وهج الثلج.

ظهور طائر الشمس الفلسطيني واختفاؤه

كان جون ممن التحقوا بالرّحلة في اللحظات الأخيرة. أقلقه غياب بعض المتطوعين للصعود، بدءًا من المختص بالأطراف الاصطناعية، وانتهاء بعدد من المصادفات التي لا يمكن تخيّلها: أحد المتطوعين كُسِرت ساقه قبل الرحلة بثلاثة أيام، وهو يلعب التنس؛ شخص آخر استطاع أن يأخذ إذنًا من طبيبه الذي أجرى له خمس عمليات قلب لكنه في اللحظة الأخيرة اعتذر، خجلًا، لأنه لم يستطع جمع تبرعات كافية؛ فتاة أخرى ذهبت إلى طبيبها الذي فحصها إلّا أنه منعها من السفر خوفًا على حياتها، وهي التي كانت تعتقد أن أمورها على أفضل ما يرام.

تحت التأثير المقلق لهذه الاعتذارات أحسّ جون بأن عليه أن يتحرّك. لكن مشكلاته كانت كبيرة، فمنذ وفاة زوجته الفلسطينية أصبح المسؤول المباشر عن ابنتيه اللتين تبلغ إحداهما ٧ أعوام والأخرى ١٤عامًا.

إن أصعب فكرة يمكن أن تخطر لجون أن يحدث له أمرٌ سيئ. هو يعرف أن الرّحلة صعبة بل وخطرة، فقد صعد قبل عامين مع ابنته الكبرى جبل كليمنجارو دعمًا للجمعية أيضًا.

كان جون من أولئك الذين لا يقبلون بدعوة الناس لدعم مشروعه في الوقت الذي يجلس هو في الصفوف الخلفية. لكن تَرْكه لابنتيه خلْفه هذه المرّة كان أمرًا مُقلقًا عوّضه بتلك الرعاية الاستثنائية ليوسف ونورة. أما موضوع غسان فكان أمرًا خاصًا بالدكتورة أروى التي لم تسمح لأحد أن يتحدّث معها فيه، وقد تحوّل غسان إلى عضو آخر من جسدها.

* * *

- «جون لماذا لا تأخذ ابنتيك وتعود إلى أمريكا فقد قدَّمتَ لنا ما لا يستطيع كثيرون تقديمه؟» قال له أحد أصدقائه الفلسطينيين.

- كيف يمكن أن أذهب بهما إلى أمريكا؟ هاتان البنتان فلسطينيتان، وهذا وطنهما.

* * *

جون كان من تلك الفئة النادرة من البشر التي حينما تلتزم بقضية ما فإنها تعطي هذه القضية عمرها كلّه.

- «ارفعي يدك بعلامة النصر.» طلب من نورة قبل يومين حين رآها ترفع إبهامها دلالة على وضعها الجيد. أنت فلسطينية وما عليك أن تفعليه هو أن تذكّري الناس بأنك فلسطينية، وهذا أحد أسباب صعودنا لهذا الجبل.

* * *

لا يستطيع أحد أن يعرف مدى ذلك الحزن الذي يحسّه جون، ففي حالات كثيرة يبدو وكأنه في مكان آخر. وعلى الرغم من كونه صحفيًّا محترفًا استطاع أن يكتب عشرات القصص المؤثرة، إلّا أنه وبعد سنوات على وفاة زوجته لم يجرؤ على الجلوس للكتابة عنها.

عدم الكتابة عنها يحزنه، ويخشى إن كتبَ حزنًا أكبر، فتلك المرأة بالنسبة إليه أعمق من أي كلمات تقال.

- «اكتب، جون،» قال له هاري الذي عرف قصته.

- «سأكتب، لكن لا يوجد وقت.» ردّ جون، وتحدّث عن خمسمائة رسالة إلكترونية تصله يوميًّا من الأطباء والمرضى والمراكز الصحيّة التي أنشأتها الجمعية، وعليه أن يُولي كل واحدة منها اهتمامًا كاملًا.

- اكتب صفحة واحدة في اليوم، هذا يكفي. بعد عام سيكون لديك ٣٦٥ صفحة.

- إن بدأت الكتابة لن أكتفي بصفحة يوميًّا.

- عليك أن تكتب إذًا.

- بالتأكيد.

وسيدرك هاري أن كلّ ما يفعله جون هو الخوف من أن يغرق ثانية في حزن يعرف هو مداه.

***

كانت نورة ومن معها بعيدين كثيرًا عن مخيم بارانكو. تفقّدوا سطح البتر، كان في وضع صعب. الحلّ الوحيد لوقْف تدهور الحالة هو حمْلها حتى المخيم.

اشتدّ وهج الثلج أكثر، ولم ينتبهوا لذلك، فانشغالهم بالوصول بها إلى المخيم كان هو المسألة. هناك يمكن أن تستريح، وتُمضي ليلة كاملة، لعلها ستكون كافية لكي يتراجع الألم وتصبح بحالة أفضل.

وسط تلك الحالة من الارتباك، والتفكير في المسافة التي

يحتاجونها لبلوغ المخيم قبل هبوط الليل، لمحت نورة ذلك الطائر الذي تعرفه جيدًا، نسيتْ ألمها، وأشارت لهم أن يصمتوا.

آخر ما خطر ببالهم أن يكون الصمت لأن طائرًا قد ظهر.

صمتوا..

أشارت إلى الشجرة. كان الطائر الصغير بمنقاره الطويل وألوانه البنفسجية والخضراء والسوداء والزرقاء المتداخلة قطعة صغيرة من قوس قزح.

– «أوه.. طائر الشمس..» قال صوول.

– «طائر الشمس الفلسطيني.» قالت نورة.

– الفلسطيني؟! هل هو آت معكم لصعود الجبل أيضًا؟!

– هذا هو اسمه في كل قواميس العالم: طائر الشمس الفلسطيني.

– تعرفين نورة، أول مرة أعرف ذلك، إنه آخر طائر سنراه بعد الآن، هذا إذا ما استثنينا الغربان التي سنراها بين حين وحين. إنه يعيش هنا في وادي بارانكو. هل يوجد الكثير منه في فلسطين؟

– «تراه في الحقول وأمام شبابيك البيوت على نباتات البيت.» ردّت نورة.

كان صوول يتحدّث ويفكر في الطريقة التي سيحلّ بها مشكلة نورة، مدركًا أن عليه أن يلجأ إلى حمْلها، وهذا أمرٌ واردٌ منذ ما قبل بدء الرحلة. لكنه كان مرتبكًا أيضًا، وغير قادر على تحديد أي طريقة يمكن أن يحمِلها بها. كل ما يعرفه أن عليه ألّا يبقى هنا في الوادي وقتًا أطول، فكلّما تأخّروا اشتدّ البرد وغدت العتمة مشكلة إضافية. وإذا ما كان لأحد أن يأتي عائدًا من المخيم، فعليه أن يلتقي بالقادمين للمساعدة في أقرب نقطة ممكنة من الخيام.

ناول الساق الاصطناعية لواحد من المرافقين، فعرفت نورة أن ما كانت تخشاه سيحدث.

– «سأسير.» قالت بصورة مفاجئة مثل طفل خائف.

كان طائر الشمس الفلسطيني قد اختفى.

– «للأسف، نورة، لن نسمح لك بذلك. أن تسيري فهذا يعني وقوع ضرر كبير قد يمنعك من صعود الجبل.» قالت ريما حاسمة الأمر.

– «سأحتمل الألم.» ردت نورة.

– ليست المسألة في احتمال الألم، المسألة أننا لا نريد أن نجد أنفسنا مع مشكلة لا نستطيع حلّها إلا بالسّير إلى الوراء.

فكرة التراجع، هي الفكرة الأكثر قدرة على بثّ الرّعب في دم الجميع.

تذكّرتْ نورة وجه نجاة، تذكّرتْ مثابرتها، وربما هربها، حين استيقظت قبلهم وسارت لا لتستريح، بل لكي لا يروها ضعيفة.

– «سأسير.» أعادتها بتصميم.

نظر صوول إلى ريـما وسهام وهاري، طالبًا المعونة، لكن ما أقلقه أن سهام كانت متعبة بحيث إنها لم تره.

حاولت ريما أن تقول لها شيئًا، ولكن نورة صرخت فجأة: سأسير، سأسير مثلكم.

– إذا كان الأمر كذلك، فإن علينا أن ننام هنا الليلة مع ما يعنيه ذلك من خطر على حياتنا جميعًا.

كانت جملة صوول، والطريقة التي قالها بها في استسلام تام، سببًا في دفع نورة إلى التفكير بما تفعله.

صمتت قليلًا. راحت تبحث بعينيها عن شيء، أدركت أنه الطائر، فلم تره. قالت وكأنها تتلقّى خنجرًا في الصدر: «أوكي.» وكانت على وشك البكاء.

* * *

غير راضية عن الطريقة التي حملوها بها، كانت نورة متكئة على كتف صوول وكتف مرافق آخر. بعد أقلّ من مائة متر، اكتشفوا أن الاستمرار بهذه الطريقة مستحيل، فالممرّ الضيّق بين الصخور بالكاد يتّسع لعبور شخص واحد، فكيف وقد حُشِر فيه ثلاثة. الثلج واحتمالات الانزلاق والوهج الأبيض، كانت كلّها فخاخًا تترصّد كل خطوة من خطواتهم. السقوط كان يعني خطرًا كبيرًا، فلا شيء غير الصخور البركانية التي غابت تحت ركام الثلج؛ لكنهم يعرفون أنها رابضة في الأسفل، كما أن طبقة الثلج لا تشكل درْعًا بين رؤوسهم وبينها يمنع تهشّم هذه الرؤوس.

– «سأحملك وحدي.» قال صوول.

رعبٌ غريب دبّ في جسد نورة مُحيلًا دمها إلى رماد. كانت اللحظة الأقسى منذ بدء الرحلة، بحيث أحسّوا بأنها لن تبتسم قبل مرور عام.

لكنها كانت مضطرّة لأن تستسلم.

استسلمت مهزومة ومُحرَجة.

لم يكن من السهل على صوول أن يحملها على ظهره، فهي في النهاية برِجْل واحدة، ومن الصعب عليه أن يتمكّن من الإمساك بما تبقى من رِجْلها الأخرى القصيرة للغاية. لكنه حملَها. كان يمشي

على الأرض بتثاقل وارتباك كأنه لا يملك سوى رِجْل واحدة أيضًا. تلك كانت المرة الأولى التي يجد فيها صوول نفسه في وضع كهذا.

* * *

– «هل تعتقد أن هؤلاء الصغار سيصلون القمة؟» سأله هاري وهو يفكر في وضع رِجْله أيضا.

– «لا أشك في ذلك.» ردَّ صوول.

استعاد صوول ذلك الحوار وهو يشعر بأنه قد قطع عهدًا أمام نفسه بالوصول بهم إلى أوهورو.

تحامل لاعب كرة القدم السابق على نفسه، أعاد ترتيب خطواته، وراوغ الصخور والممرات محاذِرًا أن يقع في أي خطأ يوقف اندفاعته، أو أي عارض يقف في وجهه. راوغ كأنه في الملعب، في تلك المباراة الأخيرة التي خاضها وحقق فيها ثلاثة من أربعة أهداف لفريقه. ناور، صعد وهبط بخفّة كائن يمكن أن يغمض عينيه ويواصل طريقه. وللحظة أحسّ بأن الجبل لا يريد منه سوى أن يُوصِل تلك الفتاة التي على ظهره إلى المخيم، تمامًا كما أحسّ بأنه لا يريد من الجبل سوى هذا، كان إيصالها سالمة إلى هناك هي أمنيته الوحيدة، آخر أمنياته. وهمس بقلبه مُحدِّثًا الجبل: أنت تعرف أنني أحببتكَ أكثر من أي شيء آخر، وأنني اخترتكَ تاركًا كل شيء خلفي، أرجوك أعطني القوة كي أوصلها إلى المخيم، أرجوك لا تُعِدْها مهزومة إلى بيتها.

مُنطلقًا كان صوول. المسافة بينه وبين من خلفه تزداد، لكنه لم يكن يعنيه مَن وما وراءه، ذلك يحدث للمرة الأولى معه. لم يعد يحسّ أن هنالك (وراءً) خلفه، لا شيء سوى الأمام. كما نسي تمامًا

احتمال أن يلاقوه في منتصف الطريق في ربعه الأخير. كان يمضي مسرعًا، دون أن يعرف أيّ رعب ذلك الذي سكن قلب نورة وهي تراه يتقافز من صخرة إلى صخرة، يعدو كالريح، ويعبر وادي بارانكو العظيم كما لم يعبره إنسان أو حيوان من قبل.

أغلقت عينيها.

حين وجد جون وإميل وبعض المرافقين أمامه لم ينتبه وظلَّ منطلقًاحتى تجاوزهم. صاح جون: «صوول.» وأعادها ثانية: «صوول. انتبه،» ولكن كان عليه أن يركض عشرين مترًا على الأقل قبل أن يستطيع التوقّف. توقّف، استدار وقد تذكّر أنه مرَّ بأطيافهم.

– «صوول، استرح قليلًا.» طلب منه جون.

ألقى صوول نظرة حوله وتذكّر أن هناك أناسًا كانوا معه. تردّد قليلًا قبل أن يُنزل نورة فوق صخرة يمكنها أن تلعب دوْر الكرسي. أشار إلى الجهة التي جاء منها، فعرفوا أن عليهم تقديم العون لمن تخلَّفوا.

***

كان اللون الأصفر قد احتلّ وجه نورة، نورة التي لم تكن تجرؤ بعد على فتح عينيها. لكن صوت جون أيقظها كما أيقظ صوول المُنطلق.

كان من الصّعب عليها في تلك اللحظة أن تقول بأنها ستسير، فقد كانت ساقها الاصطناعية على مسافة كبيرة منها.

– «سأحملكِ،» قال جون، وكأنه يعتذر لها.

لم تقل شيئًا. ظلّت صامتة. انحنى جون وحمَلها.

ذلك الوقت الذي أمضته محمولة في وادي بارانكو لن يكون الوقت الأكثر صعوبة في ذلك اليوم.

كانت تعرف هذا.

من فوق ظهْر جون رأت المخيم، لكنها باتت تدرك أنك حين ترى شيئًا فهذا لا يعني أن الوصول إليه بات قريبًا؛ لقد رأت أعالي كليمنجارو طويلًا في الأيام الماضية لكن الوصول إليها لم يتحقق بعد.

وفكّرت: لن نرى ما نراه حقًا إلّا إذا لمسناه.

ليلة الألم

كما لو أن الألم كان ينتظر هبوط الليل ليشنَّ أوجع هجماته وأقساها، كانت نجاة تتقلّب في الخيمة كأن حيوانًا مفترسًا يلتهم أحشاءها. عيناها تغادران محجريهما، وأصابعها النحيلة تتكسّر لفرط انقباضها.

بجوارها كانت جيسيكا تستمع برعب لصوت تشنجات العذاب، وتحاول مقاومة صداع رهيب يفتتُ جمجمتها، صداع بأت تحس به قبل وصولهم إلى لاڤا تاور لكنها كتمتْه. «كل شيء إلّا الرجوع مكسورة.» قالت لنفسها.

- «هل بك شيء؟» سألت جيسيكا نجاة وهي تتألم أيضًا.

- «لا،» ردّت نجاة بحزم فاجأ الاثنتين.

لم تكن جيسيكا تتمنّى شيئًا مثلما تتمنّى أن تعترف نجاة بما يحدث لها. كان ذلك سيساعدها على الاعتراف بأنها تتألم أيضًا.

راحت جيسيكا تغالب آلامها مُحترِمَة بأسى خصوصية وضع شريكتها في الخيمة. بعد نصف ساعة استطاعت جيسيكا النوم، تعبها كان أقوى من ألمها. لم يطل نومها. استيقظت على رائحة كريهة ما كان يمكن حتى لموتها أن يمنعها من شمّها.

استيقظت فوجدت نجاة، في ضوء وهج الثلج الشاحب المنبعث من الخارج جالسة في كيس النوم متكوّرة على نفسها.

تحسّست يدها الأرض باحثة عن كشاف الرّأس، أضاءته. كان المشهد رهيبًا. كل شيء كان مغطى بما أكلته أو شربته نجاة مساء.

بدأت جيسيكا تعمل بسرعة، لكنها بعد قليل اكتشفت أن عليها الاستعانة بالآخرين. وما إن وصلت باب الخيمة حتى أصابها ما أصاب نجاة. زحفت بصعوبة فوق الثلج محاصرةً ببرْد لم تشعر بمثله منذ وصولهم، ونادت: صوول، ريـما!

***

سهام سمعت النداء لكنها لم تجرؤ على الردّ. لقد أخفت عليهم حين تعثرت بأحد أوتاد الخيام بعد العشاء، أنها، لسبب لا تعرفه، لم تعُد ترى جيدًا. فكّرت أن ذلك عائد لتعبها، لنقص الأوكسجين في جسدها، لجوعها الشديد، ربما، بعد مسيرة استمرت عشر ساعات.

أحد المرافقين رفع سهام وأوصلها إلى خيمتها. تلمّست بيدها الباب، لكن المُرافق، رغم خبرته، لم يستطع أن يعرف ما يحدث لها. حبَتْ نحو باب الخيمة باحثة عن طريقها في العتمة. رفعت يدها نحو كشّاف رأسها. هل تكون البطاريات فقدت طاقتها مع اشتداد البرد؟ حرّكت الضوء، وحين أدارته نحو وجهها فاجأها بشعاعه الناريّ الغامض.

حرَّكت مفتاح الضوء للجهة الأخرى، زادت عتمة الأحمر![١٦]

---

١٦ - كشاف الرأس مجهز بمفتاح يتحرك يمينًا ويسارًا. اليمين يعطي لونًا أحمر خافتًا، كي لا يزعج النائم شريكه في الخيمة إذا ما أضاءه؛ واليسار، الضوء الساطع، للسير ليلًا والقراءة وتفقد الأشياء الخاصة قبل النوم.

هل أغرق وهج الثلج الناصع عينيها في عتمة لم تكن في الحسبان؟

أصابها الفزع، هل ستصبح عمياء؟ كيف ستصل القمة؟

لم تستطع النوم.

* * *

دبّت الحركة في المخيم، واستيقظ عدد من الصاعدين. استطاعت سهام أن تميز صوت إميل، وهاري، وصوول.

«ما الذي يحدث، هل هناك من يعاني من فقدان بصره مثلي؟»

حرّكت يدها في العتمة، لم يكن جسد ريـما المختفي تمامًا داخل كيس النوم بعيدًا عنها، لكن سهام أحست أن يدها لن تستطيع الوصول أبدًا، يدها التي قطعت مسافات هائلة في عتمة بلا حدود.

استطاعت أن تنكز ريـما أخيرًا، استيقظت.

- ما الذي يحدث؟

- أظن أن جيسيكا صرخت تطلب المساعدة.

الأصوات في الخارج كانت تملأ المخيم، اصطدام الأواني المعدنية والهمسات العميقة بثلاث لغات.

- «الكشاف لا يضيء.» قالت سهام.

- ماذا؟!

- «الكشاف لا يضيء.» أعادت.

- «ناوليني إياه.» قالت ريـما وهي ترتدي ملابسها على عجل. حركّت مفتاحه، وأعادته لسهام: «لا مشكلة فيه!»

خرجتْ.

* * *

بقيت سهام جالسة في مكانها غير قادرة على أن تعرف ما الذي حدث لها.

بحثت عن مطرة الماء. فمها جاف كصحراء. أدركت فور ملامستها للمطرة الملتصقة بجدار الخيمة أن الماء متجمِّد داخلها. رفعتْها، فتحتْ الغطاءَ، قرَّبته من فمها. لم تنزل قطرة واحدة.

***

ألم من نوع آخر كان يطحن قلب نورة، نورة التي لم تستطع النوم، نورة التي كانت أول من سمع نداء جيسيكا، لكنها كانت غائبة عن نفسها وعن المخيم، كانت لم تزل هناك في وادي بارانكو في تلك النقطة التي حملوها فيها.

***

تململت سوسن في كيس النوم بحذر، كانت تنام تاركة شيئًا ما منها مستيقظًا دائمًا لا لكي تلتقط أيَّ إشارات خطر يمكن أن تأتي من الخارج، بل لتكون متنبهة لأي حركة يمكن أن تُفسد تسريحة شعرها أو تجعلها تكسر أحد أظافرها.

اشتدّت الأصوات القادمة من الخارج حين تعثّر أحد الحمّالين بسطل، فاصطدم بسطل آخر.

استيقظت سوسن فزعة.

- «شو في؟» سألت وقد رأت الأضواء تسقط على سطح الخيمة وتبتعد. وقبل أن تصل أصابعها إلى كشّاف الرّأس، سمعت ذلك الأنين قربها.

- نورة؟ ما لك؟

ذلك السؤال في جوف الليل كان كافيًا ليفجّر كل منابع الدّمع والبكاء الهستيري: «أنا لست عاجزة ليحملوني، أنا لست عاجزة.» وارتفع صوتها حتى كاد يغطي على صوت الضجة في الخارج.

سبع ساعات على الأقل كتمتْ نورة تلك الصرخة، الصرخة التي لم تجرؤ على إطلاقها في وادي بارانكو حين استقرت فوق ظهر صوول وساقها الاصطناعية خلفها تتنقّل من يد إلى يد.

كل ذلك الكبرياء انهار دفعة واحدة لكن في العتمة.

- «اهدئي، من قال إنك عاجزة؟!» قالت لها سوسن. «العاجزون لا يستطيعون الوصول إلى هنا، العاجزون لا يجرؤون حتى على التفكير بصعود الجبل.»

- لقد سمحتُ لهم بأن يحملوني. كان عليَّ أن أرفض. أنا لست عاجزة. طوال عمري لم أكن بحاجة لمساعدة من أحد.

- «نورة،» قالت سوسن بحسم، «الذي لا يحتاج للمساعدة لم يُخلق بعد. لقد تسلّخ الجِلد، ولو لم يحملوك لكانت النتائج أسوأ. كان يمكن أن يتضاعف الضرر بحيث ينتهي صعودك هنا. هل أنت مستعدة للعودة إلى أبيكِ وأمكِ وإخوتكِ وصديقاتكِ ومدرستكِ ووطنكِ لتقولي لهم: لأنني رفضت المساعدة لم أستطع تحقيق ما حلمتم معي بتحقيقه؟! كل واحد منا بحاجة إلى المساعدة، وقد كنتِ بحاجة إليها في عمّان حين داواك الطبيب، وكان يوسف بحاجة إليها هنا، ولم يقل عن نفسه إنه ضعيف لأن إميل داوى جرحه وخفّف ألمه.»

- ولكنهم لم يحملوه على ظهورهم!

- وهل ستكونين راضية لو أنك بقيت هناك في الوادي؟ أتعرفين كم شخصًا كان يمكن أن يموت، وأنت أولهم، لو أنهم استجابوا لرغبتك في البقاء هناك؟ سأخرج لأعرف ما يدور في الخارج ، وأتمنّى حين أعود أن تكوني قد فكّرت فيما قلتُه لكِ.

***

في السادسة صباحًا عادت الأصوات التي هدأت، بعد تقديم المساعدة لنجاة وجيسيكا، لتملأ المخيم.

الشيء الوحيد الذي كان أكثر خفوتًا من الأيام الماضية هو صوت الخطوات، بسبب تراكم الثلج بارتفاع عشرين سنتمترًا على الأقل.

بدأت الخيام تُشرَع واحدة بعد أخرى. أطلّت الوجوه متعبة. تناول كل منهم كوب قهوته الذي أعدّه المرافقون، باستثناء ريـما التي سألها صوول: «منذ ثلاثة أيام أريد أن أسألكِ: منذ متى توقَّفتِ عن احتساء القهوة؟!» أخذت نفسًا عميقًا أحسّت من خلاله أنها استنشقت كل ما في كوبه من رائحة، كل ما في أكواب الفريق والمرافقين من رائحة، وقالت: «سأخبرك فيما بعد.» وابتعدت بسرعة عن سؤاله الثاني الذي أوشك أن يطرحه. اعتلتْ صخرة على بعد عشرة أمتار بعيدًا عن اتجاه الرياح، وراقبت الفريق. كلهم كانوا قد أصبحوا خارج الخيمة منتصِبين، وقد تحرّرت قاماتهم من ضيق الخيام وبرْدها؛ الهواء يخرج من أفواههم وأنوفهم مثل كرات من قُطن، وأيديهم تقبض على الأكواب الحارّة برفق كما لو أنها طيور يخشون أن تطير.

اختفت ابتسامة نورة تمامًا. الشيء الوحيد الذي أراحها أكثر من إحساسها بأن منطقة البتر قد أصبحت في حالة أفضل، هو أن سوسن لم تتحدّث معها فيما جرى داخل خيمتهما ليلًا.

* * *

إميل كان قد نسي حذاءه خارج الخيمة فتحوّل الحذاء إلى قطعة من جليد. ارتدى حذاء آخر خفيفًا، وهو لا يعرف ما الذي عليه أن يفعله بحذاء متجمّد.

أشار إليه أحد الحمالين أن يعطيه إياه: «سأضعه لك قرب النار في خيمة المطبخ.»

ناوله إياه.

* * *

لم تكن سوسن آخر الذين ظهروا في ذلك الصباح على مائدة الإفطار، فقد تأخرّت نجاة وجيسيكا، وسهام أيضًا، سهام التي عرفت بأذنيها أن النهار أطلّ، لكنها لم تستطع التأكّد من ذلك بعينيها. في الخيمة جلست خائفة.

- «أظن أن عليكِ أن تجهّزي نفسكِ بسرعة، فأمامنا يوم طويل.» قالت لها ريـما.

- «لن أتأخّر.» قالت سهام، وقد أوقفت بحثها عن ملابسها التي سترتديها.

* * *

كادوا ينتهون من تناول طعام إفطارهم. نهضت ريـما وقالت: سأطمئن عليهنّ.

خرجت.

ألقت نظرة على جدار بارانكو، المواجه للمخيم، على ذلك الجبل الصخري المنحدر عموديًّا، الجبل الأصعب، الذي لم يجدوا له وصفًا أفضل من كلمة: جدار.

ارتفاعه الذي يصل إلى ثلاثمائة متر كان التحدّي الأكبر ما قبل صعود القمة. رأت أناسًا يصعدونه. كانوا بعيدين، معلَّقين، مثل طيور صغيرة بلا أجنحة.

بعد عدة خطوات شاهدت فأرًا صغيرًا مرتبكًا يدور حول نفسه متشمِّمًا شيئًا ما تحت الثلج.

***

نجاة قالت: «سأصعد الحائط، أحسّ بأنني أستطيع.» وأعادت جيسيكا ما قالته نجاة. فحصت ريـما نسبة الأوكسجين في دمهما. حائرةً كانت. النزول الذي هدّ جسديهما بعد لاڤا تاور، عبأ دمهما بكمية أوفر من الأوكسجين.

- «سنبحث الأمر.» وتوجّهت إلى خيمتها. وجدت سهام في مكانها لم تتحرّك.

- تأخرتِ كثيرًا.

- لا أستطيع أن أرى أيَّ شيء.

- ماذا تعنين؟

- مثلما أقول لكِ. أنا عمياء. ولكن أرجوكِ لا تخبري أحدًا.

- اهدئي، ستتحسّنين. كل ما في الأمر أنك لا بدَّ قد أُصبت بعمى الثلج. سأطلب من الدّكتورة أروى أن تراكِ.

- لا، أرجوكِ لا تقولي لأحد.

– سهام، حبيبتي، حتى لو لم أقل سيعرفون بمجرّد أن يروك تسيرين.

– ولكنني سأصعد الجبل معكم.

– بالطبع ستصعدينه، لحسن حظكِ أن معنا طبيبة عيون. دعينا نعالجك أولًا.

القرار

نهرُ الغيوم السّاقط كشلال من بين جبلين كان آخر صورة التقطها إميل. حدث ذلك مساء اليوم السابق لوصولهم إلى مخيم بارانكو. كانت الصورة فاتنة إلى حدٍّ استثنائي: من بين جبلين تدفق شلال الغيوم نحو الوادي لم يسبق لإميل أن رأى مثيلًا له.

نظر إلى أعلى جدار بارانكو المواجه للمخيم. كان عاليًا، بل كان حادًّا بحيث أدرك أن من أطلق عليه كلمة جدار كان دقيقًا للغاية في وصفه له.

شيئان فاجآ كلّ توقعاته: الغياب الكلي للشمس الذي أحال خلايا لوح الطاقة الشمسية إلى مجرد قطعة لا لزوم لها، والبرْد الشديد الذي دَهَم ما في البطارية من طاقة وامتصّ معظمها.

أيّ مصادفة هذه ألّا يكون البرد مُغرمًا بشيء مثلما هو مغرم بالطاقة ودفء الأجساد. «أتُراه بحاجة للحرارة أكثر منا؟!» فكَّر إميل في ذلك، وللحظة بدا مستعدًّا لأن يغفر للبرد، لكنه ورغم تسامحه لم يستطع.

يمكن للبرْد أن يأخذ حصته من الدفء من جسد إميل، ولن يعترض، أما أن يمتصّ ما في بطارية الكاميرا من طاقة فقد أزعجه

ذلك. ولعل ما أزعجه أكثر هو أنه لم يأخذ احتياطاته اللازمة، هو الذي لا يحبُّ أن يُفاجأ بحاجته لشيء لم يحضره معه.

حزنٌ ما تسرب إلى روح إميل ما لبث أن تحوّل إلى كآبة امتصّت بدورها كل ملامحه الفرِحَة المُنطلقة.

تغيّر إميل.

حاول أن يتخيّل كيف يمكن أن يمرّ بمشهد جميل، أو يرى ملامح أحد أعضاء الفريق ولا يصوّرها. ولو عرفت أروى بما يدور في عقله، لأيقنت أنه أصبح مطفأ مثل عين غسان، ومضبّبًا مثل عيني سهام اللتين ابتلعهما وهج الثلج في وادي بارانكو العظيم.

كآبة إميل أطبقت على قلبه بصورة أقسى حين علم بأن مهمّتهم في ذلك اليوم ستكون مقتصرة على صعود جدار بارانكو.

- «ما بعد الظهر، استراحة.» قالت ريـما.

هذا يعني أن صعود الحائط سيكون عملًا صعبًا ومثيرًا للغاية، ورغم ذلك لن يستطيع أن يصوره.

كيف له أن يخسر فرصة كهذه.

كان إميل يعرف أن هنالك من يصوّر الرحلة، بل إن هناك من سيصوِّرونها لكنه كان يريد أن يصوِّر ما تراه عينه، عينه هو، لا عيون الآخرين.

* * *

كآبة إميل كان يمكن أن تكون أقلّ، وإحساسه بالهزيمة أخفّ وطأة لو أنه عرف أن سهام قد قرّرت صعود الحائط بعينين مطفأتين.

أروى ، وريـما، ومعهما صوول كانوا قد قرّروا إعادة سهام إلى الفندق. اختار صوول مرافقًا قويًا ليصحبها. أبلغتها ريـما بالقرار.

انتظرت ما ستقوله سهام التي تجمّدت فجأة مثل ميت مرّت قرون على وجوده تحت الجليد. فزعتْ ريما، ريما التي أحسّت بأنها بقرار كهذا قد أطلقت النار فعلًا على سهام، وقتلَتْها.

عينا سهام أظلمتا أكثر، لم يعد هناك صوت لتنفُّسها. يداها تحجرّتا بجانبها، وبدت نظرتها السّاقطة على وجه ريما، مثل نظرة محدِّقة في بئر بلا قرار.

ريما التي رأت كثيرًا من الوجوه في رحلات الصعود والهبوط إلى غير جبل ارتبكت. ولأول مرة تحس أن الإنسان كلمة، تحييه كلمة، وتقتله كلمة.

زحفت داخل الخيمة الضيقة، وأمسكت بأصابع اليد اليسرى لسهام، كانت باردة للغاية كما لو أن الثلج الذي يغمر الأرض في الخارج تسلّل دون أن يلاحظوا، ورشق جسد سهام بكل صقيعه.

***

ريما لا تضعُف. لقد اعتادت ألّا تضعُف، فهي تعرف أنك في لحظة صعبة قد تضطرّ لبتر يدك أو ساقك إذا كانتا ستُقفلان أبواب نجاتك. أما صوول فقد كان أكثر حسمًا ربما، فمسؤوليته تُحتِّم عليه ألّا يكون رحيمًا إذا ما كانت الرّحمة سببًا في فقدان حياة إنسان، ورأيُ الدكتورة أروى كان إلى جانبه.

نادت ريما: «صوول،» وقبل أن تنادي ثانية كان صوول يُطلّ من باب الخيمة.

– «اتركيني معها.» قال.

بهدوء انسحبت ريما إلى الخارج. صمتَ طويلا، ثم سأل سهام: هل ترينني؟

لم تُجب.

- سهام، هل ترينني؟ أريد أن أسمع منك شيئًا، شيئًا واضحًا.

- «لا، لا أراك،» قالت وقد استطاعت النُّطق أخيرًا. «ولكن هناك شخصًا آخر أراه، ولا أستطيع إلّا أن أسير إليه، سواء كنتُ مغمضة العينين أو فاقدة لبصري تمامًا.»

- من هو؟

- ابني.

أخذ صوول نفسًا عميقًا. اعتصر شفتيه فلم يجد لديه كلمة يقولها، كلمة واحدة قد تكون علِقتْ بهما من حديث سابق.

- صوول، إنني أرى ابني الذي لم ألِده. لن أعود إليه لأقول له إنني لم أستطع أن أصل بك إلى قمة الجبل.

- فهمنا منك أمس أنك غير حامل، أهذا مؤكّد.

- أجل صوول، لم أكن أريد أن أحمِل قبل صعود الجبل. لقد أخبرتكم بهذا. ولكنني لن أستطيع أن أحرم ولدي من شيء تمنّيته له لمجرد أنني لم أعد أرى، لمجرد أنني لم أرتدِ نظارة شمسية مناسبة لرحلة كهذه. سأتسلّق بارانكو يا صوول، معكم أو دونكم، وعليكم أن تقرّروا.

صمت صوول، صوول الذي كان قد أصبح على معرفة بما يحبّه الجبل وما لا يحبه، بما يُرضي الجبل وما يُغضبه.

استعاد صوول ما قالته أروى: قد تستعيد نظرها بعد خمس ساعات، عشر ساعات، وربما تستعيده غدًا، لكنني لا أستطيع أن أؤكد هذا، لا أعرف إلى أي مدى تضرّرت الشّبكية. ولذا فإن مسألة صعودها جدار بارانكو ليس قرارًا طبيًّا.

- سهام.

- نعم.

- ستصعدين الجدار معي.

- شكــ ...

قاطَعَها صوول.

- لا، لا أريد أن أسمع منك هذه الكلمة الآن، حين نصل إلى القمة يمكن أن تقوليها للجبل هناك، فهو الذي يستحقّها.

الخيبة

جبريل كان يحلم باللحظة التي يصلون فيها إلى أعالي بارانكو أكثر من أي شخص آخر. أخبروه أن الإشارة في الأعلى ستكون أفضل، وأن بإمكانه أن يرسل عبر هاتفه ما يريد من صور.

في المخيم كان بحْثُ الصاعدين عن صخرة أعلى يتمكّنون من فوقها التحدّث مع أهلهم وأصدقائهم، قد جعل المشهد يدعو للضحك، وسط ذلك الشقاء المُحْدِق بهم.

كلّ واحد منهم كان محتضنًا هاتفه، ومستعدًّا لمنحه كلَّ دفء جسده من أجل شيء واحد: أن يظلَّ قادرًا به على التحدّث مع من يُحب، أو مع من يفتقد، أو يحتاج.

في ذلك الوادي، المحاصر بالثلوج والصخور السوداء القاسية، كان يمكن للصّاعد أن يُطعم دفء جسده لتلك الأجهزة الصغيرة، مثلما كان العربي قديمًا يجوع لكي يطعم فرسه أو حصانه!

في تلك السّفوح والأودية الوعرة، نَسُوْا تماما ما الذي يريده الجبل منهم وما الذي يريدونه منه. خلْفهم كان ماضيهم وأحباؤهم، وأمامهم المجهول.

* * *

نظر جبريل إلى حافّة الجدار المعلّقة في السماء، ولم يخامره الشّك لحظة في أنه سيرسل كل ما يريد عبر هاتفه، الذي حافظ على طاقته، إلى المصنع. رأى إميل يقترب منه، فدسّ جبريل الهاتف في جيب سترته الدّاخلي الملاصق لقلبه.

كان جبريل يهمُّ بطلب الصورة من إميل، صورة نورة ويوسف ضاحكَين، لكن إميل لم يكن إميل الذي يعرفه.

- ما الذي حدث؟

- «ماذا؟» قال إميل.

- ما الذي حدث؟ هل أنت مريض؟

- مريض، نعم مريض، قليلًا.

سار إميل صوب المجموعة التي بدأت بتفكيك الخيام. كان يحسّ بأن الحقيبة التي يحملها أكثر ثقلًا من كليمنجارو نفسه. وبدا بلحيته التي طالت قليلًا شخصًا بائسًا.

سأل جبريل ريما، وهو ينظر صوب إميل بخطاه الثقيلة: ما الذي جرى لإميل؟

- تستطيع أن تقول إن الكاميرا ماتتْ!

- لم أفهم!

- «الكاميرا ماتت، وأظنه بدأ فترة الحداد عليها. لا تتحدّث معه في شيء، دعه يهدأ.» وتركتْه وسارت خلف إميل.

* * *

لم تكن تلك الصورة الجميلة التي التقطها إميل السبب في صعود جبريل الجبل، لكنه منذ أن رآها أصبحت السبب. ولأنه من

أولئك الذين يؤمنون أن هناك سببًا وراء كل شيء، فقد أيقن أن صعود الجبل ما كان يمكن أن يكتمل إلّا بتلك الصورة.

مصنع جبريل لإنتاج المواد الغذائية، الذي تضاعف إنتاجه في عشرين سنة عشر مرات، عاني كثيرًا في البداية. كان صدى الانتفاضة الأولى يملأ قلوب الناس فخرًا وغضبًا أيضا؛ فخرًا لأنهم كانوا جزءًا منها، وغضبًا لأن الثمرة التي قُطفت عن شجرة الانتفاضة كانت أصغر بكثير من أحلامهم ودمائهم.

مع هؤلاء، وكان بعضهم يمارس وظيفة مفتش، بدأت المشكلات، وما كان يمكن إلّا أن تبدأ مع وجود عشرات التّجاوزات، من فساد مواد أولية يستخدمها في مصنعه مثل البطاطا والطحين والذّرة، إلى وجود مواد يُمنع استخدامها، أو أنه لا يتقيّد بالنِّسب العالميّة التي عليه الالتزام بها.

أكثر من مرّة أُغلق المصنع، لكنه كان في كلّ مرّة يعاود الإنتاج بعد تدخّلات مسؤولين يعرفهم. وبعد سنوات، أصبح أمر الإغلاق يصدر، لكنّ العمل يستمرّ، حتى باتت زيارة المفتشين مثل طُرفة مكرّرة لا معنى لها.

أول ما فكّر فيه جبريل حين رأى الصورة أن يطرح منتوجًا جديدًا من مادة الشيبس، وقد فكّر بأن يكون اسمه وهو يتخيّل شكل المنتج: نورة ويوسف، ثم، فكر: الأبطال! لكنه تراجع عن الفكرة؛ لأنها قد تثير حفيظة الحكومة الإسرائيلية، فكلمة كهذه قد تتعارض مع الإتفاقيات الموقعة مع السلطة الفلسطينية! فالكلمة تبدو تحريضًا، أو تمجيدًا للبطولة في واقع يعمّ فيه السّلام!

فكر جبريل باسم: النّمور، لكنه بدا له مُستهلكا جدًّا، فعاد إلى فكرته الأولى: نورة ويوسف. وظلّ يعيد الاسم، حتى أصبح يحس بأن المنتج قد أصبح في السّوق، أنّه لا مجال لتغيير الاسم.

***

ليلة أمس، ليلة الثلج القاسية، استيقظ جبريل مذعورًا. تذكّر، كما لو أن أحدًا فاجأه، أن نورة ويوسف فقَدَ كل منهما ساقًا، وأن يوسف لم يفقد ساقه فقط، بل بعض أصابع يده، وأن المتسبب له بذلك هو الجيش الإسرائيلي!

سيضع الإسرائيليون ألف عائق أمام توزيع مُنتجه الجديد، فهنالك مئات الحواجز التي ستتوقّف أمامها شاحنات مصنعه. سيبالغون في تفتيشها، ويعيدونها، أو ربما يُتلفونها، وقد لا يكون الجنود مضطرّين للحصول على إذن بإتلاف البضاعة، إذا ما لاحظ واحد منهم الصورة، وعلِم بقصّتها. سيدمِّرونها.

عند منتصف الليل كانت الضجة التي ملأت المخيم بسبب ما حدث لنجاة وجيسيكا فرصة لإنقاذه من مخاوفه.

اندسَّ أعمق في كيس النوم، واستطاع أن يغفو بعد أن تذكّر أن لديه دفاعًا قويًا يثبت به حسن نواياه. فيوسف ونورة سيظهران بطرفيهما الاصطناعيين مثل أي فتاة وفتى عاديين، وهذا بحدّ ذاته دليل على أنه لا يمجّدهما كمصابين، بل كشخصين استطاعا بلوغ القمة.

لكنه انتفض حين لم يتذكر تمامًا إذا ما كانت يد يوسف المصابة تظهر في الصورة أم لا.

... وريـما أخبرته بأن كاميرا إميل ماتت.

التفت جبريل إلى أعلى جدار بارانكو فرآه أكثر ارتفاعًا مما هو عشر مرّات. صرخ بغضب، جاء مرافِقه، أمره جبريل أن يحمل الحقيبة ويتبعه.

ففعل.

الوفاء للأعداء!

هدوء نورة الذي أعقب حديثها مع سوسن كان هشًّا مثل هدنة لم يتوقف سقوط القذائف خلالها. لم يذكِّرها جدار بارانكو رغم جلاله إلا بجدار واحد، ذلك الذي تركته وراءها، الجدار العالي الذي طالما أحسّت كلّما رأته بأنه يحجب الهواء عن رئتيها، ويحجب الشمس. الجدار الذي يكاد لفرط ارتفاعه أن يحجب السماء!

كان عليها أن تتوقف أمام الحواجز، وأن تخلع ساقها الاصطناعية، لكي تثبت للجنود الإسرائيليين أن ما يثير جنون أجهزتهم الالكترونية، ما هي إلا ساق لا علاقة لها بجسدها، بقدر ما لها علاقة بوجودهم!

لم تكن تعرف لماذا يصرّون على تأخيرها كلَّ مرة مع أنهم يرون تقاريرها الطبية.

في المرة الأخيرة، ويبدو أن صورتها باتت معروفة لجنود الحواجز، أصرّت مجندة أن تقوم نورة بخلع بنطالها.

كانت قد اقتادتها لغرفة تفتيش جانبية.

- اشلخ بنطلون. قالت لها.

- ولماذا أشلخ بنطلون؟! تستطيعين تفتيشي وأنا ألبسه.

- لا، اشلخ بنطلون!

٢٢٥

- أتريدين أن تعرفي بالضبط ما الذي يمكن أن تفعله قذائفكم بنا؟!

- قلت لك اشلخ بنطلون.

بحثت نورة بعينيها عن كرسي تجلس عليه. رأته، لكن المجندة سبقتها وجلست عليه.

- اشلخ بنطلون وإنت واقف!

حدّقت نورة في عينَي المجندة: هذا مستحيل، كيف يمكن أن...؟!

- لا أعرف! هذه مشكلتك، بعدين، كيف يمكن أن تطلع جبل كليمنجارو وإنت ما بتقدر تشلخ بنطلون لوحدك؟!

استندت نورة إلى الحائط دون أن ترفع عينيها عن وجه المجندة. فكَّت أزرار الخصر، ثم انزلقت نحو الأرض جالسة.

صرخت فيها المجندة: قف واشلخ بنطلون وإنت واقف.

- سأشلخه وأنا جالسة.

- قلت لك قف.

- تهددينني؟ تريدين أن تقطعي ساقيَ الأخرى؟! تفضلي، يمكنك أن تفعلي ذلك.

صمتت المجندة.

سحبت نورة البنطال، فانكشفت ساقها السليمة: هل يكفيك هذا؟!

- أريد أن أرى رِجْلك الثانية.

- لكنها غير موجودة، إنها عندكم.

- قلت لك اشلخ فورًا.

سحبت نورة البنطال عن الجهة اليمنى، فانكشفت ساقها المبتورة.

– هل ترين، لم يتبق منها الكثير؟

– البس بنطلون واحمل رِجْلك وتعال وراي.

* * *

وقف الضابط ينقّل عينيه بين وجه نورة والصحيفة التي في يده، كانت صورتها بابتسامتها الواسعة تعلو التقرير الذي كُتِبَ عن عزمها على تسلّق الجبل.

– أنت ستصعد جبل كليمنجارو؟!

لم تُجب نورة.

– سألتك: أنت ستصعد جبل كليمنجارو؟!

– بالتأكيد.

– هل تعتقدين أنك ستصعدين فعلًا؟!

– بالتأكيد.

– برِجْل واحدة!

– بالتأكيد.

– مغرورة أنت!

– ربما، لأنني لستُ مثلك.

– ماذا تعنين؟

– «أعني أنك مختلف عني مثلما أنا مختلفة عنك. أنا هذه،» وربّتت على رِجْلها السليمة، «وأنت هذه.» وأرجحتْ ساق بنطالها الفارغة.

– لن تستطيعي صعود الجبل.

- سنرى.

ضحك، انحنى وكتب شيئًا على الجريدة التي في يده، ثم ناولها الجريدة: إن استطعت، فلا تنسي إرسال الصُّور لي. هذا إيميلي.

- سأفعل، سأفعل بالتأكيد.

قال لها: وبما أن لديك الكثير من الوقت لتفعلي ذلك، انتظري هناك إذًا.

تتبّعت مسار إصبعه، حيث أشار، فأدركت أنها ستنتظر طويلًا، وأنها لن تستطيع الحصول في ذلك اليوم على ساق احتياطية.

تقافزت على رِجْل واحدة حتى وصلت.

بعد ثماني ساعات، تحت شمس شتاء لم يعرف المطر، ولم تعبره غيمة واحدة طوال شهرين، بعد ثماني ساعات، جاءت المجندة وأخبرتها: تستطيع تعبر حاجز.

وقفت نورة، نظرت إلى أبيها، وقالت: لنعُد إلى البيت أفضل.

***

لم تعرف نورة إن كانت خائفة من جدار بارانكو أم من الجدار الذي خلْفها، أم من إحساسها بأنها لن تستطيع الصعود فعلًا بعد انهيار جسدها في وادي بارانكو قبل ساعتين من وصولها المخيم.

ارتدَت نظارتها الشمسية. رأت كاميرا سوسن موجّهة إليها، حاولت أن تبتسم. لم تكن النتيجة سوى نصف ابتسامة. إحساسها بالهزيمة منذ أن حملوها كان حاضرًا.

عادت صورة الضابط من جديد:.

انحنى وكتب شيئًا على الجريدة التي في يده، ثم ناولها الجريدة: إن استطعتِ، فلا تنسي إرسال الصّور لي. هذا إيميلي.

أشارت نورة إلى سوسن، اقتربت منها: أريني الصورة.

رأتها. كانت نورة في الصورة شاحبة فعلًا، أما ابتسامتها فكانت جافة لا فرح فيها: «احذفيها.» طلبت من سوسن.

– إنها جميلة.

– احذفيها، لا أريد أن أُرسل إليه صورة كهذه.

– «مَن، اعترفي؟» قالت سوسن وهي تغمزها وتضحك.

– الضابط.

– من؟

– بعد أن أصعد الجبل سأخبركِ.

حذفتْ الصورة.

– الآن يمكن أن تلتقطي لي صورة أخرى.

تراجعت سوسن ثلاث خطوات، انغرست قدماها في الثلج: «مستعدة؟»

هزّت نورة رأسها، ونشرت ابتسامة عريضة دافئة.

لا جداول في الانتظار

طريق الحواس

أكبر جدول رأوه حتى الآن كان ذلك الجدول الذي تحوّل إلى شلال صغير، الجدول الذي كان مصدر مياه شُرْبهم وطبخ طعامهم أمس، وصباحًا مثل بقية الجداول التي أقيمت المخيمات قربها.

صوت الشلال غطى على أصواتهم، ابتلعها. سهام التي تحوّل صوول إلى عكاز لها، وعين، استيقظتْ حاسَّةُ سمْعِها، وحاسة اللمس التي تكثّفت في أصابع قدميها. أشبه بجدار أحمر مضبّب كان العالم أمامها.

حين قال لها صوول: «انتبهي، أمامنا شلال وانحدار بارتفاع خمسة أمتار على الأقل.» قالت له: «منتبهة.» كانت منتبهة فعلًا، قادرة على إدراك كل الأصوات المحيطة بها، وقادرة على تحسّس طريقها كما لو أنها عمياء منذ مولدها.

– «لا أريد لحذائك أن يبتل.» قال صوول.

نقّلتْ قدميها بحذر أكثر؛ تضع قدمًا على الصخرة وتستمع لصوت الماء الذي تتلمّسه بالقدم الأخرى، قبل أن تصل لحجر يمكن أن تتوقّف عليه.

صوول بدا مبهورًا بذلك الحذر، بتلك الفطنة لجسد يجد نفسه

٢٣٣

فجأة محرومًا من العينين وهو يتجاوز أرضًا لم يخْطُ عليها من قبل. لكنه كان أكثر حذرًا منها، فأن تنزلق سهام، يعني أن تتحطّم، أن تموت، حتى مع تلك الخوذة التي جعلها ترتديها تحسُّبًا لأي عثرة. وحيَّره: أي قدرات تلك التي يمتلكها الإنسان بمجرد أن يصبح أعمى؟

***

في الوقت الذي فقدت فيه سهام حاسّة واحدة، كان إميل قد فقد حاستين: البصر والسمع! سار يتبع خطوات من أمامه شاردًا كما لو أنه يسير في جوف انفجار خلَّفتْه قنبلة فراغيَّة. توقُّف الكاميرا عن العمل رشق قلبه بكآبة لا حدود لها. ماتت المشاهد الصغيرة أمامه وحوله، ولم يعد للوجوه ملامح؛ كأن عينه الحقيقية التي كان يرى بها العالم هي عدسة الكاميرا؛ كأن المشاهد والوجوه التي لم يعد قادرًا على تصويرها اختفت من العالم؛ كأن العالم نفسه اختفى.

بين حين وآخر كان ينتبه لما يحدث له، لكن انتباهه لم يكن أكثر من صحوة خاطفة في إغماءة طويلة.

وتلاشت الأصوات..

لم يكن ذلك الصباحُ قادرًا على إضاءة ملامحهم المُتعبة، لأن الليلة الماضية كانت أقسى لياليهم. ولذا انتشر رماد ما في وجه إميل لم يستطع وهج الثلج المحيط بمسيرتهم أن يزيله. وفي الوقت الذي كانوا بحاجة فيه لكل طاقتهم، وصحّتهم، لكي يتمكّنوا من صعود جدار بارانكو، كانوا منهكين بحيث لا يستطيعون السير طويلًا في سَهل.

ربما كان أفضل شيء فعلتْه نجاة أنها أصرّت أن تصعد الجدار

قبلهم. لم تكن تريد أن يرى أحد هُزالها، ولا ملامحها التي جفَّ ماؤها وبريقها. لم تكن تريد لأحد أن يرى هزيمتها إن وجَدتْ نفسها عاجزة عن إكمال الطريق.

جيسيكا قرّرت الذهاب معها، فقد بدأت تحسّ أن يدًا ما تسحبها إلى القاع. بدأت جيسيكا تصبح أقل فخرًا بينها وبين نفسها، باعتبارها استطاعت اجتياز لاڤا تاور والوصول إلى مخيم بارانكو، رغم أن استعدادها للرحلة هو السير ثمانية كيلو مترات ليس غير.

فكّرت جيسيكا في أنها ربما ارتكبت خطأ كبيرًا حين استهانت بالجبل. كانت تسمعهم يتحدّثون عن الساعات الطويلة التي أمضوها يتدرّبون، وتبتسم بينها وبين نفسها لأنه لم يكن عليها أن تتدرب مثلهم. بل إنها فكّرت أن المسألة لا تتعلّق بالعرض المتأخر الذي قدمه لها مديرها توم، فلو كان لديها وقت كاف لما تدرّبت أيضًا. تصوُّرٌ غريب كان يسكنُها دائمًا: إنها بصحة جيدة، وإنها تستطيع أن تسير أي مسافة دون أن تتعب.

ليلة أمس كانت مختلفة رغم أنها أيضًا حاولت الدفاع عن جسدها: «أنا لم أستفرغ إلّا بسبب رائحة استفراغ نجاة!» نسيتْ الصّداع الذي فلَقَ رأسها. نسيت الاستراحات الثلاث التي كانت مضطرّة إليها في أقل من نصف ساعة قبل الوصول إلى مخيم بارانكو. نسيت تلك الخاطرة التي مرّت ببالها خطفًا حين رأتهم يحملون نورة: «أظن أنني لم أكن سأمانع لو عرضوا عليَّ أن يحملوني!»

صعدت جيسيكا أخيرًا مع نجاة، ولديها شعور غريب بأن الجبل لن يسمح لها بالوصول إلى قمته إن لم تتواضع أكثر.

***

منزعجًا في الصباح كان يوسف. أمران يتعبانه: ذلك الضياع الذي أصاب إميل، وتلك الابتسامة التي جفّت على شفتَي نورة.

رفع بصره نحو الجدار. كانت المجموعات التي سبقتهم تظهر وتختفي كلما انقشعت غيمة مخلِّفة وراءها مساحة من ضوء. أناس تحوّلوا إلى قافلة صاعدة بألوان ثيابهم الزاهية. أناس يصعدون إلى الأعالي كما لو أنهم يتسلقون عمود كهرباء. الصخور الكبيرة تحجب بعضهم بين حين وآخر كالغيوم، ثم يعودون للظهور من جديد. أما المسافة بين القافلة التي يسير فيها يوسف وتلك التي في الأعلى فقد كانت تبدو بلا حدود.

قرّر يوسف أن يتجاوز ذلك الحزن الذي يعصف بإميل، أن يكون مع إميل الذي كان معه، إميل الذي حمله على ظهره وعالج تقرّحات قدمه. طلب من جون أن يسير أمام إميل، لا أمامه هو، أسرع حتى وصل إلى إميل: «كيفك خيي؟» قال له يوسف وهو يبتسم.

- «ممتاز!» ردّ إميل. وما كان يمكن أن يقول غير ذلك، هو الذي أعاده سؤال يوسف إلى نفسه، إلى القاعدة الصعبة التي تحكم سلوكه: حزنك لك، أما ابتسامتك فللآخرين.

- «سأسير أمامك، إن لم تمانع؟» قال يوسف.

فجأة عاد إميل ليلعب دوْره، فقد ألقى يوسف عليه مهمة العناية به ومراقبة خطواته، والتحفّز الدائم في حال تعثَّر يوسف أوأصابه التعب.

هل كان يوسف قد بدأ يدرك أن أفضل طريقة لإعادة إميل إلى نفسه هي إلقاء مهمة رعاية يوسف نفسه عليه؟

تزحلقَتْ نورة، فسقطت على جانبها الأيسر، لكن ضحكتها التي

أطلقتها قالت للجميع إن شيئًا لم يصبها. وببهجة قالت لمن حاولوا مساعدتها: «هاكونا ماتاتا!»

سمعها يوسف فقال مازحًا: «شو.. أَجهِّز حالي لأتزحلَق؟!»

ضحك إميل، ضحك كثيرًا، وكذلك كل من سمعوا يوسف، ودوّت في فضاء الوادي، ثانية، ضحكة نورة من جديد، الضحكة التي اختفت منذ مساء أمس، فعاد الأمل فجأة ليغمر قلوب الجميع. ومع سماعها الضحكة صاحت سوسن: «يلّا، يلّا، وترجمتْ صيحتها مباشرة: «ويرّا ويرّا.»

وغنى أحد المرافقين أغنية الجبل، وكأنه يقدِّم له الاحترام، ويطلب منه القوة:

Jambo Jambo bwana
Habari gani
Mzuri sana
Wageni, mwakaribishwa
Kilimanjaro hakuna matata
Jambo jambo bwana…

فردّد الوادي صدى الأغنية التي تحوّلت إلى عرس جماعي.

مطعم الصّيد العجيب

اختفت السماء فلم يعودوا قادرين على رؤية نقطة أعلى من منتصف الجدار، وبدا أنّ الغيم الذي يأتي ويصعد من نهايات الوادي، من أسفل البقعة التي خيّموا فيها، يلاحقهم . أشجار غراند سينسيو العملاقة بفروعها الضخمة كانت مثل عشرات الأيدي المرفوعة عاليا في الهواء مودِّعة. التفتَ صوول إليها وصاح: غراند سينسيو خلْفكم تودّعكم، لوِّحوا لها مودِّعين!

التفتوا، فوجدوها هناك في غبش المسافة مُلوِّحة فعلًا!

لوَّحوا لها.

- «لن تروْها بعد الآن، لن تروْها إلّا إذا عدتم إليها ثانية.» ورأى سهام تلوِّح مبتسمة كالآخرين، فقال في نفسه: «ستفعلها، ستصعد الجبل.»

- مامبو[17] سهام؟

- «مامبو بوا، أسانتيه.» أجابت.

كل واحد من الصاعدين تعلّم بعض كلمات اللغة السواحلية منذ

---

١٧ - مامبو، تعني: ما أخبارك، مامبو بوا، أسانتيه، تعني: رائعة، شكرا لك.

وصوله، لكن معظمهم كانوا يعرفون: «هاكونا ماتاتا» التي انتشرت في العالم مع صعود الجزء الأول من فيلم الرسوم المتحركة: الأسد الملك.

* * *

لسبب ما لا يعرفه لم يفكر هاري في أي يوم بإطلاق النار على أسد، فهو في داخله يكنّ احترامًا خاصًا لهذا الكائن. فقد كان دائمًا يرى أن إطلاق النار على ملك الغابة هو عملية انقلاب عسكري بكل ما تعنيه الكلمة. ومن المفارقات أن من سيطلق النار على هذا الملك لن يستطيع أن يحتلّ مكانه!

أكثر ما كان يهمّه الجواميس والغزلان، وأكثر ما يثيره مطاردة فرس النهر بقارب في الماء.

* * *

هيلين، هيلين التي استقلت الطائرة عائدة، هيلين المرأة الغنية، لا بدّ له أن يعترف أنه خدعها بشكل أو بآخر، واستغل مالها ليقوم برحلة كاد بسببها أن يفقد ساقه. امرأة لم يرتبك قلبها حين أطلقت النار لأول مرة وأردتْ غزالا، وتقافزت في الهواء فرِحَة بغباء. في المساء، حدّثها عن الأسد وفكرته حول إطلاق النار على الملك، فضحكتْ كثيرا واعتبرته، وهو الكاتب المجنون بالتجربة، رومانسيا إلى حدّ مفاجئ. ولعلها قالت في نفسها: كم هو ساذج!

– «أتعرف أي متعة تلك التي يمكن أن أحصل عليها لو اصطدتُ أسدًا؟» سألتْه.

– «لا، لا أعرف.» أجاب هاري.

– سأكون عندها ملكة الغابة.

- «لا أشك في ذلك إن استطعت إيجاد حلٍّ لاقتسام إرثه مع زوجاته اللبؤات.» وأطلق ضحكة عالية جعلت النسور الثلاثة القبيحة التي حطّت على الشجرة العارية تفرّ.

رغم إدراك هاري خداعه لهيلين لم يكن نادمًا على أنه جاء معها. كانت تبحث عن رضاه بأي وسيلة. كما أن التجربة دائمًا كانت الشيء الوحيد الذي لا يستطيع مقاومته، ولولا ولعه بالتجربة لما استطاع مقاومة افتتانه بساندرا، المرأة الأرقُّ والأكثر خَفَرا من بين النساء اللواتي عرفهن، امرأة لا شبيه لها بين كل نساء باريس.

علاقته المتقطعة بساندرا لم تفتر رغم أسفاره الكثيرة وشهوته الدائمة لإلقاء نفسه في أي حرب تندلع في العالم. «إنها التجربة.» كان يبرر لها، محاولًا ما استطاع أن يقنعها: «التجربة أقوى من الحب أقوى من أي شيء بالنسبة للكاتب.»

بهدوء حزين تُسِرُّ له ساندرا: أستطيع أن أتفهم ما تقول، لكنني لا أستطيع أن أشرحه لقلبي.

الشيء المختلف في ساندرا أنها لم تكن تزعجه في شيء، هادئة وجميلة بشعرها الطويل وقامتها المندفعة مثل قامة فرس عربية.

كانا معًا في (مطعم الصيد العجيب) على ضفة نهر السين في منطقة (با مودون) حين اقتربت منه هيلين، وقالت: هل فكّرتَ جيدًا في الرّحلة؟

لم يسألها هاري: «أيّ رحلة تعنين؟» وتركتْها ساندرا تتكلّم وكأنها غير موجودة. كان ذلك الصمت مزعجًا لهاري. للحظة تمنّى أن تقوم ساندرا برشق وجه هيلين بما في كأسها. ربما لأنه هو نفسه كان يريد أن يفعل ذلك ولم يستطع. صحيح أن الرحلة إلى إفريقيا واحدة من أحلامه، لكن هيلين كانت تبالغ في استعراض قوتها أمام

ساندرا، وفي الوقت نفسه لم يكن يريد أن يبدو أمامها خائفًا من ساندرا، أو أن يبدو أمام ساندرا أسيرًا لهيلين.

– «سأذهب.» قال لهيلين.

وواصلتْ ساندرا صمتها، حتى بعد أن جاء ليودِّعها ليلة السفر، ممضيًا تلك الليلة معها.

***

كسهم ملتهب كانت أول فكرة مزعجة خطرت لهاري في الطائرة، قبل ملامسة عجلاتها لأرض المطار في تنزانيا: لقد فشلتَ في الامتحان يا هاري، ففي اللحظة التي كان عليك فيها أن تحفظ كرامة ساندرا أشبعتَ غرور هيلين.

استعاد صورة ساندرا، صوتها الرّقيق؛ المرأة الوحيدة في حياته التي، لفرط تقديسها له، لم تتجرّأ على نطق اسمه. تسهر معه، وتنام معه، لكن الشيء الوحيد الذي لم تفعله هو أن تنطق اسمه.

قال لها مرة: ولنفترض أن حريقًا اندلع في البيت وأنا نائم، كيف يمكن أن تحذريني وأنت لا تستطيعين نُطق اسمي؟!

– إذا وجدت نفسي مضطرة فسأفعل. لكن ألا يكفي الصراخ؟ أن أطرُق الباب وكأنني خرساء، أن أسحبك من الفراش إلى خارج البيت؟ لدي وسائل كثيرة لم أستخدمها بعد.

في لحظات كثيرة تمنّى أن يسمع اسمه على لسانها، أن تنسى في لحظات التحامهما حذرَها؛ أن تهمس باسمه وهي نائمة تحلم، لكن ذلك لم يحدث، ولم يكن هو مصرًّا على ذلك، فقد كانت تلك هي أسطورتها الصغيرة الطيبة.

***

في أروشا حيث تمَّ علاجه، فكّر أن يتّصل بساندرا، أن يخبرها أنه ترك هيلين ترحل، وأنه يتمنّى أن تكون هي التي معه. لن يخبرها أنه كاد يفقد ساقه، وأن الغرغرينا كانت الضّبع الحقيقيّ الذي عليه أن يخافه، لا ذلك الضبع الذي كان يحوم ليلًا حول خيمته، الضبع الذي لم يكن متشهّيًا لأعضائه السليمة بل لذلك الخليط من اللحم والدم الأسود الفاسد و....

* * *

يقلق هاري أن التجارب العنيفة باتت تستهويه، وتسيطر عليه أكثر من أي تجربة رقيقة: إلى أين يمكن أن تصل يا هاري إن لم تجد شخصا أمامك تعاركه؟ حيوانًا تقتله؟ حربًا تلقي بنفسك فيها؟ عدوًا تطلق عليه النار؟ امرأة تستغلّك؟ امرأة تستغلها؟ في لحظة ما يا هاري ستشيخ، ولن تجد هنالك من يقبل أن ينازلك رأفة بك، لضعفك، لشيبك الذي سيعطيك هيئة مزرية لعجوز كلّ تاريخه وراءه، وليس له من أمل واحد في تأسيس ذكريات طيبة، لا لشيء إلّا لأنه سحق مثل ثور هائج كل الطيبين الذين عرفهم.

* * *

واحدًا من أجداد البشر الأوّلين كان هاري قد أصبح، مثله مثل الجميع وهو يسير على أربع متشبثًا بأي نتوء يصادفه.

ارتفاع جدار بارانكو، والحجارة الكبيرة، واتّساع الهوّة، والغيم الكثيف الذي ابتلع كل ما حولهم، واللهاث المتصاعد الهائج؛ ذلك كلّه كان يعطيهم مشهد أناس يسيرون وسط سحابة هائلة من دخان رمادي. اختفت مقدّمة الطابور الصاعد ومؤخرته.

صاح صوول: «بولي بولي.» وردّدت ريـما النداء.

أي خطوة في غير مكانها بمثابة بوابة للهلاك، أي تنفّس غير منتظم، أيّ يد تنزلق أو قدم.

وسط ذلك الصمت تحشرج جهاز اللاسلكي المثبت عند صدر صوول. طلب من سهام ألّا تتحرّك بعد أن تأكد من أن ظهرها مستند إلى صخرة خلفها.

«هل قطعوا نصف المسافة؟ أقل؟ كم يختفي الزمن حين تصبح الخطى رتيبة بلا نهاية، والأعين مغلقة.» حدّثت سهام نفسها.

لم يكن سهلًا أن يفهموا ما يقوله صوول، لكن القريبين منه كان باستطاعتهم أن يروا الغيمة السوداء التي ابتلعتْ ملامحه.

أغلق الخطّ، ثم عاد وأشعل الجهاز باحثًا عن إشارة، فلم يحصل إلا على خشخشة موجعة كهواء ثقيل في صدر إنسان مصاب بالرّبو.

أعاد صوول الجهاز إلى مكانه في جيب سترته.

أمسك بيد سهام. عدم قدْرتها على رؤية ملامحه في تلك اللحظة كان نعمة على الرّغم من قسوتها.

سأله مساعده: ماذا هناك؟

– «لم تصل نجاة وجيسيكا، وقد فقدنا الاتصال بهما.» أجابه بالسواحيلية.

كان ذلك أسوأ خبر يمكن أن يتلقاه مَن يصعد جبلًا: «لنتصرّف كما لو أن شيئًا من هذا لم يحدث.» همس صوول بحذر، وكأن كل من حوله يتحدثون اللغة التي يتحدّثها.

فم الموت

منذ وصولها إلى مخيم بارانكو قررتْ أروى أنها لن تلتفت إلى الوراء. سيكون غسان أمامها دائمًا. رأته فابتسمت. كانت سعيدة لقرارها أنها ستأخذه معها حتى لو اضطرّت لأن تحمله!

جسد غسان الصغير كان يمنحه قدرات لا يملكها الآخرون، يعبر ببساطة من بين صخرتين بينهما ممر ضيّق، يناور الحجارة الكثيرة التي يمكن أن تكون سببًا في السقوط.

– تأكَّدْ تمامًا أين تضع قدمك. كل صخرة غير ثابتة يمكن أن تنزلق وتأخذك معها للأسفل، أو يمكن أن تنزلق وتحوّل الجبل إلى شلال صخور يقتل الذين خلفك.

كانت تلك واحدة من الوصايا التي لا يمكن لصوول أن ينساها.

من رأى أروى تتوقف ظنها تحاول التقاط أنفاسها، لكنها لم تكن تفعل ذلك، فقد كانت تتأمل غسان وهو يصعد. فكرت وهي تبتسم: «لا أشك لحظة في أن هذا الفتى قد قطع مسافات وهو يجري، أكثر مما قطع أيٌّ من صاعدي الجبل، حتى ريـما، فقد أمضى عمره كلّه راكضًا بالحجارة خلف سيارات الجنود، أو راكضًا أمامها ليختفي في الأزقة ووراءه الدّوريات المحمولة والراجلة تطلق النار وقنابل الدخان!»

مجرد إحساسها أنه بعيد عن ذلك الدخان الخانق، الدخان الذي لم تكن أزقة البلدة القديمة في الخليل قادرة على استيعابه، مجرد إحساسها أنه في الجبل كان يملأ صدرها بهواء من أكسجين مصفّى، رغم هذه السفوح العالية التي تتقاسم الهواء مع صاعديها.

* * *

أمامها، على بعد خمسة أمتار، كان غسان يحسّ بجسده خفيفًا، يتنقّل بسهولة وقد نسي تمامًا تحذيرات أروى ووصاياها: سِرْ ببطء، بولي بولي، يعني: شوي شوي.

صديقه أمجد، أقرب أصدقائه، كان المستوطنون قد نجحوا في الاستيلاء على بيته. ساعات قليلة غابوا عن البيت لحضور عرس ابن عمّه في بلدة (دوْرا)، وعندما عادوا، وإذا بالمفتاح الذي في يدهم غير صالح لفتح الباب! أبوه ظنّ أنه يستخدم المفتاح غير الصحيح. طلب من زوجته أن تناوله النسخة الثانية التي معها. بحثت في حقيبتها. أخرجتها، وناولته إياها. حاول مرّة أخرى، دون جدوى. رفع رأسه، ونظر إلى شبابيك البيت العليا، فلمح شيئًا يتحرّك. تراجع خطوتين، ونظر إلى أعلى. هوى قلبه. لم يرَ شيئًا، ولكنه أدرك أن البيت ضاع، ضاع وهو فيه، سرقوه منه، هو الذي لم يهاجر تحت تهديد أسلحتهم وقصف قنابلهم كما حدث لجيرانه من أهل يافا واللِّد...

راح يطرق الباب بعنف: بيتي، بيتي سرقوه يا ناس، سرقوه. وسمع تلك الضحكات المدوّية من فوق السطوح. كان المستوطنون قد استعدوا لذلك المشهد، المشهد الذي يجعلهم يضحكون طويلًا على ذلك العربي الذي خرج من بيته، وحين عاد لم يجد البيت! وسيتحوّل الأمر إلى مسرحية، حين يأتي الجنود، حين يُطلبُ منهم

أن يعيدوا البيت، وسيدخل الجنود المسرحية، كممثلين بارعين، وهم يطلبون منه أن يهدأ، وهم يدفعونه إلى الخلف برفق لأنهم سيحلّون المشكلة. وسيتراجع. ستلطم الأم خديها، ويصرخ طفلاها، وتبكي ابنتها الصَّبيَّة، ويبحث أمجد عن حجر ليلقيه صوب أولئك الذين اختفوا خلف نوافذ بيته. وسيمنعه أبوه: «أتريد أن تكسر زجاج بيتنا؟» ولن يكسره، سيلقي بالحجر أرضًا، ويواصل التّحديق إليه، إلى حجره لليال طويلة قادمة.

سيطرق الجنود الباب، وبعبريَّة بات أمجد ومَن في عمره يعرفونها، سيطلبون من المستوطنين أن يغادروا، لكن أحدًا لن يجيب. سيقول الجنود لوالد أمجد وأسرته: «يبدو أنه لا أحد في الداخل.» وسيقول أبو أمجد، الذي طلب من ابنه قبل قليل أن يلقي الحجر لئلا يكون السبب في كسر زجاج النوافذ، سيقول للجندي: اكسر الباب أريد أن أدخل بيتي.

وسيرد الجندي بهدوء: لا أستطيع أن أفعل ذلك.

- لماذا؟

- هذا الأمر يحتاج إلى أمر من المحكمة.

- مِن المحكمة؟! لماذا؟ هذا البيت بيتي، إن لم تكسر الباب سأكسره.

- سأكون مضطرًّا لاعتقالك إذًا لأنك تعتدي على من هم في داخل البيت.

- ولكنك قلت لي إنّه لا أحد في الداخل، والبيت بيتي..

وسيضحك المستوطنون، وستُمضي سارة، المستوطِنة التي احتلت عائلتها البيت المجاور، الليل كله وهي تضع إيشاربا على

رأسها مُقلِّدة كوفيّة أبو أمجد: «ولكنك قلت لي إنّه لا أحد في الداخل. والبيت بيتي..!!»

* * *

بعد ثلاثة أيام، وقف أمجد أمام البيت، ولوح بتلك القنبلة البدائية التي صنعها، رآه الجنود قبل أن يُلقيها. أطلقوا النار في الهواء، انفجرت القنبلة، هرب. كان يركض كالمجنون من زقاق إلى زقاق، وهم يطاردونه، إلى أن وجد نفسه أمام جدار قرب الحرم الإبراهيمي، حاول أن يتسلّقه، وفي تلك اللحظة اكتشف أن راحة يده اليمنى كلّها قد طارت، لم تعد موجودة. أدرك أن القنبلة ابتلعتْها. وقبل أن يصحو مما هو فيه، كان الجنود قد أمسكوا به. ألصقوا وجهه بالأرض، أخرج أحدهم القيد، وضعه في يده اليسرى، وحين أمسك باليمنى اكتشف، هو الآخر، أن أحدًا لن يستطيع أن يقيّده بعد الآن.

في السجن وجد أمجد نفسه، أما أبوه، فقد حمل كرسيًّا ووضعه قبالة بيته، وحين هبط الليل عاد إلى أسرته التي تنتظره في بيت استأجروه في مكان غير بعيد. وهكذا سيحمل كرسيّه خمسة أيام، قبل أن يقول له صاحب محل لبيع البُسُط الشعبية، لم لا تترك الكرسي هنا في المحلّ، بدل أن تحمله كلّ يوم.

وسيضع الكرسيّ في المحلّ، كما طُلِبِ منه.

* * *

لا تعرف أروى هل يستعيد غسان ذلك كله فوق هذا الجبل، أم أنها هي التي تستعيده. هل لأن كل ما كانت تراه، ويراه هو، هو الأيدي التي تبحث عن مكان تتشبث به، أم لأنه يرى نفسه ويرى من معه يواصلون صعودًا، شيئًا لا نهاية له.

خلفه كانت أروى تفكر بأنها في اللامكان. أما صوول الذي كان يمسك بيد سهام، ويقودها في عتمتها فقد اكتشف أنه لفرط خوفه عليها لم يعد في العالم بالنسبة له سواها، وفكَّر: ليس لنا سوى عُذْر واحد أمام الجبل، ونحن ننساه على هذا النحو، عُذْر واحد فقط هو أننا نتمسّك بالحياة كي لا ننزلق أو ينزلق واحد منا إلى فم الموت. ولا أظن انشغالنا بحياة مَن معنا يمكن أن يُغضب كيلي.

حفلة التّحليق

تجاوزوا النصف الأول من الجدار. وشيئًا فشيئًا أدركوا أنهم إن لم يسيروا بعد الغداء فلن يستطيعوا الاستمتاع بالاستراحة التي وعِدوا بها. تأكّدوا أن تلك المكافأة التي يركضون خلفها لن ينالوها. كانوا متعَبين.

الاستراحات القصيرة لم تكن كافية، ولا الماء، ولا تلك الألواح الصغيرة من الشوكولاته، والمكسّرات، والحبوب المصنّعة بالعسل. لم يكن الجدار ينتهي. التعب يتضاعف مع كل خطوة. ابتسامة نورة ضاقت من جديد، ولم يعد لضحكتها صوت، أما يوسف فكان في وضع أسوأ مما يظنّ. الألم يحزّ نقطة التقاء لحمه بالطرف الاصطناعي كمنشار، وثمة ألم مختلف بدأ يتسرّب إلى أصابع قدمه السليمة وباطنها كذلك.

الشيء الوحيد الذي كان عليهم أن يفعلوه هو مواصلة الصعود. لم يكن طول المسافة، أو قِصرها، هما الأمران المهمّان، بل التّقدم نفسه. السماء التي زمجرت وتلبّدت بكل أنواع الغيوم هدأت قليلًا، بحيث أصبح بإمكانهم أن يحلموا بوصول أعلى الجدار بلا مطر أو ثلوج.

المصاعب التي واجهتها نورة ويوسف كانت هي الأصعب، فالطرف الاصطناعي الذي لا يمكن المواصلة دونه، لم تكن ممكنة معرفة حقيقة الأرض به إلا إذا تأكدوا تمامًا ما سيلامس. وفي الوقت الذي كان فيه كل واحد من الصاعدين يستخدم أطرافه الأربعة متحسّسًا بها الصخور وقابضًا عليها، كان يوسف ونورة ومعهما غسان يصعدون على ثلاثة ليس غير.

الجدار لم يكن يشكل أي عائق للمرافقين، وكذلك للحمّالين الذين يتقافزون من صخرة إلى صخرة بدقة وخفّة، ويتجاوزون الفريق بسرعة، ويختفون في الضباب.

حمّالو فريقهم كانوا قد وصلوا إلى موقع مخيم كارانغا. نصبوا الخيام، وجهّزوا الحمّامات الثلاثة، والخيمتين الكبيرتين المخصصتين لطهي الطعام وتناولِه.

شباب سمر، طويلو القامة، يقِظون على الدوام، محبّون ومخلصون.

التّحدي الذي كان يدركه الجميع هو أن عليهم أن يبذلوا كلّ ما في وسعهم لمساعدة الأولاد، فقد كانوا الأكثر حاجة للرعاية. لكنهم في الوقت نفسه، كانوا حذرين من أن يشعروهم بأنهم غير قادرين على الصعود إلا بالمساعدة.

تجربة نورة القاسية، التجربة التي أوشكتْ أن تكسر روحها، كانت حارّة. سوسن أخبرتْ ريما بما حدث، وريما أخبرتْ صوول. سيصعدان الجبل لأنهما يستطيعان ذلك. المساعدة لن تُقدَّم إلا إذا ساء الوضع كثيرًا. وحتى لا يسوء الوضع عليهم أن يتمّهلوا، وأن يضاعفوا عدد الاستراحات إن اضطرّوا.

وصعدوا.

كانت حروق الشمس والبرْد قد وجدت طريقها إلى وجوههم وأيديهم. جون كان يبدو كالخارج من الفرن، أحمرَّ وجهه وتقشّر وبدا وكأنه تلقّى ضربة عرضية على منتصف عظمة أنفه. أما سهام وسوسن فقد تضاعف حجم شفاههما، ما جعل ريـما تقول لهما: يبدو أن صعود الجبل هو أفضل طريقة لمعرفة كيف سيكون شكل شفتيكِ إذا ما قررتِ نفخهما!

ضحكوا، وغدت سوسن الأكثر تلهّفًا للوصول إلى أعلى الحائط للنظر في مرآتها.

فجأة وجدوا أنفسهم وجهًا لوجه مع نجاة وجيسيكا ومرافقيهما. كانوا ينتظرون، وخلفهم لم تكن هناك أي صخور أو ارتفاعات، فأدركوا أنهم وصلوا.

عادت الحياة تنبض بقوة في أرواحهم.

تصاعدت صيحات نصر عالية، صيحات فرح. لقد تجاوزت نجاة ومن معها الجدار، وتجاوزوه هم.

سألت سهام: هو إيه إللي حصل؟

فأجابتها ريـما: وصلنا، ووصلت نجاة وجيسيكا.

تحسست سهام الهواء بيدها، وكأنها لم تكن واثقة بعد بصوول الذي أوصلها إلى حيث هي، مغامِرًا، وقابلًا بحدْسه دليلًا وحيدًا على أنها ستصعد، وستنجح.

طلب منهم صوول أن يواصلوا السير. نهضت نجاة وجيسيكا. كانتا بحاجة إلى ما هو أكثر من النجاح الذي تحقّق كي تستطيعا المواصلة. متعبتَين كانتا، وعلى الرغم من سمار بشرة نجاة وحنطيَّة بشرة جيسيكا الفاتحة، فقد احتل ملامحهما شحوب واحد بلون الخطر.

بعد مائة متر، كانت هناك صخور ملساء أشبه ما تكون بسطوح بيوت كبيرة متّصلة. تلك الصخور كانت سطح بارانكو، عليها استلقوا دقائق منهَكين، قبل أن يسمعوا صوول يطلق تلك الأغنية، داعيًا إياهم لترديدها وراءه:

Jambo Jambo bwana

Habari gani

Mzuri sana

Wageni, mwakaribishwa

Kilimanjaro hakuna matata

Jambo jambo bwana…

كان صوول يغني واضعًا اسم كل واحد في الأغنية، والذي يرِدُ اسمه فإن عليه أن ينزل إلى ساحة الرّقص ليؤدي رقصة نصره الخاصة، والأغنية مستمرة، ثم يدعو شخصًا آخر، فيرقص.

Kilimanjaro bomb[18]

Bomba ee bomba

Yousef e bomba

ارتبك يوسف في البداية وقد سمع اسمه لكنّهم جرّوه إلى منتصف الحلقة. رقص، رقص، حتى نسي أن عليه أن يُنهي، لأن دور ريـما قد حان.

Kilimanjaro bomb

Bomba ee bomba

Reema e bomba

_____

١٨ - رائع كليمنجارو ، رائع.. رائع، رائع يوسف.

٢٥٢

غنّى صوول داعيًا نورة، فنزلت إلى الساحة دون إلحاح، فقد سبقها يوسف ورقص! فلماذا لا ترقص هي؟ واشتعلت الأغنية أكثر، دارت في الهواء. دخل هاري وسط الحلقة، واستطاع أن يقدّم رقصة لم يقدّم أحد مثلها. كان يهبط ثانيًا رِجْله اليمنى تاركًا اليسرى تمتدّ قليلًا قليلًا، إلى آخرها، ثم يعود ويصعد. إميل الذي عالج له ساقه، دعَكَ عينيه غير مصدّق ما يراه. وأطلّ اسم أروى من قلب الأغنية، وقبل أن تبدأ الرقص سحبت غسان ورقصت معه..

Bomba ee bomba

Arwa e bomba

وغنّت هي:

Bomba ee bomba

Ghassan e bomba

رقصوا كما لو أنهم يكتشفون أقدامهم. لم يعرفوا أين اختفى ذلك التّعب الذي كان مُطبقًا على كلّ خلية من خلايا أجسادهم قبل قليل!

بمجرد أن أنهوا الرّقصة راحوا يلتقطون الصّور، الصّور النادرة. السماء وحدها خلفهم، والجدار في الهوّة. على شرفة إفريقيا كانوا يتطايرون، حالمين ببلوغ سطحها في أوهورو.

يقفزون في الهواء وتُلتقط لهم الصور بحيث لا تظهر الأرض تحتهم. تشكيلات رائعة من أجساد لم تكن تنقصها الأجنحة، أجساد كانت ترتفع إلى أعلى فأعلى، فُرادى ومجتمعين في لحظة بدا فيها وكأن الأرض فقدتْ قوة جاذبيتها إلى الأبد.

راقب يوسف ونورة حفلة الطيران متوجسَين، غير قادرَين أن يحكما إن كانا يستطيعان الطيران مثلهم. خطتْ نورة خطوتها الأولى، تبعها يوسف.

– واحد، اثنان، ثلاثة!

انطلقت إشارة كل من يحمل كاميرا، استعدادًا للحظة اللحظات، فقفزا أعلى الهوة، قفزا إلى ذلك الحدّ الذي لم يعد بمقدور أحد أن ينزلهما ثانية.

لا جداول في الانتظار

الجدول الأخير أصبح خلفهم.

على رؤوسهم في أوان بلاستيكية ومعدنيّة، كان الحمّالون ينقلون المياه إلى أعلى الجبل للمخيم.

كلّ قطرة ماء لها معنى خاص في الجبل، لكن معناها يتّسع أكثر حين يعرفون ألّا جداول في انتظارهم بعد الآن.

الابتسامات الواسعة والأغنيات بدأت تختفي حين بدأوا الهبوط نحو الوادي. جبل كبير انتصب في الناحية الأخرى، لم يكن أقل صعوبة عن ذلك الجدار الذي صار وراءهم.

ساعتان على الأقل أمامهم لبلوغ مخيم كارانغا.

اختفت الغيوم من السماء لكنها أطلّت من جديد تحتهم. أشرق وجه سهام بفرح، ومعه أشرق وجه صوول. سعيدًا كان لأن حدْسه لم يَخِبْ. لقد راهن عليها وصعدتْ، سألها عن وضعها، أجابت: «بالتأكيد أفضل.» وابتسمت.

لم تعرف سهام هل ابتسمت لأنها نجحت في صعود الجدار، أم لأن صورة جدّتها حضرت في تلك اللحظة؛ تلك الجدة التي ما إن بلغت الثمانين من عمرها حتى بدأت ترفض أن يناديها أحد بـ: أم

أحمد، ولم تعد مستعدة أن تجيب أحدًا إلا إذا ناداها باسمها الأول: أمينة!

ليلة سفر سهام قالت لها جدتها: عارفة بفكَّر في إيه يا سهام؟

- لا والله مش عارفة يا أمينة!

- تفتكري في لسّه مجال أطلع معاك الجبل؟ وإلا تفتكري تأخرت شويّه؟

- عاوزة الحق، أظن تأخرتِ كتير!

- يا خسارة، وأنا بقول كده برضه.

***

عاد وهج الثلج قويًا مع بزوغ الشمس؛ انطفأ مع مرور غيمة كبيرة. لم يكن صوول يحبّ أفكاره تلك المتعلقة بمصير نجاة وجيسيكا، لكنه كان يعرف أن خطرًا ما يتربّص بهما. تفكيره بهما معًا ربما كان السبب في إرباك حواسِّه. تواصل ذلك إلى أن وصلوا قعر الوادي. المجرى جاف، فالجدول الصغير الذي يُجمِّعُ مياهه قطرة قطرة من ذوبان ثلوج القمة كان أضعف من أن يواصل، رغم أن أواني الحمّالين لم تكن كثيرة.

حين بدأ الصعود، استطاع صوول أن يفكّر بصورة أوضح. لقد نسيَ جيسيكا، ولم يعد يفكِّر سوى في نجاة التي تباطأت خطواتها، وخطفتْ ظلالُ الوادي لونها، ولم يكن هذا دليلًا على النهاية، لكن عينيها المتعبتين كانتا مكسورتين بهزيمة على وشك الوقوع.

تفاءلَ صوول بها حين رآها في المرة الأولى، شعلة من حماس وحيوية كانت، ضاحكة، تعيد سرد واقعة تهديد أبيها لأمها بالطلاق إن أصابها مكروه في الجبل؛ تعيد سرد أحداث الفيلم الذي أرسله

لها أبوها عن الأُسود التي التهمتْ الفتاة، وتسترجع ذكرياتها مع إيفريست. لكن معرفة صوول بحكايات الناس والجبل كانت تحدّ من تفاؤله.

لم يكونوا مضطرّين لحمْلها، لكنهم كانوا مضطرين لأن يسبقوها. تركوا مرافقَين معها ومع جيسيكا، وصعدوا.

كل صعود يغدو أبديًّا مع ذلك التعب الذي يمتصّ كل ما في أعضائهم من قوة. يتلاشى كل شيء، حتى القمة التي حلموا بها، ولا يبقى إلا صوت خطاهم في الصمت وتنفّسهم الصعب في الهواء الفقير.

صمتوا؛ كلمة واحدة كانت تجعلهم يخسرون عشر خطوات.

***

فجأة، سمع صوول ذلك الانفجار الصغير في الأعلى. التفتَ بذعر.

كان فريق آخر قد تجاوزهم قبل ربع ساعة. حدّق جيدًا، لم ير شيئًا. الضباب كان يبتلع كل ما فوقهم من سفوح وقمم. أشار لهم أن يصمتوا. عمَّ الصمت. في لحظة الترقب الجهنّمية تلك، سمع في البداية صخرة تتدحرج، ثم رآها تبزغ من الضباب بسرعة، أوشكت أن تجتاح ساق نورة السّليمة، وعلى بعد مترين إلى الأسفل أوقفتها صخرة كبيرة ارتطمت بها، فتناثرت في الهواء. وقبل أن يستدير صوول كان قد سمع أسوأ هدير يمكن أن يسمعه صاعد جبل. صاح بكل ما فيه من قوة: اختبئوا خلف الصخور.

في الأعلى راح سيل الحجارة يهدر، لكن أحدًا لم يستطع أن يعرف من أيّ كتلة من الضباب سيخرج الحجر الثاني.

انفجار آخر أعلى، دوّى، وتطايرت الصخرة في الهواء.

وصاح ثانية: اختبئوا.

في وسط ذلك الهياج الحجريّ، لمح شخصًا يُخرج رأسه، بدا له أن ذلك الشخص يريد التقاط صورة. لم يستطع أن يعرف من هو. وقبل أن يضع ذلك الشخص الكاميرا قرب وجهه، كانت صخرة ضخمة قد بزغت كوحش من البياض واقتلعت رأسه. تأرجح الجسد الذي بات من الصعب الآن معرفة لمن يعود، وظلت الصخرة تتدحرج نحو الوادي، كلما ارتطمت بشيء انطلقت صرخة.

صخرة أخرى كان باستطاعة صوول أن يراها تبزغ فجأة، في الوقت الذي رفعت فيه امرأة رأسها، كما خيّل إليه. ضربتها الصخرة في كتفها الأيسر، وجعلتها تدور حول نفسها مرتين قبل أن تسقط.

وصاح صول: اختبئوا جيدًا. وقبل أن يُتمّ تحذيره ضربت صخرة متدحرجة عملاقة الصخرة التي يختبئ خلْفها، ارتجّت صخرته، وأوشكت أن تُقتَلع من مكانها وتتدحرج فوقه، لكنها امتصَّت الصّدمة، فواصلت الصخرة المندفعة طريقها بعد أن ارتفعت مسافة ثلاثة أمتار في الهواء، نحو الوادي.

عشرون صخرة على الأقل راحت تتدحرج نحوهم في الوقت نفسه، ولم يعد هناك سوى صوتها. صمتوا، وصمت العالم كلّه تحت وطأة رعب يعرفون الجهة التي يتقدّم منها، لكنهم لا يعرفون في أي لحظة سيظهر، وأيًّا منهم سيسحق.

صمتوا، وواصلوا صمتهم، حتى بعد أن هدأ كل شيء. مرّت دقيقة، اثنتان، خمس، ولم يكن هنالك غير الصمت.

* * *

بصعوبة استطاع صوول في النهاية أن يجد صوته، ومِن خلف صخرته - الملجأ- راح يصيح بأسمائهم واحدًا واحدًا.

في البداية لم يستطع أحد الردّ، فعاد ونادى بحرقة أكثر.

سمع صوتًا ما مرتعِشًا، يجيب: أنا هنا. وبدأت الأصوات تصحو من صدمة الرّعب: أنا هنا، أنا هنا، أنا هنا.

لكن صوول لم يعرف، إن كانوا يصرخون من تحت الحجارة أم من خلْفها.

***

راح يحاول نطْق اسم المرأة التي كان جسدها يهتز، المرأة التي تهشّم الجانب الأيسر كلّه من صدرها. لم يستطع.

الخامسة مساء، والليل يهبط بتسارع مظلم، نادى أحد مساعديه، فلم يُجب، نادى الآخر، خمسة أسماء ولا إجابة. وأخيرًا وجد أحد مساعديه فوق رأسه.

- «لنحملْها،» قال صوول، «علينا أن نوصلها إلى المستشفى.»

ونادى: هل هنالك جرحى؟

لم يُجب أحد.

وأوشك في موجة الجنون أن يصيح: «هل هناك موتى؟» قبل أن ينتبه إلى أن أحدا في هذه الحال لن يجيب.

- «واصلوا طريقكم للمخيم بحذر. سنلحق بكم فيما بعد.» كان يصرخ.

***

- «إنها ميتة.» قال موظف البوابة التي وصلوها أخيرًا، وغطّى

٢٥٩

وجهها بالشرشف الذي كان فوق جسدها حتى الكتفين. وأضاف:
سأطلب سيارة إسعاف.

لم يخطر ببال صوول كيف وصلوا بها إلى البوابة، أو كم ساعة
استغرق هبوطهم. كان موزَّعًا في كلّ مكان خلف كل صخرة يختبئ
خلفها واحد من فريقه.

انطلقت سيارة الإسعاف. مسرعةً كانت وأصوات بوقها تدور
بجنون كالأضواء الحمراء فوق ظهرها، وكأن السائق لم يكن يعرف
أنه يحمل جثة. كأنه أقسم أن يُنقذ تلك التي في صندوقها مهما كان
الثمن!

وكانت الجثة تحدّق في صوول، ويحدّق هو فيها؛ يوشك أن
يهزّها، ويدعوها باسمها لكي تستيقظ، لكي تنهض، لكي يخبرها أنها
لم تمت.

* * *

في الثالثة فجرًا كان يوقِّع في المشرحة إفادته بعد أن نظر أحد
رجال الشرطة للمرة الأخيرة إلى للجثة، وقال لزملائه: إنها ميتة.

وسأل الضابط صوول: أين ستنام؟

هزّ صوول رأسه مشيرًا إلى أنه لا يعرف.

- لدي بيت كبير، سأطلب من شرطيّ أن يوصلك إليه.

وهزّ صوول رأسه موافقًا.

* * *

نام ثلاثة أيام. كان ينهض كل عدة ساعات ويشرب ماء، ويعود
للنوم. ينتفض جسده، تمامًا مثلما كان جسدها ينتفض.

الصخرة التي أصابت صخرته التي حمته، ظلَّ يحسّ أنها تواصل

ارتطامها برأسه، أو سترتطم! يرفع رأسه، تضربه، يصحو، ينام... ينام.. يصحو..

***

الطبيب النفسي الذي رآه بناء على طلب من الشركة التي يعمل فيها، طلب منه أن يعيد سرد كل ما حدث، بالتفصيل. بدأ صوول يتحدّث، وكم فوجئ أنه يتذكّر أشياء لم يكن يعيها.

حين انتهى، قال له الطبيب: ستخرج من هنا، وستسرد كلّ ما قلته لكل إنسان تقابله من معارفك، وستظلّ تعيد القصة مثل أسطوانة، حتى تحسّ أنك لم تعد تتألم حين ترويها. اروها، مئة مرة، ألف مرة إن اضطررت إلى أن تتخلّص منها.

وهذا ما كان.

***

وسمع صوول ثانية الانفجار الصغير في الأعلى، ورأى صخرة تتدحرج، وتمر بجانب ساق نورة السليمة، وترتطم على بعد مترين بصخرة وتتفتت. وانتظر، لكن كل شيء هدأ. كانت تلك هي الصخرة الوحيدة، الصخرة التي أعادت تلك الذكريات الأليمة عن إحدى رحلات الصعود في بدايات عمله كمسؤول عن فريق؛ ذلك الانهيار الذي كان سببًا في موت أكثر من ثلاثين شخصًا.

***

سمعوا صياح أولئك الذين في المقدِّمة. كان صياح فرح. أخيرًا أصبح بمستطاعهم أن يروا مخيم كارانغا، فابتهج كل من كان في مؤخرة طابور الصاعدين.

خيام قليلة أقيمت على عجل على أرض مائلة، أرض من تراب

وحصى، أرض رخوة رجراجة مثل رمال متحرّكة تغوص فيها الأقدام وتنزلق.

لحظات طويلة انقضَتْ ولم تظهر نورة. كان التوتر باديًا على يوسف، وحين ظهرت أخيرًا من خلف إحدى الصخور اعتدل مزاجه. وجود نورة، مجرّد وجودها صاعدة، لم يكن أقل أهمية من وجود إميل؛ كانا أشبه بمحرِّكين لا بدّ منهما لوصوله القمة.

وصلت نورة أخيرًا!

قالت ريـما ليوسف: لنسترح قليلًا. فأجابها: حين تستريح نورة!

وقالت ريـما لنورة: الطريق صعبة، هل نستريح قليلًا؟

فردت نورة: مش كَلْكَانِة، مش كلكانة![19]

كان تحليقها في أعالي بارانكو لم يزل يرفعها أعلى فأعلى.

راقبت أروى غسان. كانت على ثقة أنه سيصل القمة محلِّقًا. أما يوسف، فبدأ يحسّ أنه لم يعد يتحدّى أحدًا، فبعد جدار بارانكو، وقد أصبحت القمة أقرب، بدأ يحس أن فشله أو فشل نورة سيسلبهما أي نصر يمكن أن يحقّقه الفريق. وخطرت له تلك الفكرة الغريبة لأول مرة: إذا وصلنا القمة سأعود إلى غزة برِجْلَين كاملتين، رِجْلي ورِجْل نورة، أما إذا فشلت، فسأعود إليها برِجْل واحدة، كما خرجتُ منها.

تخيَّل أيّ انكسار ذلك الذي سيحسّ به إذا ما عبر الجسر، فوق نهر الأردن، بنصف ابتسامة. تخيَّل سخرية الجنود وضحكاتهم. تخيّل كيف سيقابل أهل نورة الذين يعدّون العدّة الآن لاستقبالهما بعرس كبير، وكيف ستنطفئ الأغاني التي تنتظرهما؛ كيف سيملؤها الدمع. تخيّل ذلك الضابط الإسرائيلي الذي سيسخر منها ومنه،

١٩ – لستُ قلقة، باللهجة القروية الفلسطينية.

الضابط الذي حدثته عنه نورة، الذي قد يكون هو نفسه من أطلق القذيفة التي بترت ساقه وأصابعه.

مرّة أخرى عادت نورة إلى كبريائها. مُتعَبة كانت وراءهم. عرضوا عليها أن يحملوها، رفضت، لكنها حين وصلت تلك النقطة التي رأت فيها المخيم ورأت إميل مُقبلًا، وهو يغني: «زفّوا العروس زفّوها»، تواطأت معهم.

لم تكن هناك حُجَّة قادرة على التغلّب على كبريائها مثل تلك الحجّة، الحجة التي لمعت في عقل إميل الذي أصبح جزءًا منهما.

انحنى إميل، وقال لها بفرح: ياللا يا خيْتي، شو عم تستنّي؟! حصانك وصل.

ألقت بعصويها أرضًا، وقفزت فوق ظهره بفرح، فانطلق أحد المرافقين بأغنيته (زَيْنَـهَ.. زَيْنَهَ) التي ستكون أفضل رفيق لهم يوم الصعود:

Zaina, Zaina, Zaina[20]

Mtoto wa kitanga Zaina

Nakupenda sana Zaina

Nipe raha Zaina

٢٠ – زَيْنَة.. يا سيدة الشاطئ.. إنني أحبك كثيرًا..امنحيني السعادة.

فراولة وأُسود

عودة الغائبة

مخيم بين الغيوم، مخيم كارانغا.

ابتعد جبريل عنهم، لإجراء اتصال هاتفي. بعد قليل تأكّدوا من أن هناك إشارة حين رأوه يتحدّث. بعض كلماته كانت مفهومة، لكنها أشبه ما تكون بكلمات متقاطعة: إنتاج، بضاعة، مشكلات، صفقة، ثم اختفى صوته إلى أن صاح: «نعم شبس جديد، ماركة جديدة»، وانخفض صوته ثانية، ثم ارتفع رغمًا عنه: الصورة ستصلكم. فكّروا بالتّصميم منذ الآن.

أخرج جون موبايله ليتصل بأهل يوسف، بمجرد أن سمع (ألو) على الطرف الآخر، ناول الموبايل ليوسف.

- إحكي مع إمك.

فوجئ يوسف: أمي؟!

- ألو يمّه... وين أنا؟ في الجبل على ارتفاع ٤٥٠٠ متر.

- ...

- بَرْد؟! طبعا برْد، إمبارح أثلجت علينا.

- ...

- ثلج وإلا شو؟! يعني بدها تثلج فراولة؟!

- ...

- وإلا وين بدنا ننام، في الفندق؟! في خيام طبعًا.

- ...

- شو مالك يمَّه؟! فِكرك بدنا نرجع مشي خمس أيام على شان ننام في الفندق ونرجع خمس أيام لمطرح ما كنّا؟!

- ...

- لا، الأكل؟ ما في حدا بيوكل قدّي. شو فِكرك أنا طالع على الجبل حتى أقرقش كزاز؟![21] شو أخبار الجاجات؟ بيوكلن مليح؟

- ....

- وكم بيظة بيبيظن في اليوم؟

- ...

- الله وأكبر! شو إللي صار إلهن؟! حتى آخر يوم إليْ في غزة كانن بيبيظن عشر بيظات!

- ...

- إنت متأكدة إنه بس خمسة؟

- ....

- اعطيني أبوي أفهَم منه.... يابا، شو أخبار البحر؟ اشتقتلُّه.

❋ ❋ ❋

- «آه، مليحة كثير ومبسوطة.» ردّت نورة على سؤال أخيها الصغير نعمان الذي أتاها من ضواحي نابلس.

- ...

---

٢١ - أي: أطحن الزجاج بأسناني.

- لا، اطمئن، لسّه الأُسود ما أكلوني.

- ...

- طبعا رايحة أدير بالي، إمبارح شفت أسد، وحاول يوكلني، لما صار قريب منّي قلتله بناديلك أخوي نعمان، أول ما سمع ها الحكي هرب!

- ...

- أكيد ما بضحك عليك، ولوْ!

***

راقبت أروى غسان. كان يتابع الحديث الهاتفي بلهفة. أمسكت بيده، وأخذته جانبا في الاتجاه الذي كان يقف فيه جبريل. كان التراب المختلط بالحصى ينذر بتزحلقهما في أي لحظة. رأت جبريل عائدًا، حاذاهما دون أن يقول كلامًا.

كان الغيم يغمر كل شيء تحتهما بحيث لم يظهر أي أثر لمدينة موشي، ولأنهما لا يعرفان بأن هنالك مدينة في البعيد تحتهما لم ينشغلا بالبحث عنها.

توقّفا، طلبت أروى الرقم، ناولته الموبايل وابتعدت.

- الحمد لله. مليح، المهم طمنوني.

- ...

- مين يِطَّمَّن على مين؟! قلتلكم، أنا مليح. المستوطنين ضايقوكوا؟

- ...

- على أي حال كلها أكم يوم وبرجع. بتناموا مليح؟

- ...

- أنا؟ والله ما أنا عارف بنام مليح وإلّا لأ! لسَّاتني مستغرب إنه ما في حواجز عسكرية هون، ولا في جنود، إلي خمس أيام ما شفت جندي، بتصدقوا؟

- ...

- طيب، خلاص، راح أحكي معاكم سكايب لما أرجع، هيك بتشوفوني وبتطَّمّنوا أكثر.

***

- «يوسف،» نادى جون.

التفت يوسف نحوه، فرآه يرفع الحقيبة، حقيبته الضائعة. بوغتَ يوسف، لم يصدّق عينيه، كيف يمكن لحقيبة أضاعها في المطار أن تصل إلى هنا؟!

فجأة راح يوسف يركض صوب حقيبته. قبل أن يصل إلى جون، كان الأخير قد أنزلها. بلهفة فتحها يوسف، شيء واحد فيها كان يهمّه، أن يطمئن أنه لم يتضرر: طرفه الاصطناعي الإحتياطي. أخرجه، أسنده إلى الأرض، وبدأ بإزالة قطع القماش التي لفّها به، لتحميه. كان سليمًا، رفعه في الهواء ليريه للجميع، ووسط دهشتهم جميعًا احتضن الطّرف وراح يُقبِّله.

أسد وغزالتان.. ونعامة

تأخُّر وصول نجاة وجيسيكا، سلبهم نصف انتصارهم بتجاوز جدار بارانكو.

تلاشت فرحة يوسف بوصول نورة، ووصول الطرف الضائع، ما إن سمع ريـما تخاطبه، وهي تشير إلى الجبل: ذلك هو الجبل الذي سنصعده الليلة وغدًا، باتجاه قمة أوهورو.

نظر صوب الجبل، كان قريبًا كما لم يكن من قبل، أشبه بأسد أبيض عملاق، يحدّق في عينَيه مباشرة. مساحات الثلج البيضاء، الخطوط السُّوْد المشكَّلَة من الصخور والأخاديد الترابية تمنح الجبل هيئة مخيفة.

انقبض قلبه. عرَق غزير راح يغمره. عرَق لاذع تدحرج فوق جلده مثل حشرات لزجة كريهة.

- أين جرأتك يا يوسف؟

استدار معطيًا ظهره للجبل.

لكنه كان يعرف أن عدم رؤيته له لا يعني أن الأسد لم يعد هناك.

* * *

مساء عاد أبوه. أشرع الباب، لكنه بدل أن يدخل ظلَّ واقفًا:

– «شو إللي صار يا رجّال، لا إنت جوّا ولا إنت برّا،» قالت له امرأته.

– لقيت الحلّ؟

– أي حلّ يا رجّال؟ اقعد وفهّمنا.

– ح اشتري أسد.

– «على شان يوكلنا!» علّق يوسف ضاحكًا. ضحكوا.

– لأ، على شان يطعِمْكوا.

لم تكن المسألة طُرفة؛ أخبرهم أن هناك أسدًا معروضًا للبيع، وأنه سيشتريه ويؤسس حديقة حيوان.

– «أسد في غزة؟ من أي غابة أحضروه؟!» سألته امرأته مستغربة.

– من غابة الأنفاق.

– من غابة الأنفاق؟

– من الأنفاق.

– أسد؟!

– أسد.

– «ولكن أسدًا واحدًا لا يكفي لتأسيس حديقة حيوان!» قال يوسف.

– صحيح، ولكن هي الخطوة الأولى.

– «وأين ستكون الحديقة، حديقة الحيوان يعني؟» سألته امرأته.

– في الساحة الموجودة خلف البيت.

– «قلت لكم، لقد قرر الوالد أن يُطعِمنا للأسد!» أعاد يوسف. لم يضحكوا.

***

تركهم والد يوسف، وحين عاد، سمعوا ذلك الزئير الذي هزَّ البيت. خرجوا لاستطلاع الأمر، وما هي إلا لحظات حتى تجمّع كل من في الحارة لرؤية الأسد، صغارًا وكبارًا.

- «أنت لم تكن تمزح؟!» قالت له امرأته بصوت عال لتُسمِعه.

- طبعًا لا.

كان الأسد يدور في القفص الحديدي الضيق، متفلّتًا صوبهم.

- أخشى أن من باعك إياه باعه لأنه لم يطعمه منذ أيام، وخشي أن يموت عنده، كم دفعتَ ثمنه؟

- خمسة آلاف.

- شيكل؟

- لأ، دولار.

- وكيف ستستطيع استعادة ما دفعته ثمنًا له ما دام أولاد الحارة ورجالها ونساؤها قد تفرّجوا عليه ببلاش؟!

- أصلا، هؤلاء جيراننا ومن العيب أن نأخذ نقودًا منهم.

- إللي بعيش بيشوف. لنشوف آخرتها بمشاريعك!

* * *

استقرّ الأسد في غرفة واسعة بنوها له في الساحة الخلفية للبيت، وحولها بنوا سورًا عاليًا يحجبه تمامًا. وانشغلت العائلة به، بحيث تحوّل الأسد إلى أهمّ أفرادها.

لم يكن تفاؤل أبيه في غير محلّه، فقد حضر أناس كثر لرؤية الأسد، لكن عوائد دخولهم إلى حديقة الحيوان لم تكن تكفي لشراء دجاج ولحم لملك الغابة.

فكَّر أبو يوسف في رفع ثمن التذكرة، فكان الاحتجاج كبيرًا:

- وما الذي نراه، مجرد خَلْقِة أسد لا بيهش ولا بينش!

عاد وأنزل ثمن التذاكر. لكنه لم يكن سعيدًا بذلك رغم عدالة مطالب زوار الحديقة، هو الذي كان شعاره دائمًا: ضع نفسك مكان الآخر قبل أن تُصدر حُكمًا عليه.

- «سأشتري غزالتين،» قال ذات ليلة بينما العائلة تتابع برنامجًا على قناة ناشيونال جيوغرافيك العربية، القناة التي أضحت المفضّلة لهم.

قال ذلك في اللحظة التي قفزت فيها لبؤة عاليًا وانقضّت على عنق غزالة في مؤخرة القطيع.

- «يا خراب بيتنا، أتريد أن تطعم الأسد غزلانًا بدل الدجاج؟! ومن أين ستأتي بالغزلان؟» شهقت زوجته.

* * *

بعد أربعة أيام استعاد أبو يوسف جملة زوجته: أتريد أن تُطعم الأسد غزلانًا بدل الدّجاج.

كان يقف أمام الغزالتين النافقتين اللتين اشتراهما قبل يوم واحد!

* * *

كان العثور على غزالتين في غزة أسهل بكثيرمن الحصول على أسد! اشتراهما، ولم يستلمهما إلا بعد أن بنى لهما حظيرة صغيرة في حديقة الحيوان النامية.

رآهما الأسد تدخلان، فزمجر وتفلّتَ، كما لو أنه يقول لوالد يوسف: هذا هو طعامي الحقيقيّ وليس الدّجاج.

صاح أبو يوسف. أطلّت زوجته. طلب منها أن تأتي للأسد بدجاجتين.

- لـحَّق يجوع؟!

أحضرتْ دجاجتين. أمسكهما أبو يوسف وألقى بهما للأسد. لم يقترب منهما. ظل يزأر محدّقًا في الغزالتين.

- والله لو تموت ما بطعميك لحم غزلان!

كانت إحداهما حاملًا، وهذا ما بعث الأمل في قلب والد يوسف: سيكون عندي ثلاث غزالات وأسد، وأظن أن الغزالة الصغيرة ستأتي بزبائن أكثر ممن سيأتون لرؤية ملك الغابة.

زأر الأسد، فاستعاد أبو يوسف حكمته: ضع نفسك مكان الآخر قبل أن تُصدر حكمًا عليه! فأدرك أنه لو كان مكان الأسد لفعل الشيء نفسه، لازدرى الدجاج ما دام هناك غزالتان أمامه.

لم ينم الأسد طوال تلك الليلة، حتى أن الجيران جاؤوا يشتكون لأن أولادهم لا يستطيعون النوم خوفًا.

في الصباح، كان أول شيء يفعله أبو يوسف هو الذهاب للاطمئنان على الغزالتين.

في البداية، حين رآهما على الأرض، ظنَّ أنهما لم تستطيعا النوم إلا متأخرًا بسبب زئير الأسد، كجيرانه!

اقترب منهما. ارتجف قلبه، لم تكن تلك استلقاءة النائمين. اقترب أكثر، فتح باب القفص ودخل، لم تتحرّكا.

غضِبَ. كان على يقين من أنه خُدِع، أنه ابتاع غزالتين مريضتين.

أقسم الرجل الذي باعهما له أنه باعه غزالتين سليمتين، ولم تكونا مريضتين، وأنه كان يعتني بهما كأولاده، ولولا أنه يحترم والد يوسف ويحبه لما باعهما له.

أيقن أبو يوسف بأن الرجل صادق. ذهب إلى حديقة الحيوان،

سحب غزالة، سار نحو القفص، لاحظ أن الأسد لم يأكل الدجاجتين بَعد. ألقى بالغزالة في القفص، فبدأ الأسد على الفور بالتهامها، وبدأ أبو يوسف يفكر في الطريقة التي يمكن أن يحفظ فيها الغزالة الأخرى ليطعمه إياها في الأيام القادمة.

***

لم ييأس أبو يوسف. اشترى نعامة، ووضعها مكان الغزالتين.

لم يزأر الأسد كثيرًا حين رآها لكنه لم يأكل الدّجاجتين اللتين ألقيتا إليه في القفص.

في الصباح التالي، وجدوا النعامة نافِقةً.

أدرك أبو يوسف أن مشروع حديقة الحيوان قد انهار، وأنه خسر أكثر مما يجب.

عند الظهيرة تلقى مكالمة من والده العجوز: ما لك مهموم يا بنيي؟!

شرِح أبو يوسف لأبيه ما حدث، فلم يتمالك أبوه نفسه، صرخ في وجهه وكأنه لم يزل ذلك الطفل الصغير:

- كيف لم تفهم أنها ستموت خوفًا وأنت تضعها أمام الأسد وجهًا لوجه؟!

- هل ماتت النعامة والغزالتان من الخوف؟!

صمت العجوز على الطرف الآخر، ولفرط غضبه على ابنه اختصر المكالمة:

- «سأتحدث معك فيما بعد.» وأقفل الهاتف. لكن قبل أن يتحدث معه في المسألة قُتِل الأسد بصاروخ مباشر ألقته طائرة إسرائيلية بلا طيار!

***

تناسى يوسف وصيّة صوول: لا تُدر ظهرك للجبل أبدًا، استدار، ولكنه كان يعرف أن الجبل خلْفه.

– «سنحتاج اثنتي عشرة ساعة كي نصعد الجبل بعد غد،» أخبرتهم ريـما، «وخمسًا لنهبطه.»

نهض يوسف بصعوبة دون أن يلتفت خلْفه، سار نحو خيمته، واندس فيها، وظلّ هناك إلى أن سمع أحد المرافقين يدعوه إلى خيمة الطعام.

مرّت عشر دقائق، جاء جون، فتح باب الخيمة، وقال له: الجميع في انتظارك، لا يريدون أن يأكلوا قبل أن تأتي.

– مش جعان.

– يوسف، يا بطل، كلما اقتربنا من سفح الجبل ستحتاج طعامًا أكثر، ولأننا قادمون لنصعده فلن يسمحوا لك ألّا تأكل. وإذا أعدت هذا ستأتي سوسن وتطعمكَ رغمًا عنك. يالّلا.

كل سواد الساعة الثامنة من تلك الليلة، السواد الكثيف لم يستطع أن يخفي أعالي كليمنجارو. حاول يوسف ألا ينظر، لكنه نظر صوب الجبل.

كان الجبل هناك يحدّق في عينيه مباشرة.

توقف. سأله جون: لا تقل لي ثانية إنك لا تريد أن تأكل.

– أحتاج إلى دقيقة واحدة، وسأتبعك.

– دقيقة واحدة، وإلّا سأرسل لك سوسن.

أخذ يوسف نفسًا عميقًا. عبأ صدره بهواء يكفي لصعود سبعة جبال. رفع رأسه، وببطء شديد استدار. كانت القمة هناك، الجبل كلّه هناك. حدّق فيه وهمس: «أنا لم آت إلى هنا لكي أهزمكَ، جئت

لأنني أريدك أن تكون صديقي، أنت والبحر. لن أطلب منك الآن أن تساعدني لكي أصعدك غدًا. لا، لن أطلب ذلك لأنني أعتقد أنك لا تريد أصدقاء من هذا النوع. غدًا سأصل إلى قمتك وأنا أعرف، هذه هي الطريقة الوحيدة التي سترضيك، لتقبل صداقتي، وتقنعك بالذهاب معي إلى غزة حينما أعود.»

أطلّ جون من غرفة الطعام. كان يوسف أمامه يحدّق في الجبل. لم يدعه للدخول، تأمّله مستعيدًا حديثهما الأول حول الرّحلة.

شيء ما جعل يوسف يحسّ بأن هناك من يراقبه. التفت، فوجد جون. ابتسم لجون أولًا، ثم التفت للجبل وابتسم أيضًا.

وتحرّكَ صوب خيمة الطعام.

صحوة هاري

صامتًا كان العشاء في مخيم كارانغا على غير العادة. فقَدَتْ سَلطةُ الأفوكادو المحببة طعمها، وكذلك ساندويتشات الجبنة وشرائح اللحم وشوربة البصل. غرست نورة رأسها في الطاولة، سهام، جبريل، إميل، وغسان الذي انشغلت أروى بتأمله لم يجرؤ أحد على أن يسألهم: أمتعبون هم أم فقدوا شهيّتهم؟

كان جبريل الصغير يركض في تلك الساحة الترابية التي لم يسبق له أن شاهدها، ساحة واسعة غريبة محاطة بأشجار رمادية وأبنية بلا نوافذ أو أبواب! وخلْفه على بعد مائة متر صديقه محمود محاولًا اللحاق به دون جدوى. كان جبريل يركض ويضحك، يهتزّ جسده، وتشتعل عيناه الطفلتان بفرح آسر، لقد فعلها أخيرًا واستطاع تجاوز محمود، محمود الذي تحوّل بسبب ساقه التي يجرّها وراءه إلى سحابة غبار موثقة بحبال لا تُرى. وواصل جبريل الركض، إحساس غامض كان يدعوه إلى مواصلة الركض حتى لا يعود قادرًا على رؤية تلك السحابة البنيّة الدّاكنة خلفه بعد أن استطاع تحقيق الفوز أخيرًا.. ركض، وحين تأكد من اختفاء محمود وسحابته تمامًا، بدأ يخفّف من سرعة انطلاقه، إلى أن توقّف. في تلك اللحظة استدار لينظر أمامه،

فوجد نفسه مع محمود وجهًا لوجه. صرخ جبريل، ودفع محمود بكل قوته.

انقلبت الطاولة التي أغفى عليها، فتأرجحت أجساد النائمين إلى جانبه، ثم سقطوا أرضًا، وتبعثر الطعام ملطخًا ملابسهم.

***

فوجئ صوول بما حدث، وصُعق الطباخ الماهر، الطباخ الذي لا تنحصر مهمّته في إعداد الطعام، بل في إعداد طعام شهيّ أيضا، يلتهمونه ليستطيعوا التهام المرتفعات التي لن تنتهي إلا ببلوغهم القمة.

نهضوا عن الأرض غير قادرين على استيعاب ما حدث، واعتذر جبريل: «كابوس!» ولم يقل كلمة أخرى. انسحب تاركًا كل تلك الفوضى خلفه. ومن العتمة جاء صوته الصارخ، صوته الباحث عن مرافقه.

بسرعة بدأ المرافقون يجمعون الطعام عن الأرض، وإعادة ترتيب الطاولات.

طلب صوول منهم أن ينظفوا أنفسهم، وأن يذهبوا للنوم في الخيام: أمامنا يوم طويل غدًا حتى مخيم كوسوڤو. فكّروا في نجاة وجيسيكا، أرسلوا إليهما محبتكم، مدّوا أيديكم إليهما، ستتشبثان بها، وستنجحان.

قال ذلك وهو يحاول ما استطاع تجاوز ما حدث.

***

اندسوا في الخيام، ورائحة خليط الطعام تفوح من ثيابهم. التاسعة ليلًا ولا خبر، العاشرة...«احتمال هزيمة أحدهم كان

يعني لهم، أنهم رأوا الهزيمة، ويمكن أن يعتادوها، أن ينهزموا»
فكَّر هاري، واستعاد صورتهم وهم يصعدون جدار بارانكو. «سقوط
أحدهم، لو حصل، كان سيؤدي إلى سقوط خمسة أو ستة، أو ربما
الفريق كلّه.

حمدًا لله أنهم لم يسقطوا إلّا هنا، في خيمة الطعام!»

استعاد هاري كثيرًا من تصوراته عن النّصر والهزيمة والإرادة،
استعاد اللحظات الطويلة التي أمضاها في تلك البرية الموحشة مع
هيلين وخلْفه، في البعيد، كليمنجارو.

كان الجبل يراقبه كما كانت تراقبه تلك الجوارح التي وعدتها
البراري بفريسة. لم يكن يهمّها أتكون الجثة لإنسان أم لحيوان. فكّر:
أتراها تفضّل فريسة حيوانية من جنسها، أم فريسة بشرية؟ وكم من
حيوان مفترس تذوق لحم الإنسان؟ وما الذي يحدث بعد أن يتذوّق
لحمًا مختلفًا؟ أم أنه اللحم نفسه؟!

في آخر لحظات يأسه من وصول الطائرة حدّق في السهل أمامه
متوقّعًا أن يقفز حيوان نحوه في لمح البصر، ويلتهمه قبل أن يتحرّك
المرافقون من أماكنهم، قبل أن تصرخ هيلين. في تلك اللحظات
الأخيرة أحسّ بيد ما تنكز ظهره، التفت بسرعة، لم يكن هناك أحد
(!) لكنه رأى الجبل.

لم يجرؤ هاري أن يقول لهيلين إن أحدًا نكزه، وأنه التفتَ، ولم
يكن هناك أحد غير الجبل.

لسانها السليط الذي قد لا يكون سليطًا فعلًا – لولا نزق هاري
– كان سيُلقي في وجهه كلمات يعرفها تمامًا: هاري، كأنك عدتَ
لهذيانك.

لم تتكرر تلك النكزة ثانية رغم أنه في موجة هذيانه كان يلتفت ليضبط الجبل متلبِّسًا وهو ينكزه. لكنه حين كان على السرير في المستشفى، أحس بالنكزة ثانية. التفتَ بسرعة، ولم يكن هناك أحد غير لوحة زيتية لكليمنجارو مكللًا بالثلوج.

يعرف هاري أن العلامات لا تتكرّر إلّا مع أناس يسعى القدر لإنقاذهم بأكثر من وسيلة، إنقاذهم من خطر ما، أو من أنفسهم.

كانت الطائرة التي ركبها تحلّق فوق قمة أوهورو قبل الذهاب به إلى المستشفى. شيء غريب كان يهتف به: كيف تصل إلى هنا وتظلّ بعيدًا عن القمة إلى هذا الحدّ متفرِّجًا عليها من السَّهل؟ كانت (كبيرة بحجم العالم، هائلة شاهقة، تلتمع بيضاء في الشمس، فعرف عندئذ أنه يقصد تلك القمة.)

كل ما كان يفكر فيه قبل سماعه خبر تسلّق الأولاد هو اللحاق بهيلين في أقرب فرصة والاعتذار لها، فقد كان فظًّا بما لا يليق مع امرأة لا يشكّ أنها مُتعلِّقة به، ربما بصورته ككاتب أكثر من تعلّقها به كرجل، امرأة كانت مستعدّة لأن تنفق كلَّ مالها فقط لتصاحبه. لكن هاري كان يُبالغ في ردود أفعاله. يعترف الآن أنه كان يبالغ؛ ففي ذروة هجومه عليها، في ذروة ضعفه، لم يهاجمْها فقط، بل هاجم النساء، وهاجم الحب الذي نعته بمزبلة، وشبّه نفسه بالدّيك الذي يصيح فوقها!

«لكن هيلين كانت على حق، حين قالت له: (لا يمكنك أن تموت ما لم تستسلم)» همس لنفسه، ولأنه لم يكن قد نسي فجاجته معها أضاف: «تلك الحمقاء كانت على حق!»

✳ ✳ ✳

أن تتكرر النكزة مرتين، فإن ذلك يعني أن الجبل يريد منه شيئًا ما، وهذا دليل أكيد على صدْق صوول حين قال: كلّ شخص جاء إلى هنا وهو يريد شيئًا ما من الجبل. قلة هم أولئك الذين يدركون ما الذي يريده الجبل منهم.

«ولكن ما الذي يريده الجبل مني فعلًا؟! ما الذي يريده غير ذلك الذي كنتُ أتمناه لنفسي؟ في الخيمة كنت أتمنّى أن أنهض وأسير، ألّا أستسلم لشهوة الضبع والطيور الجارحة. فهل كان يريد الجبل أكثر من هذا لينكزني ثانية بعد أن نجوت؟!»

تذكّر هاري ساندرا. ضمّ رأسه بين يديه وقال: «هل كان الجبل يريدني أن أعود إليها، وما كان لذلك أن يحدث لو ركبت الطائرة عائدًا إلى باريس؟ أتراه كان يريد أن يمنحني فرصة لأن أفكر ثانية؟ ولم يكن لي أن أفكّر إلّا إذا اختليت بنفسي وأنا أصعده!

لا يريد الجبل منا سوى أجمل ما نريده لأنفسنا. أيعقل هذا؟!»

وداهمته رغبة أن ينسلَّ من كيس نومه، تاركًا إميل يواصل شخيره المعتاد، أن يخرج ويقف بين الخيام ويصيح: «صوول، نورة، يوسف، جون، سهام، لا يريد الجبل منا سوى أجمل ما نريده لأنفسنا!» جرَّ سحَّاب كيس النوم، ارتدى سترته على عجل، حذاءه، وقبل أن يُشرع باب الخيمة سمع حركة خطوات تقترب، خطوات ثقيلة، لم تكن خطوات ضبع بالتأكيد، خرج، فوجد نفسه وجها لوجه مع نجاة وجيسيكا ومرافقَيْهما.

الثالثة فجرًا!

كانوا مثل آخر الناجين من كارثة كونيّة، متعَبين، على وشك السقوط. تقدّم هاري بسرعة، أمسك بجيسيكا واضعًا يدها فوق

كتفه، في الوقت الذي راح فيه المرافقان يسندان نجاة من الجانبين. أضيئت الأنوار في خيمة الطعام، ونهض الحمّالون والمرافقون الذين يستخدمونها ليلًا للنوم. فوجئ هاري بالعدد الكبير الذي تستوعبه الخيمة. وتحت أضواء الرؤوس والكشافات اليدوية استطاع هاري أن يرى وجهَي نجاة وجيسيكا، لم يكن الإنهاك قد أبقى لهما أيّ ملامح. ولأول مرة في حياته يستطيع القول إنه رأى الهزيمة!

الهزيمة

لم يترك صوول فرصةً لانتشار الشائعات حول وضع نجاة وجيسيكا؛ أيقظ الجميع بنفسه، وقف عند كل خيمة ودعا من فيها لأن ينهضوا.

بكت سهام، وقد أحسّت أنها ستكون التالية، فحتى تلك اللحظة لم تكن على يقين من أن بصرها سيعود إليها. تجمّدت نورة في مكانها. أمسك يوسف بطرفه الاصطناعي الذي استطاع اللحاق به أخيرًا، وقلَّبَه، ولأول مرة كانت سوسن هي أول من يغادر الخيمة.

خرجت نجاة من خيمتها بمساعدة ريـما منهكَةً، كما لو أنها لم تسترح، لتودّعهم حزينة ومكسورة. كانت مثل جدول جفّ. شفتاها ترتجفان، ويداها غير قادرتين على التحكُّم بعصوَي المشي.

كان هناك برد شديد، ورياح تهبّ من الغرب، وجليد يغمر الأرض.

قامة نجاة منحنية كما لو أنها لم تزل تتسلّق جدار بارانكو.

كان خوف صوول أن يبدأ فصل عاطفي يُضاعف حالة الحزن ويترك أثره في الفريق كلّه. أشار لسوسن أن تتبعه، تبعتْه. طلب منها أن تتماسك لأن هذا من مصلحة الفريق ومصلحة نجاة أيضًا: لا نريد

دموعًا، نريد وداعًا لا يجعلها تخسر الكثير من كرامتها. احتضان سريع بلا كلمات. أَفْهمي الجميع ذلك.

- سأفعل.

لكنها حين راحت تدور على الخيام، ورأتهم يخرجون واحدًا بعد الآخر، أدركت أن من بكى بكى في خيمته. كان في أعينهم احمرار وتعب ليس لهما علاقة بقلّة النوم، فلا شيء يمكن أن يبقى سرًّا هنا.

اكتفت سوسن بالسير أمامهم لتكون أول من يودّع نجاة.

الوحيدة التي لم تظهر كانت جيسيكا، فقد ودّعت نجاة داخل الخيمة بعد أن فحصهما صوول وريـما.

انتظرت سوسن قليلًا حتى يفرغ إميل من مهمّته؛ كان يعمل على وضع يدي نجاة في القفّازين السّميكين، ويثبتهما عند الرسغين.

قبل أن تُعانق سوسن نجاة نظرت حولها حريصة على أن يراها الجميع. بهدوء تقدّمت منها دون أن تنظر في عينيها، احتضنتْها بلطف شديد، وربّتت بيدها اليمنى على ظهرها وانتحتْ جانبًا.

الغريب أن كل من عانقها بعد ذلك فعل الشيء نفسه.

ولم يظهر جبريل!

صوول كان آخر المودّعين، سار معها مسافة مائة متر صوب الوادي، ووقف يراقبها وهي تهبط الجبل مع اثنين من المرافقين.

لم تكن نجاة الشخص الوحيد الذي يعود من بين من رافقوا صوول في صعود الجبل، لكنه لسبب عميق كان يتمنّى أن ينجح الفريق كلّه هذه المرة، هو الذي عايش رجوع ثلاثة وأربعة وخمسة بل حتى سبعة من فريق واحد في الماضي. أكثر ما كان يخيفه هو

أن تتأثر نورة ويوسف، فأن تُخفق فتاة ذات خبرة في صعود الجبال، يمكن أن يكون مدمّرا لمعنوياتهما.

عشر دقائق طويلة مرّت، دقائق كان الصمت فيها السيد الوحيد، ولولا أن إميل صاح حين لمح يوسف يحاول تنظيف قدمه، قدمه التي وضعها في وعاء من الماء الساخن: «شو عم تعمل يا خيي؟!» لكان يمكن أن يستمر الوضع طويلًا.

في البداية ظنّ إميل، حين رأى قدم يوسف، أن البياض ناتج عن بقايا الصقيع الذي لا بدّ أن يكون داسه. لكنه حين اقترب منه راح قلبه يخفق بسرعة. سيطر على مشاعره، انحنى وأمسك بقدم يوسف ورفعها؛ كانت باطن القدم والكعب ورؤوس الأصابع بيضاء متشقّقة على نحو يثير الفزع. لم يسبق لإميل أن شاهد قدمًا مثل هذه لا في رحلاته الكثيرة، ولا حتى في سلسلة الأفلام الوثائقية التي شاهدها عن صعود الجبال.

- «توجعُك؟» سأل إميل يوسف.

- قليلًا.

- علينا أن نجفِّفها بسرعة. ربما يكون وضعها في الماء ضارًّا لها، ولكن بما أنها ابتلّت، دعني أنظّفها.

تراجع يوسف بظهره إلى الوراء مستندًا إلى راحتيه، تاركًا إميل يغسل قدميه.

فكر إميل، واكتشف أن هذه هي المرة الأولى التي يغسل فيها قدم إنسان، أي إنسان. وليس يدري من أين بزغت له تلك الفكرة: إنه يغسل قدم مسيح صغير، مسيح عُذِّب كثيرًا، وها هو يصعد درب الجلجلة غير آبه بجراحه وآلامه، غير آبه بساقه المبتورة وأصابع يده التي تبخّرت في الهواء!

تفلّت الدمع في عيني إميل، حبسه، خفض رأسه أكثر، وحين انتهى، وضع القدم فوق منشفة صغيرة، واستدار بوجهه بعيدًا، مسح ما تبقى من دمع في عينيه، بكُمَي قميصه، واستدار مبتسمًا.

- «لشو عم تبكي يا خيي؟!» خاطبه يوسف محاولًا تقليد لهجته اللبنانية.

- «مين إللي عَمْ يبكي هون؟! يا خيي، ما في حدا ممكن يبكي بعد ما طلعنا بارانكو!» أجابه إميل وهو يحاول أن يبتسم. ساعد يوسف على الوقوف، وقال له: حصانك جاهز يا خيي.

حمله إميل، التفت يوسف نحو نورة، رآها توجّه الكاميرا إليه، ابتسم. التقطت نورة الصورة. كان يوسف أول شخص يبتسم بعد فصل الحزن الطويل الذي أعقب نزول نجاة.

ابتسمت نورة، لكنها لم تكن الابتسامة المعهودة.

رآها صوول، وفكَّر، هذه الابتسامات هي الشيء الوحيد الذي يمكن أن يعوّض الطرف المبتور الذي فقده الفريق: نجاة. صوول الذي بدأ يحس بأن كل واحد من الفريق فقدَ طرَفًا، وأولهم هو.

ليلة الموت

حزينًا كان غسان، كالآخرين، حين رأى نجاة تبتعد، عينه الوحيدة ملأتها دموع يمكن أن تملأ أربع عيون. ظلّ يراقبها حتى غابت تمامًا. كان قلِقًا عليها، كما لو أن حاجزًا عسكريّا سيوقفها بعد قليل، كما أوقف أُمّه التي كانت تصرخ ألـمًا.

* * *

سيارة الإسعاف كانت قد وصلت. سمحوا بمرورها. هو لا يعرف لماذا سمح الجيش بمرورها ما دام سيُغلق عليها الطريق وهي عائدة إلى المستشفى!

مائة وعشرون حاجزًا في المنطقة الصغيرة التي لا تزيد مساحتها على كيلو متر مربع واحد: حواجز عسكرية ثابتة، أسلاك شائكة، براميل، أبواب معدنية مُغلَقَة بين شارع وشارع وحارة وحارة، معَّاطات[٢٢]، وبوابات إلكترونية، وفوق ذلك كلّه الدوريّات العسكرية الرّاجلة، والمحمولة، والحواجز الطائرة، ونقاط المراقبة فوق

---

٢٢ - المعّاطات هي بوابات العبور على الحواجز الإسرائيلية، تتكون من أذرع معدنية مثبتة بعمود في الوسط، تشبه بوابات الدخول في محطات القطارات ولكنها تفوق الانسان طولًا، وسمّيت كذلك لأنها تشبه ماكينات نتف ريش الدجاج المذبوح!

السطوح، الشوارع التي تحوّلت إلى سدود، الشوارع التي يُمنع مرور أي فلسطيني عبرها، ثم تلك الشوارع التي يُسمح له بالمرور فيها على رصيف مخصص له! فالرصيف الآخر للمستوطنين، والشارع للدوريات العسكرية! وعليه ألّا يتجاوز الخط الأصفر الذي يرسم حدود الرصيف المسموح به، شارع مخصص لسكان الحي، وإذا جاءه صديق فإن عليه أن يتقدم بطلب تصريح ليسمحوا له بزيارته!

أماكن كثيرة اختفت وهي أمام غسان، لأن أحدًا لم يعد يستطيع الوصول إليها: اختفى شارع الشهداء، سوق الرابش، سوق الخُضار، سوق الذهب، مدرسة أسامة بن منقذ التي حُوِّلت إلى معهد للمتدينين اليهود؛ اختفت ساحة الباصات المركزية، وثلثا الحرم الإبراهيمي، والمحلات التجارية لخاله عيسى؛ خاله الذي منعوه من استخدامها، فلم يعد يملك سوى المفاتيح، خاله الذي ظلَّ يمرُّ بالمحلات ليطمئن على أقفالها، حتى تُوفي قهرًا.

* * *

تأخُّر وصول سيارة الإسعاف كان عذابًا لا يُحتمل، ما لبث أن هدأ حين سمعوا صوت صفيرها، حين رأوها، حين وضعوا أمّه داخلها.

كانت أمه تصرخ، على وشك أن تلِد، والجنود يعيدون طرح الأسئلة نفسها التي طرحوها على السائق، وهي تصرخ. يقترب جنديّ ويجس بطنها ليتأكد من أنها لا تصرخ عبثا! يندلق ماء رحمها، يمسح الجندي بسطاره بالرصيف، ويأمر السائق أن يبتعد بسرعة كما لو أن من في السيارة جيفة!

أمام الحاجز الثاني على بعد ثلاثمائة متر يتكرّر المشهد. الجندي

الذي رأى سرير الطوارئ مبتلًا، ورأى عينيها تغادران رأسها ألما، أشار للسائق أن يتحرّك، لكن ربع ساعة انقضى بين أسئلة الجنود وإجابات السائق.

بعد أقلّ من مائة متر لم يحتمل جَنينها البقاء في الداخل أكثر، باغتها وخرج، هكذا بسرعة لم تتوقّعها! انزلق من بين فخديها، اعتدلت وأمسكت به، ولدًا كان، وارتبك الممرض الجالس بجانبها.

بين أن يواصلوا، وأمامهم عشرات الحواجز، أو أن يعودوا، قرّروا العودة. حاجزان خلفهم أفضل من تلك التي أمامهم. استدار السائق عائدًا.

أوقفه الجنود ثانية، سألوه عن سبب عودته، فقال لهم إنها ولدت في السيارة، لم يصدّقوا. طلب منهم أن يتأكدوا بأنفسهم؛ سبقهم وفتح باب السيارة الخلفي، رأوها ورأوا وليدها، ولم يصدّقوا.

- «علينا أن نفتش السيارة،» قالوا له.

- أرجوكم، دعونا نمرّ.

- علينا أن نفتش السيارة، ولن نستطيع تفتيشها وهي في الداخل.

ارتفع صوت وليدها.

- ما الذي تريدونه؟

- لن نستطيع تفتيش السيارة إن لم تنزل منها، وأمرها الجندي: إنت، إنزل.

صاح الوليد.

وأمام الباب كان البخار يتصاعد من أفواه الجنود.

وجّه أحدهم بندقيته نحو الممرّض وأمره: أنزلها.

وبدأت السماء تمطر بشدة.

التفت الممرّض حوله، كأنه يبحث عمن ينقذه: لقد ولدت الآن، من الصعب أن تنزل، البرد شديد والمطر!

- ساعدْها على أن تنزل. إذا أردتم أن تمرّوا فيجب أن نفتش السيارة.

- «سأنزلها.» قال الممرض.

موصولا برحمها بحبل السّرة كان وليدها لم يزل. تحركت الأم بصعوبة، يد تقبض على وليدها ويد تقبض على الشرشف المغطى بالدم، لتستر نفسها وتدفئ الصغير.

«قفي هنا.» أمرها الجندي وهو يشير إلى الرصيف. لكنها راحت تحاول الجلوس. دوار جهنّميّ كان يعصف بجمجمتها. جسدها يرتجف ووليدها يصيح.

ثلاث خطوات نحو الرصيف، وخمس ثوان لا أكثر، كانت كافية لإغراقهما بسماء عاصفة سقطت فجأة على الأرض.

في حالة طبيعية كان يمكن أن يكون زوجها بجانبها، أحد أولادها، ولكنهم كانوا يعرفون أن ذلك سيكون سببًا لإعاقة سيارة الإسعاف. ستكون الأسئلة أكثر، والتفتيش أطول، والتأكّد من أنها حامل أو غير حامل مبالغًا فيه. وقد يغضب زوجها، ابنها، فيعتقلونه. جلست..

ولم يأمرها الجندي أن تقف. أمروا الممرض أن يصعد السيارة ثانية، وكلما أشاروا إلى شيء كان يرفعه ليتأكدوا من أن لا شيء تحته.

انتهوا، ولكنهم بدل أن يسمحوا لهم بالمرور، بدأوا بتفتيش غرفة قيادة السيارة.

انتهوا، طلبوا من الممرض أن يصعد إلى صندوق السيارة ثانية، ولم يفعل شيئًا غير ذلك الذي طلبوه منه في المرّة الأولى.

لم يجدوا ذلك الذي يعرفون أنه غير موجود أصلًا!

توجّه جندي إليها وطلب منها هويتها. لم تتحرّك، ظلّت صامتة، دفعها بفوهة بندقيته، صرخ في وجهها، وظلّت صامتة.

انتبه السائق إلى أن وليدها لم يعد يبكي. اقترب منها، انحنى. بصمت أشار للممرّض أن يأتي. أدرك الجنود أن شيئًا كبيرًا قد حدث، سمحوا للممرض أن يمرّ. لمسَ المولود، كان باردًا كقطعة ثلج. راح الممرض يبكي كما لو أنه أمّ الوليد، وأمه صامتة: «قتلتم الولد،» صاح في وجوههم، «قتلتم الولد، أنتم مسؤولون عن قتله.» لا يعرف من أين أتته الضربة القوية التي أوقعته أرضًا.

أمروا السائق أن يتحرّك بسرعة. أسندها مع الممرض الذي نهض، وضعاها في السيارة.

عند الحاجز الأقرب إلى البيت أوقفوا السيارة ثانية، سألوهما لماذا عادوا بسرعة. شرح لهم السائق ما حدث، لم يصدّقوا. أنتم تكذبون، قال الضابط، وأمره بالترجّل وفتْحَ صندوق السيارة، نزل، فتّشوا، ثم أمروهم بالمرور بسرعة.

***

كان عليهم أن يقطعوا صباح اليوم التالي تسعةَ كيلومترات للوصول إلى مقبرة لا تبعد عن باب المسجد الذي صلّوا فيه على صغيرهم الميت أكثر من مائة متر.

قبل الغروب بقليل، وصلت دورية عسكرية، توقّفت أمام باب المنزل. هل جاؤوا للتحقيق فيما حصل ليلة الأمس؟ ترجّل الضابط

وناول والد غسان ورقة، وقبل أن يقرأها، كان ثلاثة جنود قد تقدّموا نحو باب البيت الخارجي.

- ولكن لماذا؟ ألم يكف ما فعلتموه الليلة بزوجتي وابني؟

- بيتكم يقع في منطقة حساسة، وفي أي لحظة قد نكون مضطرّين للصعود إلى السطح، ولذلك علينا أن نخلع أقفال غرف البيت.

- لقد خلعتم قفل الباب الخارجي وقفل باب السطح! ماذا أيضًا؟!

- بيتك يقع في منقطة حساسة قلت لك، اقرأ الأمر العسكري جيدًا.

- يا إلهي! حتى أقفال أبواب غرف البيت؟!

- أنت تعرف أننا مضطرون لذلك، يمكن أن يختفي أحد المطلوبين في الداخل.

- إنه بيتي!

- «لم يطلب منك أحد أن تغادره. هو بيتك وتستطيع أن تبقى فيه ما أردت.» قال له الضّابط.

ومن الداخل راحت تتعالى أصوات الاحتجاج والصراخ، لكن أحدًا منهم لم يستطع لمس أي جندي، فالجنود كانوا يريدون ذلك: لمسهم يعني الاعتداء عليهم، يعني ضرب ذلك الذي لمسهم، ضربه بقوة، يعني اقتياده إلى السجن. كانوا يعرفون أن أجسادهم هي مُلْك للجنود وأن الجنود يستطيعون أن يفعلوا بها ما شاؤوا، أن يطلقوا النار عليهم، أن يكسروا عظامهم، أن يهشموا أي عضو من أعضائهم..

* * *

أمضوا الليل كلّه، ظهورهم إلى الحائط وأعينهم على بابَي

الغرفتين، فالغرفة الثالثة لم يعودوا لاستخدامها منذ أن ماتت فيها أخته بقنبلة المستوطنين.

في الليلة الثانية تحوّل البيت إلى ممرّ، جنود يصعدون وآخرون ينزلون، وتزايدت أعداد الجنود فوق السطح. وكلما مرّ أحدهم من أمام باب دفعه بقدمه لكي يصعد مطمئنًا، أو ينزل مطمئنًا!

نام أهل البيت جالسين؛ متعَبين كانوا.

في الصباح كان طعم الماء مختلفًا، رائحته كريهة ولونه مصفرًّا.

كان الجنود، الذين يمضون أوقات الحراسة في الأعلى، يتغوّطون في صحون الطعام البلاستيكية الفارغة ويتخلّصون منها بإلقائها في خزان مياه الشرب.

لم يعودوا لفتح صنابير الماء، بدأوا بإحضار ما يلزمهم من ماء من الخارج.

في كل لحظة كانوا يتوقّعون أن يُدفع الباب وإذا بالمستوطنين فوق رؤوسهم. لأسباب كثيرة كانوا يخشون المستوطنين أكثر مما يخشون الجيش، وبخاصة كبيرات السن من النساء، والأولاد!

جلس غسان إلى جانب شقيقته وشقيقه الأكبر محدّقًا في الباب، منتظرًا حدوث كل شيء. كان ضوء ما يتسرب من الفتحة التي خلَّفها انتزاع القفل. كانت تلك الليلة هي ليلته لكي يسهر ويحرس البيت. التفتَ إلى أخيه الذي كان نائمًا؛ يمكن أن يقتلوه ألف مرة قبل أن ينتبه. تعبُ الليالي الماضية هدَّ جسده. أما أخته، فكانت تنتفض بين حين وحين، كما لو أن أحدًا يصعقها بتيار كهربائي مرتفع.

بعد شهر، كان لا بدّ من أن يناموا، أن ينسوا أمر نوبات الحراسة، أو يتناسونها.

ذات يوم أفاقوا صباحًا، انتبهوا لآثار أقدام لوَّثت الأرض بالطين.
فزعوا، كما لو أنهم استيقظوا فوجدوا أنفسهم قتلى!

كانت آثار الخطوات تصل حتى وسائدهم.

رفع غسان نظره إلى الجدار خلْفه، وهناك، وجد تلك العبارة
المكتوبة بالأسود: اقتربتْ نهايتكم أيها الكلاب.

عين الذاكرة

مسيرتهم بين مخيم كارانغا ومخيم كوسوڤو -المخيم الأخير قبل الصعود إلى أوهورو- غدت هي الأصعب، مع اشتداد قسوة الطقس وهبوب رياح الصحراء الألبيّة[٢٣].

صامتين كما لو أنهم في جنازة راحوا يتقدّمون ببطء. خلف كل واحد منهم كانت هناك نجاة، يتلفّت بين حين وحين حالمًا أن تعود. ذكرياتهم الأولى معها حفرت اسمها عميقًا في قلوبهم، أما خوفهم عليها فقد عمَّق ذلك، حينما كانت تضطرّ للانفصال عنهم، والسَّير وحيدة، أو مع جيسيكا.

وتذكرت ريـما أنها المرة الأولى في أيّ صباح مرّ التي لم تنتبه فيه لفوح رائحة القهوة!

* * *

عادت الابتسامات الخاطفة تنتشر على وجه إميل ووجوههم، حين استطاع إميل شحن الكاميرا من جديد. عادت له حيويته، ولم يعد الابتسام خيارًا أمام عدستها.

---

٢٣ - تسمى صحراء ألبيّة لأن مناخها مشابه لمناخ جبال الألب.

أطلّت الكاميرا على ابتسامات شاحبة في البداية. كانت الكاميرا أشبه ما تكون بإنسان استيقظ من موت سريري طويل، تأمّلت وجوههم، لم تكن تلك الوجوه التي تعرفها، حروق الشمس والبرْد تركت آثارًا عميقة فيها، وبخاصة الأنوف والخدود؛ تضخمت الشفاه وتشقّقت، وكذلك ظاهر كلِّ يد.

لم تكن نجاة هناك، أما سهام فيقودها صوول مثلما يقود أعمى.

سمع إميل رنين هاتفه. بسرعة أخرجه، ظهر اسم المتّصل، بدأ قلبه يخفق بشدّة. كان قد نسيَ تمامًا أن لديه وظيفة، وأن هناك قرارًا بشأنه سيصدر، أخذ نفسًا عميقًا، وأجاب بالإنجليزية.

لسبب ما نظر الجميع نحوه. رنين الهاتف في تلك السّفوح العالية كان شيئًا مختلفًا؛ ولم يمنع أكثر من واحد نفسه من الاستماع إلى الحوار الخاطف الذي انتهى بكلمة: شكرًا، قالها إميل وابتسامة واسعة مضيئة فوق شفتيه. أقفل الموبايل والتفت إليهم، وقال بسعادة: نجحنا يا جماعة! وكأن النجاح لهم كلّهم، وأعاد تلك القفزة العالية التي جعلته يحلّق في أعالي بارانكو.

– «مبروك، مبروك.» تردّدت.

– شو صار؟

– «صرت مدير!» وعاد وقفز في الهواء وهو ينطقها.

اندفعوا يعانقونه.

***

جبريل الذي جمّع نفسه من جديد بعد غفوة الكابوس كان أكثرهم فرحًا، بعد أن وعده إميل بأنه سيزوّده بأي صورة يريدها ما إن يستطيع شحن الكاميرا. وجد جبريل أن الوقت مناسب ليطلبها منه.

***

تباطأ جبريل قليلًا وهو يحاول تثبيت جسده أمام هجمة الرياح، وأجرى اتصالًا مع شركته. طلب أن يسارعوا إلى إعداد تصاميم الاسم التجاري الجديد لأكياس الشبس.

- بعد قليل ستكون الصّور عندكم.

لم يسمعوه، فأعاد الجملة بصوت غطى على صوت الريح.

***

ذاكرة الكاميرا ليست الوحيدة التي كانت قد أصيبت بالارتباك، ذاكرة إميل أصيبت أيضًا بذلك وهو يحاول استعادة المشاهد التي رآها من مخيم بارانكو حتى مخيم كارانغا. هو يعرف أن هناك صورًا أخرى التُقِطت، ولكن بكاميرات غيره، وبعيون غيره، ولهذا فهي ذاكرتهم أكثر مما هي ذاكرته، هي ما رأوه هم وأحبوه، واعتقدوا أنه يستحق التصوير، لا ما رآه هو وأحبه.

لكنه كان يبتسم.

***

خلفهم كان مخيم كارانغا وقمم: هاييم، كريستِن، دِكِنْ. والارتفاع الذي بدأ يزداد مع كل خطوة نحو الأعالي. خمسة أيام من الصعود، من الصعود البطيء، ولكن قمة أوهورو، القمة الأشهر، القمة المختبئة، ظلّت تلوح في مخيلتهم حيث سيجدون أنفسهم معها وجهًا لوجه غدًا في يوم الصعود الكبير.

إنها القمة التي لا يمكن لك أن تراها إلا إذا صعدتَ الجبل، ووصلتَ إلى قمة ستيلا بوينت.

أمسك إميل بالكاميرا، واحتضنها، كما لو أنه يحتضن عزيزًا فارقه طويلًا وهو يعِدها بأنه سيريها الأجمل، سيريها أساطير المنطقة،

وسيسرد عليها قصة البركانين العملاقين: كيبو الأعظم، وماونزي الأصغر! سيحدّثها عن غيرة ماونزي من كيبو في تلك الأيام التي لم تكن فيها قمة شيرا قد ولدت. سيحدّثها كيف كان ماونزي يأتي إلى كيبو ويطلب منه الطعام، وكيف كان كيبو يحزن عليه ويتوقّف عن العمل في جمْع الموز الجافّ ورصّه، ويأخذ معوله ويعطي ماونزي حاجته من الطعام، والفحم حتى تبقى شعلته متّقدة!

كان ماونزي طباخًا سيئًا أيضًا، ولا يحبّ شيئًا مثلما يحبّ الطعام الذي يُعدّه كيبو إلى أن جاء اليوم الذي خفتت فيه شعلة ماونزي لعدم وجود الفحم، فذهب ليُحضر الفحم، لكنه لم يجد كيبو في البيت، فأخذ ما يريد وتسلل خارجًا. إلّا أنّ كيبو رآه، وركض خلفه، وقد رأى ناره وطعامه المسروقين، وحين وصله ضربه على رأسه ضربة قوية، ضربة تركت أثرًا واضحًا لم يزل الناس يرونه حتى اليوم!

***

تذكَّر إميل جيسيكا. كان قد سألها إن كان هاتفها ما زال يعمل، فأجابت: «لا،» وأضافت، «لا يهمّ.»

توجّه إليها وطلب منها أن تعطيه الهاتف. نظرت إليه بحزن: صدّقني، ليس ضروريًا.

– أصدّقك، لكنك لا تعرفين متى ستكونين بحاجة إليه، ونحن أيضًا، فأمامنا الكثير.

لم يكن صعبًا الوصول إلى الهاتف وقد وضعته في جيبها الخارجي، في أكثر المناطق عرضة للبرد. حين أصبح الهاتف في يد إميل، صاح: يا خيتي هيدا لازمه ينام بالفرن ليلِه كاملة!

– ماذا؟

تنبّه إميل أنه كان يحادثها بالعربية. اعتذر لها: سأشحنه، اطمئني.

***

في الاستراحة الأولى بعد ساعة، لاحظت أروى أن غسان كان ينسى نفسه، فيتجاوز الجميع، كان يبتعد، عكس جبريل الذي لم يعد يفعل ذلك! بصعوبة استطاعت اللحاق بغسان.

– هل أنت متشوّق إلى هذا الحدّ لبلوغ القمة؟

– بل أريد أن أبتعد عما ورائي أكثر.

– ولكنك تعرف أنك ستعود إلى كل ما تركته خلفك.

– وهذا ما يحيرني، لأنني أحسّ بأنني إذا ما وصلت القمة فسأعود بسرعة أكبر.

– مهما فعلت فلن تصل بسرعة أكبر. لدينا بقية اليوم، ويوم غد لنصل إلى القمة، وثلاثة أيام لنعود إلى النقطة التي ستنتظرنا فيها الحافلة، ويوم في الفندق، ويومان في السفر قبل أن نصل جسر الملك حسين، فالخليل.

صمت غسان، ثم قال لها: ليت جميع إخوتي معنا الآن، ليت بيتنا معنا الآن، لكان آمنًا أكثر! ليت المستقبل معنا الآن.

– لكنك تملك المستقبل.

– «بهذه العين لم أعد أستطيع أن أرى سوى نصفه.» قال بأسى وهو يبتسم.

– المستقبل لا نراه بأعيننا، نراه بقلوبنا يا غسان.

– ولكن هل تعرفين ما الذي فعلوه بقلبي منذ أن قتلوا أختي الصغيرة، وأخي الذي لم يعش في هذه الدنيا أكثر من دقائق؟ لقد

احترنا ماذا نسميه، قال أبي: الأفضل ألّا يكون له اسم، حتى لا تحزن أمكم أكثر كلما تذكرت الاسم أو ذكَّرها أحد به. أمي سمعته فقالت له، لأبي: هل تريد أن تقول لي إنهم قتلوا لا أحد؟! لقد قتلوا ابني، ابني الذي له اسم، وصمتت قليلًا ثم قالت: ابني، عبد الباقي! ومن يومها أصبحنا ندعوه عبد الباقي. تعرفين يا دكتورة أروى، في إحدى المرات هاجمنا المستوطنون في البيت. كنا ندافع عن أنفسنا ونحن حريصون على ألّا نوجّه ضربة لأي منهم، فقد كنا نعرف ثمن هذا. لكن يدي تحرّكت رغمًا عني وصفعتْ واحدًا منهم. نَسوا كل شيء، وبدأوا يضربونني، وبعد لحظة جاء الجيش على صراخهم، كانوا يصرخون وكأننا نحن الذي دخلنا البيوت التي يسكنونها، البيوت التي أخذوها منّا! جرجرني الجيش إلى أقرب حاجز، وطلبوا مني أن أجلس هناك. راحوا يضربونني. ثلاثة أيام وأنا لا أستطيع التحرّك من مكاني، كلّما جاء جندي ضربني، وكلما غادر ضربني، وكلما مرَّ مستوطن، امرأة أو رجل أو طفل ضربني، وبصق عليّ. تعرفين يا دكتورة أروى، طوال تلك الأيام كنت أقول لو أن في يدي سكينًا لطعنت نفسي واسترحت، أو ربما طعنت واحدًا منهم وتركتهم يقتلونني.

* * *

هدأت الرياح قليلًا..

في الاستراحة الثانية تبين لصوول أن الحزن الذي يسيطر على الجميع سيجعل الطريق أطول. أخبرته الدكتورة أروى أن عليها تفقّد عينَي سهام، ولذا طلب منهم أن يتجمّعوا لأنه سيرفع الغطاء عن عينيها، وهي بالتأكيد، ستكون سعيدة لأنهم سيكونون أول من تراهم.

تجمّعوا تاركين الأكل والشرب خلفهم. توقّفت قلوبهم عن الخفقان.

بهدوء رفعت الدكتورة أروى الغطاء عن عينيها، لكنها لم تكن خائفة، وكان صوول واثقًا بحدْسه. أمور أصعب من هذا بكثير عايشها ونجح في اجتيازها.

لم تجرؤ سهام على فتح عينيها مباشرة.

- «كلهم حاضرون، لا تخافي، أم تظنّين أننا لسنا جميلين أبدًا بحيث لا نستحق نظرة منك؟!» قال إميل.

ضحكوا.. وابتسمتْ هي، لكنها كانت خائفة.

تحرّك جفنا عينها اليمنى أولًا، وراحا يفترقان قليلًا قليلًا. وظلّت صامتة، لا يظهر على وجهها أيّ انفعال يعطيهم الأمل.

وبعد قليل بدأ جفنا عينها اليسرى ينفرجان ببطء شديد، وقبل أن تقول شيئًا، راحت تبكي.

أفزعهم الأمر.

اندفعوا يسألونها: ماذا حصل؟

مسحت دموعها ومخاطها بطرف سترتها وقالت: ما تخافوش، والنَّبي أنا شايفاكم.

عن الخوف والغضب

اهتزَّت الخيام، وبدا الهواء على وشك اقتلاعها، هواء بارد تسرّب من بين الشقوق الصغيرة، الشقوق التي تركوها للتنفّس. ورغم التعب الشديد الذي أنهك أجسادهم، استيقظ بعضهم، لكن أحدًا لم يجرؤ على فتح باب الخيمة لمعرفة ما يدور في الخارج، حتى أولئك الذين أحسّوا بضرورة الذهاب إلى الحمام.

ربما كانت أكثرهم خوفًا، فعاصفة أخرى من الثلوج والرياح، ستكون سببًا في تأجيل الصعود، أو إلغائه تمامًا. أما جيسيكا، فقد اكتشفت فجأة أن العالم أصبح فارغًا منذ أن ودّعت نجاة. اتّسعت الخيمة، وأصبح صمت الليل الذي كان موزَّعًا بينها وبين نجاة بالتساوي، لها وحدها.

كانوا قد اتفقوا على أن ينهضوا في الثالثة فجرًا لتناول طعام إفطارهم، وأن يتحرّكوا في الرابعة.

أكثرهم أرقًا كانت نورة. جلست وثلاثة أرباع جسمها داخل كيس النوم، أنصتت، لم تكن هناك أصوات بشرية، مجرد رياح وخفقان قماش الخيمة العنيف.

نظرت نحو سوسن، فلم ترَ منها سوى شعرها الأشقر. كانت مستغرقة في النوم.

واهتزّت الخيام أكثر.

كل شيء يمكن احتماله بالنسبة لنورة باستثناء هذا الهدير الليلي. مئات الليالي أمضتها في البيت غير قادرة على النوم، كلما جاء الجنود، كلما انهالوا على أبواب البيت ونوافذه بأعقاب بنادقهم، كلما أطلقوا النار في الهواء تحذيرًا قبل أن يطلقوا النار على الأبواب مباشرة، لأن من في الداخل لم يفتحوها بالسرعة المطلوبة!

ثلاثة على الأقل قُتِلوا في القرية لأن الجنود أطلقوا النار على الأبواب، في اللحظة التي كان من في داخلها يتقدّمون لفتحها. الحاجة صبريَّة كانت آخرهم. سمعُها الثقيل لم يساعدْها على معرفة ما يدور، ولم تنتبه إلّا بعد أن أطلقوا النار على الباب الخارجي. نهضتْ، سارت ببطء نحو باب غرفتها، نظرت بحذر إلى الحوش، رأى الجنود ذلك الشقّ الضيّق الذي تنظر عبره، فأطلقوا النار.

لم يعرف أحد إن كان ما حدث في بيتها هو السبب الذي دفع سليم لتهشيم رأس المستوطن بعد يوم واحد من دفن صبريّة، أم لأسباب أخرى يعرفونها، يعيشونها.

***

مسؤول مستوطنة (بَراخا)، التي ابتلعت أفضل أراضي قريتهم، كان كابوس النهار، في الوقت الذي كان فيه الجنود كابوس الليل.

يهبط مناحيم فجرًا، قبل وصول الفلاحين إلى أرضهم، لا لشيء، إلّا لكي يبدأ نهارَه بإهانته لهم.

ضخمًا كان، قامة أقلّ بقليل من مترين ارتفاعًا، تبدو بندقية M16 التي يحملها أشبه بلعبة أطفال مقارنة بحجمه.

يجلس على طرف الطريق الترابيّ، بندقيته تستريح على فخذيه،

حين يحاذيه فلاح فلسطيني، يلقي عليه مناحيم حجرًا، يصيبه في مكان مؤلم، يلتفت الفلاح خلفه، فيجد مناحيم يلتفت في الاتجاه الآخر، كما لو أن غيره من ألقى الحجر!

يسير مناحيم حتى يصل إلى شاب يعمل في الحقل، يقف بجانبه، ينتظر أن يدير الشاب ظهره، يصفعه صفعة قوية وينظر بعيدًا.

شيء واحد يتمنّاه مناحيم أن يقوم الشاب بصفعه، بدفْعِه بعيدًا عنه، بالصراخ في وجهه، بالاقتراب منه؛ فسبب واحد من تلك الأسباب يكفي لكي يوجِّه بندقيته إلى الشاب، ويُطلق النار عليه.

كل من في القرية يعرفون أن مناحيم ينتظر لحظة الغضب هذه، فقد سبق له وأن أطلق النار على اثنين من أهل القرية بعد أن ثارا في وجهه.

سليم نفسه تلقّى صفعات كثيرة، وابتلع الإهانة. وفي إحدى المرات أصابه حجر ألقاه مناحيم خلف أذنه، فانفجر دم أغرق ظهره، لكنه كتم غضبه. التفتَ إلى مناحيم، مناحيم الذي سأله: «من فعل بك هذا؟! أتريد مساعدة؟» وكان يبتسم بخبث.

في اليوم التالي لدفن الحاجة صبريّة، أصرَّ سليم على الذهاب إلى الحقل، رغم أن كل من في البيت طلبوا منه ألا يفعل: الجنود متحفّزون الآن، كما لو أننا نحن الذين قتلْنا عجوزًا إسرائيلية!

حمل طعامه، وعصا غليظة من خشب اللوز، وساق الغنمات العشر أمامه.

تأخَّر ظهور مناحيم ذلك النهار، حتى ما بعد الظهر، فقد كان يدرك أن مقتل عجوز من القرية قد يجعله عُرضة لهجوم انتقامي. ما إن تجاوزت الساعة الثالثة عصرًا بقليل، حتى بدا متوترًا، يدور داخل

مسكنه دون أن يكفّ عن النظر صوب حقول القرية. عصبيًّا كان، مثل أيّ مُدمن.

* * *

احتمل سليم الصفعة الأولى، الثانية. لم يستدر حتى لينظر باتجاه مناحيم. وحين تلقى الثالثة أخذَ نفسًا عميقًا، واستدار، فاستدار مناحيم بدوره محدّقًا في البعيد، مدندنًا بكلمات أغنية عبرية. في تلك اللحظة، استلَّ سليم العصا بسرعة ووجه ضربة قوية إلى رأس مناحيم. انكسرت العصا، لكن أفضل ما حدث، هو أن توازن مناحيم اختلَّ، فسقط أرضًا.

التفت سليم حوله. كل شيء كان هادئًا. تحرّك مناحيم، وقد بدأ باستعادة وعيه، فأدرك سليم أن لحظة موته قد حانت، فلن يستطيع العالم كلّه أن يمنع مناحيم من إطلاق النار عليه.

بسرعة انحنى، وسحب البندقية من تحت مناحيم. انتبه مناحيم لما يحدث، حاول التمسُّك بها. وجَّه له سليم ضربة بقدمه. أمسك مناحيم بقدم سليم، لكن البندقية كانت قد أصبحت في يد سليم. لم يكن سليم يتقن إطلاق النار، ولم يكن يعرف كيف يمكن أن يسحب أقسامها ليضع الطلقة في بيت النار، لم يكن لديه وقت– أصلًا –ليقوم بذلك كلّه. وجه البندقية نحو صدر مناحيم وضغط على الزناد، دوّى صوت الرّصاصة عاليًا. فوجئ سليم كما فوجئ مناحيم بما حدث، راح مناحيم يجذب سليم نحوه، وعند ذلك دوّت الطلقة الثانية.

* * *

وقف سليم، نظر حوله، لم يكن هناك أي أثر للحركة، وبسرعة مرَّ أمامه شريط الأحداث التي ستقع.

وضع البندقية على كتفه، ومضى نحو شارع القرية المتفرّع من الطريق الرئيسي لمدينة نابلس.

الرابعة عصرًا.

دوّى صوت الرصاص عاليًا بحيث سمعه الجميع.

كان سليم قد قرر أن يفعل ما فعله رجب الكهل ذات يوم. ظلّ يسير إلى أن وصل إلى حافة الشارع، جلس فوق سنسلة صغيرة لأحد الحقول وانتظر. وصلت دورية للجيش، لم يتحرّك، حاذته، أشهر بندقيته بسرعة، وأطلق النار، فقتل الجنود الثلاثة الذين فيها. تمايلت السيارة وانقلبت في المنحدر الصغير المحاذي للشارع.

لم يتحرّك سليم من مكانه.

ووصلت الغنمات العشر إلى بيته وحيدة.

* * *

اندفع أهل القرية نحو الحقل وهم على ثقة من أن سليم قد قُتِل، شيء واحد كان يؤرّقهم، هو أن يسبقهم الجيش، ففي هذه الحالة سيأخذ جثة سليم ويخفيها، لإخفاء الأدلة كالعادة. انطلقوا يركضون وكلّهم خوف من أن مناحيم قتله.

* * *

لم يكونوا قد وصلوا الحقل.

كانوا يركضون.

* * *

دورية جيش ثانية كانت قد وصلت المكان، حيث انقلبت السيارة الأولى، ظلت تتقدّم إلى أن وصلت. لم يتحرّك سليم، كان

جالسًا بهدوء أربك الجنود، وقبل أن يترجّلوا منها أطلق النار عليهم، فبدأوا بإطلاق النار عليه.

* * *

رأى أحد الشباب جثة مناحيم من بعيد، فظنَّ أنها جثة سليم. سمع شقيقةَ سليم تصرخ. اعترض طريقها، وطلب من النساء أن يُعدْنها، تفلَّتتْ، لكنهنّ استطعن السيطرة عليها.

كانت تبكي وتنظر خلفها. راحت ترجوهن أن يتركْنها، رفضن.

ازدادت سرعة رجال القرية وقد رأوا الجثة.

الشيء الوحيد الذي لم يتوقّعوه هو أن يجدوا أنفسهم وجهًا لوجه مع جثة مناحيم، لقد اعتادوا أن يكونوا دائمًا هم القتلى!

* * *

اطمأنت النسوة إلى أن أخت سليم لن تعود. تركْنها تسير أمامهنَّ شاردة محطّمة.

رأت الدورية العسكرية متوقّفة. أمسكت حجرًا وراحت تركض نحوها غاضبة، تصيح، لكن الهدوء كان شاملًا. رأت سائق السيارة منحنيًا فوق مقودها، رأت آثار رصاص ودم. تجمّدت مكانها، قبل أن تعود للسير ثانية نحو السنسلة التي تفصلهنَّ عن الشارع، اعتلت السنسلة، وهناك، أسفلها، وجدت نفسها أمام جثة أخيها.

***

كان صوت الرياح في الخارج قد هدأ، ولم تعد الخيمة تهتز. انتبهت نورة. كان هناك من يدعوها بصوت مرتفع أن تستيقظ، وهو يؤكد: «إنها الثالثة صباحًا! نورة، استعدّي، سوسن، استعدّي... ...»

همست ريـما وقد داهمتها رائحة القهوة: إلهي، أرجوك، لا تحرمني من شرب القهوة.

.. وابتعد الصوت قليلًا: هاري، استعد، إميل حان وقت النهوض.

ودبّت الحركة في المخيم.

أمام المرآة.. ليلًا

لم يكن هناك ثلوج، لم يكن هناك هواء. كان الصّمت. تصفّحوا ما حولهم غير مصدقين أعينهم، لم يكن هناك غير الصقيع، والبرد الشديد.

تجمّعوا في خيمة الطعام، تأخّرت سوسن كالعادة. كانت تفكِّر في الجبل، أنها ستلقاه أخيرًا، ولذا عليها أن تكون على أفضل صورة. أضاءت كشّافين ونصبت مرآتها أمامها، رشّت شعرها بذلك المسحوق الخاص المضغوط في أنبوبة، المسحوق الجاف المخصص لتنظيف الشَّعر حين تُفتَقدُ المياه. تراكم الرّذاذ أبيض فوق رأسها، فركَتْه، ثم نفضتْ رأسها كما يمكن أن تفعل أي فرس، ومشّطت شعرها. عشرون دقيقة تأخّرت، لكنها كانت على يقين من أن الجبل يستحقّ أن يراها في أفضل حالاتها، كما تتمنّى أن تراه في أفضل صورة هادئًا غير مُدمدم بالعواصف.

«سيكون الجبل طيبًا معها إذا ما أحبها.» فكَّرتْ.

كان جبريل هو الشخص الثاني الذي تأخّر، فقد عاد السؤال الذي خطر له أثناء صعود جدار بارانكو: «هل أنا مجنون لأصعد جبلًا كهذا؟! ألم يكن أفضل لو أنني تبرعت بالمبلغ الذي دفعته

كنفقات للرحلة لأي جمعية خيرية؟ كان يمكن أن ينشروا إعلان شكرٍ لي في ثلاث صحف! ما الذي أتى بي إلى هنا؟» لكن جبريل تذكّر صورة نورة ويوسف التي حصل عليها أخيرًا وأرسلها، وكيف تحوّلت الرحلة إلى رحلة عمل، وكيف سيستعيد كلّ ما دفعه كنفقات حين يطرح الماركة الجديدة من رقائق البطاطا، رقائق يوسف ونورة.

اعتدل مزاجه، ونادى بأعلى صوته، فحضر مرافقه، اندسَّ داخل الخيمة، دلَّك له قدميه، ألبسه جوربيه، حذاءه، والقطعة الواقية من الثلج والوحل.

طلب منه جبريل أن يُجهِّز الحقيبة، ويضع فيها كل ما يحتاجه من طعام، وخرج.

* * *

دخل جبريل الخيمة، وحين جلس، أحسّ بأنهم يشدّون على الطاولات بكامل قوتهم كما لو أنه سيقلبها ثانية!

قرر أن يستخدم الهجوم كأفضل طريقة للدفاع، فسأل بصوت عال، «هل سمعتم آخر نكتة؟» وقبل أن يجيبوا قال: «محشش بيقول لصاحبه: شو رأيك تاخذ إجازة شهر وأنا آخذ إجازة شهر ونسافر شهرين على فرنسا.؟»

ضحكوا..

فقال يوسف: «أنا أعرف النكتة التي قيلت بعد آخر نكتة،» ضحكوا، «بخيل حِلِم إنه عازم كل قرايبه على الغدا، لمّا صحي من النوم قال: بكون عرص اذا نمت مرّة ثانية.»

ضحكوا، وانقبضت ملامح جبريل.

ليلة الليالي

الأشجار في الداخل

لم يسبق لريما أن تحدّثت في اليوم الأخير للصعود. أحسّت بشيء يدفعها لفعل ذلك هذه المرة. انتظرت حتى وصلت سوسن. لسبب ما كانت تريد أن يسمعوا أهمّ ما تعلّمته من رحلاتها، على الرغم من أنها لم تكن تعرف ما الذي ستقوله لهم تمامًا.

* * *

في رحلاتها السبع السابقة لصعود كليمنجارو، تعرّفت ريما إلى العديد من الناس نساء ورجالًا.

– لا أبالغ إذا ما قلت إن لكل شخص سببًا للقدوم، والصعود. ولكن، يحدث أن يأتي أناس يجمعهم هدف واحد، مثلنا اليوم. لكنني أظن أن داخل كل سبب عام لا بدَّ من وجود سبب خاص، أو أكثر، حتى تتأنسن الرحلة. قد يكون هذا السبب الخاص: الوصول إلى لحظة توازن مع النفس، أو الخروج من خانة التعاطف إلى خانة العمل مع قضية ما. قد تكون التجربة نفسها هدفًا، أو تحدّي الذات. لكن أسوأ الصاعدين في نظري هم أولئك الذين يعتقدون أنهم بوصولهم إلى القمة سيغيّرون كلَّ شيء خلْفهم.

راقبت ريما ردود أفعالهم، كانوا متنبّهين لكل كلمة تقولها. واصلت:

- ذات مرّة صعدتْ معي امرأة، كانت منهارة تمامًا تفتقد أدنى مستوى ثقة بالنفس. بعد أقلّ من يوم، أخبرتني أن زوجها تركها من أجل مدربته الرياضية. منفعلة كانت على الدّوام، وتحت سطوة مفاجأة أنه تركها كانت تردّد دائمًا: هل يعتقد أنني ضعيفة وألّا قيمة لي؟

كل خطوة خطتْها إلى الأعلى خطاها خوفها، لا ثقتها بروحها.

كانت تتوقّف كثيرًا، كل ستٍّ أو سبع خطوات، وتُصلّي، مرّة باسم يسوع، مرة باسم محمد، مرة باسم موسى، ومرة باسم بوذا.

قررتُ إعادتها.

- «ألم تكن تستحق بعض التعاطف؟» قالت سوسن.

- لقد تعاطفتُ معها ثلاثة أيام، ولم آخذ القرار إلّا حين اقتنعتُ بأنها لن تستطيع المواصلة. كانت منهارة، ولا يمكن لأحد في مثل حالتها أن يصعد. كل طاقتها كانت تُغذّي غضبها على زوجها والمرأة التي اختارها. حين أخبرتُها بقراري، قالت لي: أنتِ لا تعرفين، هكذا سأعود بفشل جديد في حياتي.

كنتُ متعاطفة معها فعلًا، لكنّ تعاطفي ليس كافيًا لكي يُحقِّق لها النجاح. كانت ترى نجاحها وفشلها بعينَي زوجها. وكلما كانت تفكِّر فيه تضعف أكثر، مع أنها قطعت مسافة جيدة. لقد وصلت إلى مخيم كارانغا. ولو فكَّرت في النجاح الذي حقّقته لأصبحت أقوى وأكثر ثقة بنفسها، إلا أنها كانت تفكِّر طوال الوقت بضعفها.

- «ولكن، في النهاية أي نجاح هو مصدر تقدير من الناس، أو حسد بالطبع،» قالت سهام ذلك، وضحكت.

- معكِ، لكن أي إنسان يأتي إلى هنا وفي ذهنه ما سيرى الناس

من نجاحه أو فشله من المفترض ألا يأتي. فهذه، أولا وأخيرًا رحلة ذاتية، وليست لإثبات أيّ شيء لأيّ شخص خارجك. أما إذا تحقّق النجاح، وأصبحت الرحلة جزءًا من سجلّ حياتك، فلا بأس أن تكون هذه النقطة المضيئة في ذلك السِّجل. لكن السِّجلّ نفسه هو آخر شيء يمكن أن تفكّر فيه وأنت تصعد. لقد جاءت تلك المرأة وهي تعتقد أنها ستُغيِّر بصعودها كل شيء وراءها. لكنها لم تفكر لحظة في أنها هي التي يجب أن تتغيّر، وأن الجبل لن يقدِّم لها شيئًا وهي على تلك الحالة. الجبل لن يمنحك كرامة وأنت منتهَكُ الكرامة، ولن يعطيك نصرًا وأنت مهزوم. الجبل يريد روحًا قوية تُشبهه، حتى يستطيع التواصل معها والاندماج معها والانحناء لها أيضًا في طريقها إلى قمته.

صمتتْ ريـما. كانوا في خيمة الطعام متنبّهين لكلّ كلمة تقولها بقلوب مُشْرَعة، كأنهم يؤدّون صلاة.

تنحنح صوول. استدارت إليه الوجوه، والتقتْ عيناه بعينَي ريـما: هل تسمحين لي بإضافة سريعة؟

- تفضل صوول.

- «أولا أحبّ أن أعبر عن سعادتي بكم. أظنّكم أفضل فريق متجانس صعدتُ معه، كما أحبّ أن أعبّر عن فرحي بتنوِّعكم، سواء من حيث البلدان التي أتيتم منها أو من حيث دياناتكم. إنني مسيحي كما تعرفون، لكن لدي أخًا مسلمًا، فهنا لا يكون الإنسان مُلزمًا بدين والديه، بل يختار دينَه حين يكبر، وأخي اختار أن يكون مسلمًا، ولذا أحسّ أن بيتي في أروشا قد اتّسع الآن بكم. وهذا أمر حقيقي ألمسه، وهو أكثر وضوحًا حتى من القمم. فهناك قمم حقيقية وهناك قمم

سراب.» وصمتَ صوول لحظات طويلة وهم يحدّقون إليه. مسح شفتيه بيده، ثم التفت إليهم وكأنه عاد من رحلة طويلة وابتسامة رائعة على شفتيه، وقال: «في كل إنسان قمةٌ عليه أن يصعدها وإلّا بقيَ في القاع.. مهما صعَدَ من قِمم.»

تعمَّق الصمتُ أكثر.

مضت بهم الكلمات إلى أماكن لم يصلوها من قبل، أماكن عميقة في أرواحهم، حتى أن ريـما نفسها وجدت نفسها شبه مخدَّرة، قبل أن تنتبه، وتعلق:

- كلام رائع صوول، أسمعه منك للمرّة الأولى!

- لأن هذه الرحلة غيّرتني، وتُغيِّرني. لقد قيل إنك لا تستطيع أن تستحمّ في ماء النهر مرتين، ويمكن أن أستعير هذه الحكمة، لأقول إنك لا تستطيع أن تصعد الجبل مرتين. ففي كل مرّة أنت تصعد جبلًا مختلفًا، سواء فيما يتعلق بالظروف المحيطة بالجبل، من مطر أو ريح أو شمس حارقة، أو عواصف ثلجية، أو روح الجبل المتفاعلة مع ما حولها، أو مع الناس الصاعدين معكَ أيضًا.

وتصفّح وجوههم وأضاف: أو ما يتعلّق بك نفسك، لأنك تصعده في كل مرة بمزاج خاص، بفكرة خاصة، بحالة روحية مختلفة لا تشبه سابقتها، وبحالة جسدية أيضًا لا تشبه سابقتها.

هذا ما أردتُ قوله، فشكرًا لاستماعكم.

- «الشكر لك صوول. أظن أن علينا الآن أن نستعد لنصعد، فأمامنا الكثير،» قالت ريـما، «لكنّني أحب أن أضيف شيئا صغيرًا بسرعة أيضًا حتى لا أصدع رؤوسكم. أرجو ألّا تفكّروا فيما تبقّى لكم من الرحلة، فكِّروا في كم أصبحتم قريبين من روح الجبل،

ومن أنفسكم. أكثر ما ستسمعونه بعد أقل من نصف ساعة من الآن هو صوت خطواتكم: تك.. تك.. تك. هذا الإيقاع هو أفضل بوابة للدخول إلى أعماق أرواحكم. من سينشغل بعدد الخطوات التي يخطوها لن يستطيع اللحاق بنفسه وبلوغ جوهرها. أنتَ بحاجة لأن تستدرج برقَّة كلَّ ما حولك لتبلغ نفسك: السماء، الجبل، الغيم، الرياح، المطر، الثلج، الشمس.

أظن أنني أطلت، لكن هناك شيئًا آخر اسمحوا لي أن أقوله أيضًا يمكن أن تعتبروه الكلام ما بعد الأخير.. وهذا وَعْد!»

ضحكوا.

- بعد قليل سيبدأ كل منكم بالتفكير: ماذا أرتدي؟ ماذا أخلع؟ كيف أُنظِّم تنفّسي؟ سيكون هذا في الساعة الأولى والثانية ربما. في الساعة الثالثة سيكون هناك نوع من الصفاء، وفي الرابعة والخامسة ستكون هناك تنقية للمشاعر وللروح. بعد ذلك، ستبدأ بالتأمّل، وتبدأ بحبِّ هذا الصفاء، وستدمنه مع كل خطوة، وستفكِّر: أريده مرة أخرى، وأريد أن يتذوّقه غيري.

- «تكفيني مرّة واحدة.» قاطعتْها نورة وهي تضحك.

ضحكوا.

- في كل مرّة صعدتُ فيها جبلًا، فكَّرتُ مثلكِ الآن. والآن أيضًا، أنا غير مشغولة بأن أكرّر المحاولة ثانية، لكننا لا نعرف كيف تتكوّن الأحلام وكيف تولد ما دام الإنسان حيًّا. هذا الصعود لم يكن حُلُمي قبل سنوات مثلًا، لكنني حلمْته وأنا أنظر إلى كليمنجارو من السهل. ويومًا بعد يوم تغذّى حُلمي على رغبتي أو على تصميمي، أو قراري، أو ربما قوة إرادتي. يمكن أن نختار لهذا الغِذاء أي اسم.

بدأ هذا الحلم نبتة صغيرة، راحت تنمو، وفجأة لم أعد قادرة على إخفائها.

وابتسمت، وهي تصفق داعية إياهم إلى الانطلاق: أستطيع أن أرى أحلامكم كلّكم. لنجهِّز أنفسنا، عشر دقائق ونبدأ الصعود.

وأعاد صوول وصيته: أرجوكم، انتبهوا لحبال الخيام وأوتادها.

في الظلام

لم يكن جبريل قد سار أكثر من خمس خطوات خارج الخيمة الكبيرة، حين تعثَّر بأحد حبال خيمة يوسف. كلّ شيء حدث بسرعة، حتى أنه لم يتأرجح. انقلب على وجهه، فارتطم صدره بحبل آخر من حبال الخيمة. كان يمكن أن يقع فوق وتد، وتد لم يكن يبعد أكثر من مسافة قدمين عنه. كان يمكن أن ينغرس في صدره، لكن ذلك لم يحدث. صرخ، شتَمَ كلَّ شيء، الرحلة والليل والجبل، وحين وصل مرافقه شتَمه أيضًا! وشتم الحبال والخيام! حاول أن ينهض، فلم يستطع. كانت الحبال قد تحوَّلت إلى شبكة أطبقت على ساقيه وذراعه الأيمن. حضر صوول وريـما. حضر كل من في خيمة الطعام، نورة ويوسف. طلبت أروى من غسان أن يلتزم مكانه. لم يتحرك. كان النعاس قد احتلَّ كل خلية في جسده. ألصق وجهه بالطاولة، ونام، حتى قبل أن تبلغ أروى باب الخيمة.

تعثُّره كان هزيمة أخرى، هزيمة كبيرة. هكذا أحسّ جبريل، مع أن كل شخص يمكن أن يتعثّر في الليل وفي النهار أيضًا! امتدّت يدا صوول لتحرِّراه من الشَّرك الذي وقع فيه، بعد أن تراجع مرافقه أمام صرخاته، وقد أحس أنه سيضربه.

لم يجرؤ أن يشتم أكثر وقد رأى عينَي صوول، رغم العتمة، تشعّان قوة وصرامة.

لا يُنكر صوول أنه لم يحبّ جبريل منذ أن رآه يصدر الأوامر للمرافقين، وكأنهم عبيد له. قال له: سيد جبريل، أحبُّ أن أخبرك أن هؤلاء الذين يعملون معي هم أنا، كما أنني هم أيضًا، وأحبُّ أن تعاملهم بطريقة جيدة.

هزّ جبريل رأسه موافقًا: بالتأكيد، ولكنني كما تعلم لن أطلب من أحد شيئًا هو لا يريد أن يُقدِّمه لي.

بمجرد أن ابتعد صوول، أخرج جبريل محفظته، وأعطى كلّ واحد من المرافقين عشرين دولارًا.

لقد أدرك أن حجم الفقر الذي يرزحون تحته سيجعلهم يتسابقون لتقديم الخدمات له!

لاحظ صوول ذلك. اختلى بهم ووبّخهم، وذكَّرهم أن كلّ ما يمكن أن يعطيهم إياه سيأخذون ما هو أكثر منه في نهاية الرحلة. كان التقليد أن يتبرع كلّ من يصعد بالمبلغ الذي يريد ويُسلِّم كل شيء إلى ريـما التي تُسلِّمه إلى صوول كنوع من الإكراميات للعاملين معه. ولكي يُسيطر على الوضع تمامًا، ويمنعهم من التسابق لخدمة جبريل، كلّف كل واحد منهم بأن يكون مرافقًا لشخص بعينه من فريق الصاعدين.

صاح جبريل ثانية، حينما حاول الوقوف. وعاد للجلوس على الأرض بين حبْلين. لمس ساقه اليمنى، صاح ثانية.

انحنى صوول، وقد أدرك أن الأمر أخطر مما توقّع.

* * *

حينما أدخلوا جبريل إلى خيمة الطعام الكبيرة رأت أروى غسان نائما، فأيقظته. أخرجوا الكراسي، أبعدوا بقايا الطعام، فأصبح بإمكانهم معرفة حجم الخطر الذي لحِق بساق جبريل.

كان الألم الذي يعاني منه يفوق كثيرًا تلك الخدوش التي غطّت عظمة السّاق من الأمام.

اختلتْ أروى بريـما وصوول خارج الخيمة: يبدو أن هناك كسْرًا ما. سننتظر نصف ساعة، وإذا تأكد ذلك سنعيده.

تقدم أحد المرافقين من صوول وناوله حقيبة الإسعافات، فناولها بدوره للدكتورة أروى. كان صوول يعرف بخبرته ومن الدورات الطبية التي التحق بها مثل هذه الإصابات، كما يعرفها من خلال تسلّقه الجبل وحوادث لعبة كرة القدم أيضا.

* * *

طلبت ريـما من الجميع أن يستعدّوا للصعود، وأكّدت: سنتحرّك في الرابعة تمامًا كما خططنا، فهذه هي فرصتنا الوحيدة للوصول إلى الجبل في النهار، وبدء النزول قبل غياب الشمس.

راحوا يتنقّلون بين الخيام بحذر شديد بحيث لم يروا شيئًا أمامهم سوى الحبال.

استيقاظات

سبع عشرة ساعة من الصعود والهبوط كانت أمامهم.

ذلك يومُ الأيام، ذرْوتها، والشاهد على تحقّق حلمهم.

في الرابعة تمامًا تحرّكوا، طابور طويل لا يُرى منه سوى أضواء كشّافات الرأس. لم تكن هناك سوى أضواء تتلألأ على جباه أناس يصعدون وآخرين يهبطون.

اختفى الجبل. اختفى كلّ ما حولهم، ولم تبق غير المساحات الصغيرة ما بين الصاعد ومَن أمامه.. لا شيء أكثر.

بعد نصف ساعة من المسير كانوا قد نَسوا أنهم يصعدون الجبل، كل واحد منهم راح يصعد شيئًا ما في داخله!

لم يعد النجاح أو الفشل موجودَين، وقد أحسّوا بأنفسهم يطفون في الهواء.

- بولي.. بولي.

قالها صوول بهدوء، هدوء مَن لا يريد أن يجرِّح ذلك الصمت الكبير، أو ذلك الاستغراق.

وكما كانوا هم ينظرون إلى من في الأعالي ويرونهم مثل فراشات مضيئة، أدركوا أن هناك من ينظر إليهم من الأسفل، ويراهم كذلك.

كان إميل يفكّر في هذا كله، ويستعيد حديث صوول عن القمة محاولًا معرفة ضوء يوسف من ضوء ريـما فلا يستطيع. كل واحد منهم أصبح ضوءًا، هكذا رآهم، ولا شيء يمكن أن يُسمع غير صوت الخطى واللهاث العميق.

فكَّر إميل في جيسيكا البوذية، جون المسيحي، سهام المسلمة المحجّبة، هاري اللا ديني. فكّر في ريـما الرقيقة القوية المغامرة، صوول المأخوذ بحبّ الجبل، أروى المتفانية، سوسن المتجمّلة ذات القلب الأبيض. تأمل كيف يجتمع هؤلاء كلهم؛ ليوصلوا أولئك الفتيان إلى القمة.

تأمل إميل هذا النسيج الإنساني القادم من ثلاث قارات، واكتشف فجأة أن هذا ما كان يحلم به طوال حياته، وها هو يتحقّق.

لم يشُكّ إميل لحظة في أنهم سيصلون القمة. كان قد عاهد نفسه: سأحملهم على كتفَي إذا ما اضطررت لذلك، حتى لو فقدتُ حياتي، حتى لو فقدتُ عضوا من جسدي؛ لا يهم. أريد أن يعرف العالم بأن مسيحيًا لبنانيًا حمل فتيانًا مسلمين فلسطينيين على كتفيه وأوصلهم إلى القمة. أريد أن يعرف أنني غسلت رجْل يوسف بيدي. وإذا ما تذكر يوسف هناك على شاطئ غزة ما فعلته فسأكون أسعد الناس. لم يبق الكثير، سأفعل كل شيء لكي يعبر يوسف الحدود مبتسمًا، ويواجه الحاجز العسكري مبتسمًا، وأولئك الجنود، الذين أفقدوه ساقًا وثلاثًا من أصابع يده، مبتسمًا.

* * *

بدأ الظلام يتلاشى وهم يواصلون صعودهم. انبعث وهج خلف قمة جبل ماونزي، وبعد لحظات بدأت الشمس تشرق، وكأنها تخرج من فوهة البركان.

توقّفوا يتأمّلون الشروق كما لو أنهم يرون الشمس تشرق لأول مرة. انتبه إميل، بدأ بالتقاط الصور. لوَّح له يوسف: كيفك يا خيي؟!

- ممتاز، حبيب قلبي.

التقط صورة ليوسف وهو يرفع يده المصابة ويحيّيه. استعاد إميل صورة يوسف في الأيام الماضية، وكيف كان يخفي يده المصابة دائما تحت إبطه. ضحك وصرخ: «أوووووو!» واجتاز الأمتار العشرين التي تفصله عن يوسف، واحتضنه.

* * *

جلسوا يشربون الماء، فاكتشف معظمهم أن المياه قد تجمّدت في الأنابيب البلاستيكية الخارجة من مطرات ظهورهم.

- تعرف، خيي إميل، نصحت نفسي ألا أنظر إلى أعلى باتجاه قمة الجبل، حتى لا أظلّ أفكر في المسافة الطويلة المتبقيّة لكنني أعتقد أن هذا غير صحيح.

- لماذا، خيي يوسف؟

- لأنني أعتقد أن الجبل لا يحب أولئك الذين يصعدونه برؤوس منكّسة. الجبل يحبُّ الجباه العالية.

- من أين تأتي بمثل هذا الكلام، خيي يوسف؟!

- لا أعرف، لكنني أظن أنه ما كان يمكن أن يخطر ببالي لو لم أكن اليوم هنا.

جناح السلحفاة

صاحت نورة: يا الله يا شباب.

ونشرت ابتسامتها الواسعة.

مرَّ وجه جبريل أمامها خطفًا. لم تعرف إن كان عليها أن تفرح أم تحزن لأنه لم يستطع إكمال الرحلة. همست لنفسها: رغم كل شيء، ربما كان من الأفضل أن يُكمل.

لم تكن نورة ممن يتمنّون شرًا لسواهم، فالشرّ الذي لحِق بها جعلها أشبه ما تكون بسلحفاة لا تفعل شيئًا سوى أن تُطلَّ برأسها، تضحك، وتعود إلى الداخل.

هي نفسها بدأت تدرك ذلك كلما ارتفعت أكثر باتجاه القمة. كان الجميع يضحكون، وكان يوسف الذي وصل إلى بوابة لوندوروسي متجهّمًا، قد بدأ يضحك، ويُغنّي، ويطلب من ريـما أن تُسمعه أغنيات مخزّنة في هاتفها النّقال. يوسف طلب أغنية (سوّاح)، وقبل الوصول إلى لاڤا تاور أسمعهم نكتة: في واحد أهبل سأل صاحبه، إذا بتعرف شو معي في الكيس بعطيك منّه سمكة! فرد صاحبه: بحر!

وضحك بسببها أكثر من الجميع.

تذكّرت نورة أنها كانت معظم الوقت، قبل الرحلة، تضحك أكثر

مما تحسّ، فضحكتها جاهزة وعالية دائمًا. ربما كان الصمت الطويل أثناء الصعود الفرصة التي لم تحظ بها من قبل.

تعترف نورة الآن بينها وبين نفسها أنها كانت تضحك كثيرًا لأنها لم تكن قبل أن تأتي تحبّ الصّمت، تضحك لتبدده، وتتكّلم كثيرًا لتبدِّده، وتعلن لا مبالاتها بما أصابها كي تبدّده، وكي تمحو أيّ نظرة إشفاق عليها.

لم تكن تريد أن يشفق عليها أحد، لكن بدا هنا أن للإشفاق أسماء أخرى، فهناك من يحبها، وهناك من يريد أن يدعمها بالوقوف إلى جانبها، وهناك من يحب أن يساعدها.

المساعدة هي الكلمة الأسوأ، الكلمة التي أغاظتها دائمًا. لكن سوسن قالت لها: كل واحد منا بحاجة للمساعدة، وقد كنتِ بحاجة إليها في عمّان حين داواك الطبيب، وكان يوسف بحاجة إليها هنا، ولم يقل عن نفسه إنه ضعيف لأن إميل داوى جرحه وخفف ألمه.

كل واحد كان بحاجة إلى المساعدة. هذا ما رأته، وقد راحت تراقب بعد أن حملوها ذلك الأمر. راقبت كيف كانت نجاة بحاجة للمساعدة، وتمنّت لو أنها تستطيع مساعدتها كي لا تعود مهزومة. وبدت نورة متأكدة وهي تواصل الصعود أن نجاة كانت ستقبل بأي مساعدة تُقدَّم لها من أجل أن تبلغ القمة معهم، وأنها هي - نورة - لن تتأخر لو طلب أحد مساعدة منها.

لم يعد يهمها أن تُظهر أنها غير مهتمّة، أو أنها أقوى من الجميع.

بعد نصف ساعة من الاستراحة الأولى أشارت إلى رِجْلها المبتورة، وقالت: جون، هناك مشكلة.

أعطى صوول إشارة لكي يستريحوا دقائق لاستكشاف وضع

منطقة البتر. تجاوزت ريـما إميل وأروى وسهام، وقرفصت أمام نورة: هل هناك ألم؟

- أكثر من العادة.

- دعيني أرَ.

انتزعت ريـما الطرف الاصطناعي بحذر، ووضعته جانبًا. كان الجميع يحدّقون في منطقة البتر خائفين. في المرّات الماضية كان معظمهم يستدير، لكنهم لم يفعلوا ذلك هذه المرة. كانوا خائفين من ألا تستطيع نورة أن تُكمل وقد قَطعت كل هذا الشّوط. ساعات قليلة تفصلهم عن القمة.

لم ترتبك نورة وقد رأتهم ينظرون إليها. أحسّت بأنهم ينظرون إلى شيء غير موجود أصلًا: تلك الساق التي لم تعد جزءًا منها. وفكّرت: «كيف خجلتُ دائمًا من نظر الناس إلى شيء غير موجود؟! هل كنتُ أخاف أن يروا القطع؟» وفكّرتْ: «هو في النهاية نهاية رِجْلي، مثلما يكون القدم نهاية أي رِجْل.» لكن التفسير لم يقنعها تمامًا، لأن نظرة الناس إلى نهاية رِجْلها السليمة لا يمكن أن تحمِل المعنى نفسه.

بدأت ريـما تعمل على تنظيف الجرح، بينما نورة في مكان آخر.

الشيء الذي لم تتوقّع أنها ستقبل به في أي يوم من الأيام هو أن تبدو ضعيفة، لكنها الآن تحسّ أن في بعض الضعف راحة ما، قوة ما! إنها تعترف به، في الوقت الذي لا يفكر فيه من حولها كضعف.

وأرَّقها سؤال غريب لم يخطر ببالها من قبل: لقد صعدتْ الجبل لتثبت أنها الأقوى، وأنها تستطيع أن تفعل ما لا يستطيع كثير من الأصحاء أن يفعلوه، ولكنها ستعود إلى قريتها أضعف، ولكن ليس بالمعنى المتداول للضعف.

تأمّلت قمة ماونزي، الانحدارات الحجرية، السفوح الثلجية، فشعرت أن جسدها كله يوشك أن يكون خارج الدّرع.

وجّه إميل الكاميرا إليها، وفوجئ أنها لم تبتسم، مع أنها تراه: شو يا خيتي، وين ابتسامتك الحلوة؟

- متوجْعة شوي.

- أي سلامتك، وسلامة قلبك. طيب تسمحي لي بها الصورة.

- أكيد.

صوّرها.

كانت تلك هي الصورة الأولى منذ أعوام طويلة التي لم تبتسم فيها وهي تنظر إلى الكاميرا.

- هل من الممكن أن أرى الصورة؟

أعاد إميل الصورة إلى شاشة العرض، وناولها الكاميرا.

تأملت الصورة وهي تهز رأسها يمينًا وشمالًا ببطء.

- مش عاجباك؟! بنعيدها.

- أبدًا، مش بطّالة. حلوة.

وفكرّت، من الضروري أيضًا أن يرى ذلك الضابط صورة لا أضحك فيها وهم يعالجون البتر، ليتذكّر ما فعله.

* * *

بدأت نورة تشعر أنها بحاجة لقليل من الدّلال، كأن تقول لهم بعد نصف ساعة من الصعود إلى القمة الأخيرة إنها تعبت. ولكنها كانت تعرف أنها ستؤخِّرهم أكثر، وبهذا ستعيق صعودهم، هي التي قالت متباهية لتلفزيون فلسطين قبل الصعود تلك الجملة الصافية: كثيرون يصعدون الجبل أما الذين يُعتبر صعودهم رسالة فهم قليلون للغاية.

أحب مذيع برنامج الصباح جملتها، وبدأ بكتابتها على ورقة في يده وهو يعيدها ليسمعها المشاهدون مرة أخرى.

رغم كل تغيّر طرأ أو يمكن أن يطرأ حتى لحظة وصولها القمة، كانت نورة ترى أنها كانت حكيمة حين قالت ما قالته للمذيع، وأنها مستعدة لأن تعيده ثانية وثالثة، لكن بنبرة أخفض وغرور أقلّ. لقد مضى الزمن الذي كانت فيه كلما وقفت أمام الكاميرا تلقي خطابا تحفظه غيبًا، وتمنّت أن يُعاد طرح كل سؤال أُلقيَ عليها أمام كاميرا مصوّر الفيديو المرافق للرحلة لتجيب ثانية كما تفكر الآن.

الآن فقط فهمت كلام ريـما: بإمكانك أن تضحكي أمام الكاميرا وأن تبكي حتى، فأنت بشرٌ مثلنا.

لكن نورة كانت تهزّ رأسها غير راضية عن قول كهذا، ولا تغيِّر سوى كلمات قليلة في الخطاب المُعدّ.

كان لا بدّ من وادي كارانغا، كي تحسّ بما تحسّ به الآن: إن هنالك جبلًا، وإن هذا الجبل هو الواقع، وإنها لن تكون أقوى منه حتى لو استطاعت أن تبلغ قمته، لا مرة واحدة فقط، بل عشر مرات!

***

في الاستراحة التالية التي جاءت بعد ساعة، مالت نورة نحو سوسن وقالت لها بلا مقدمات: «سأقول لك شيئًا لم أقله لأحد من قبل.» لكنها تردّدت في اللحظة الأخيرة، فقالت: أتمنى أن أنهي الثانوية، وأن أذهب إلى ألمانيا لأصبح أخصائية أطراف اصطناعية.

- ولماذا تهمسين في أذني بهذا الكلام. كنت أتوقّع أن تقولي لي شيئًا لم يسمعه أحد منكِ من قبل.

أبعدت نورة فمها عن أُذن سوسن، ونظرت إلى المنحدرات

وقمة ماونزي ثانية، وتنحنحت، كما لو أنها تريد التخلّص من كل الكلمات الملتصقة بسقف حنجرتها منذ زمن طويل، ثم مالت نحو سوسن من جديد: أحلم بأن أتزوج أيضًا ويكون لدي أطفال، أطفال أصحاء بلا أرْجُل مبتورة.

بكت سوسن. نسيت أن البكاء سيفسد مكياجها. مسحت دموعها، وقالت لها: ستتزوجين، وستنجبين أطفالًا أصحاء كما تتمنّين. أرى ذلك مثلما أراك الآن.

- «صحيح؟!» سألتها نورة غير مصدِّقة، وهي تبتسم.

فأقسمت سوسن: وحياة دموعي هذه، صحيح.

سُلَّم الأبد

يتجمّد كلُّ شيء، الأصابع، المياه، التراب، أصابع القدمين واليدين.

سُلَّم أبديّ، كلما صعدوا درجة زاد سبع درجات.

لم يعد الغيم وحده تحتهم، بل السماء أيضًا.

وليس في الأعلى سوى قمة، قمة لا تُرى.

الأنفاس مقطَّعة مثل حبل نجاة يتمزّق رويدًا رويدًا في اللحظات الحرجة، والهواء البارد يمرُّ على الوجوه بشفراته الخفيَّة الحادة مُجرِّحا وجوههم وأيديهم.

حتى أغنية (زَيْنَة) التي راح المرافقون يُردِّدونها لم تكن هي نفس الأغنية.. بهتت ولم تجد من يردّدها كما يليق بجمالها.

حاملًا حقيبته وحقيبة يوسف كان جون يواصل الصعود منهكًا. احمرَّ وجهه، واتّسع ذلك الجرح في ظاهر أنفه، وبدت عيناه ذابلتين، كما تهدَّل شعر غرَّته والتصق بجبهته حتى حاجبيه.

بحث عن القمة في الأعلى. لم تكن هناك! ولأول مرّة يحسّ أن قمته كانت خلفه طوال الوقت، قمته التي صعدها وعليه أن يصعدها كلّ صباح.

استعاد صورة سيزيف بصخرته، سيزيف الذي كلما أوشك أن يبلغ القمة وجد نفسه، هناك، في القاع، حاملًا صخرته من جديد!

في البداية بدأ جون بتلك الطفلة التي قرّر أن يوصلها إلى القمة رغم ساقيها المبتورتين، لكنه يعرف أن كل ما فعله أنه استطاع أن يبتعد بها عن القاع، وأن يوصلها إلى السّفح!

آلاف غيرها منذ الانتفاضة الأولى استطاع أن يوصلهم إلى السفح. وهو يدرك أنه ولألف سبب لن يستطيع أن يوصلهم إلى ما يشتهي. وفكّر أن يومًا قادمًا سيجيء لا بدّ، وسيستريح فيه.

تراجعت هموم جون السياسية.

كان يراقب تحوّلات السياسة بعينيه، لكن قلبه مشغول بما بين يديه من أطفال جرحى ومهشَّمين؛ أطفال بلا أعين وأذرع وأرجل، أطفال بلا أمعاء، أطفال برئات مثقوبة لم تعد قادرةً على تذوّق طعم الحياة في الهواء.

لم يكن متفائلًا بنتائج أوسلو، لم يرها لائقة بحكاية فلسطينية عمرها أكثر من مائة عام؛ بل لم يرها عادلة حتى لأولئك الصغار الذين عمل الكثير كي يوفّر العلاج لهم. لكن شيئًا ما كان يقول له: ستأتي أيام لن يكون هناك فيها قتلى وجرحى، أو بيوت تُنسَف وأشجار تُقتَلع.

«هل كنت تريد أن تستريح، جون؟ نعم، كنت أريد أن أستريح، لا بمعنى ألّا يكون هنالك عمل، بل بمعنى ألّا تكون هنالك آلام، وعذابات لا يستطيع العلاج مهما كان ناجعًا أن يشفيها.»

بدأ جون مشواره في مدن الضفة صحفيًّا محايدًا، ثم أدرك أن الحياد صفة لا تليق بالبشر، ولا حتى بالحيوانات! وحين رأى تلك الفتاة الصغيرة مبتورة الأطراف، لم يستطع إلّا أن ينحاز، لكنه لا ينكر

أنّ انحيازه هو انحياز المرء إلى ضميره في حدود الجرحى والمصابين أكثر من انحيازه لعدالة لا يجوز أن تظل مُهانة مغيبة.

«بعد أوسلو لم تكن قد استرحتَ بعد، فالذي تعالجه عليك أن تتابع حالته، أن ترمّم جسده وترمّم روحه أيضًا. كان يمكن أن تحمل نفسك وتعود إلى أمريكا، أن تعود لعالم الصحافة، لكن كلّ حالة عملتَ على توفير العلاج لها كانت تشدّك لتبقى. ولعل تأمّلك فيما يدور حولك من أحداث بخبرة الصحفي الراسخة فيك جعلتْكَ تتمهّل: لا تصعد درجات الطائرة. لا تتوقّف هنا. من يتوقّف في منتصف الطريق فكأنه لم يبدأ الرحلة، كأنه لم يتحرك من مكانه. لا معنى للرحلة إلا بالوصول إلى نهايتها.»

سمع رنين هاتفه، قال له أحد أصدقائه: جون، يؤسفني أن أقول لك إنهم استأنفوا القَتْل.

- ماذا؟

- القتل، جون، القتل.

شرح له صديقه ما حدث: أربعة أطفال، دفعة واحدة، من أطفال الخليل مزّقتهم رصاصات الدُّمدم.

- أربعة؟!

- أين السلام الذي ما زالوا يحتفلون به؟!

ركب جون سيارته، ومضى إلى الخليل مباشرة.

كان المشهد في المستشفى صورة لواحدة من مآسي مشاهد أيام الانتفاضة في المستشفيات: صياح وبكاء، فوضى في الممرّات وقلوب ممزّقة أمام أبواب العمليات.

*** * ***

كان على الطائرة التي لم يصعد جون درجاتها أن تُقلع، كان على آلاف الطائرات بعدها أن تُقلع.

في تلك الليلة حلم بسيزيف يصعد الجبل، كان يحمل ولدًا جريحًا على ظهره، وكلما سار عدة خطوات إلى الأعلى كانوا يضعون ولدًا آخر مصابًا، أو فتاة أخرى قتلوها فوق حمْله الأول.

كانت أرجل سيزيف تهتزّ كلما تضاعف العدد، وكانت أنفاس جون تتقطّع غير قادر على التنفّس وهو نائم في فراشه.

وفي لحظة ما اهتزّت أرجل سيزيف بقوة، اهتز جسده كله، وسقط. راح يتدحرج ويتدحرج، لكنه ظلَّ ممسكًا بالأطفال، يلتفّ عليهم بجسده ليحميهم؛ وهناك في الأسفل، ارتطم جسده بصخرته فأطلق صرخة عالية، كان صداها صراخه الذي بعثر السرير.

حين سار في الشارع في ذلك الصباح أدرك جون أنه لم يعد متعاطفًا، أو حتى منحازًا فقط. في ذلك الصباح حين بدأ بإلقاء التحيّة على جارته وجاره وصاحب الدكان، وطلبة المدارس الذين لا يستطيع أن يعرف من هو التالي منهم على قائمة الضحايا! في ذلك الصباح، أدرك جون أنه أصبح فلسطينيًّا.

* * *

كانت نورة قد عادت لتواجه الكاميرا بوجهها الشّاحب، لكنها وإن تخلّت عن ابتسامتها الواسعة لم تنس أن ترسم ابتسامة صغيرة تُرضي بها عدسة إميل، وتُرضي بها ما بقي فيها من نورة التي كانت قبل الجبل.

انتبه جون إلى يديها المتكئتين فوق عصَوَي الصعود. كانت تُشهر إبهاميها علامة على وضعها الجيد، فصاح جون عن بعد: نورة.. ارفعي علامة النصر، أنت فلسطينية.

ضحكتْ له وليس للكاميرا هذه المرّة. لكن إميل التقط الضحكة الواسعة التي باتت مُفتقدة. رفعت أصابعها بعلامة النصر، فصاح يوسف: حَرَاكَا حَرَاكَا!

* * *

لم يتذّكر جون حلمه بسيزيف إلّا بعد أن وصل إلى السفح الأخير، تحت القمة. أخذ نفسًا، وأحسَّ بأن ذلك الحلم قد يكون هو السبب في صعوده الجبل. كان يصعد وألم ما يمزّق قلبه، فقد كان عليه أن يستمر، رغم أن ظهْرَه لم يكن مثقلًا بآلاف المصابين وحسب، بل أيضا بجسد زوجته الراحلة، وبابنتيه اللتين، جازف، وتركهما خلفه وهو يعرف أنه ليس لهما سواه.

صعد جون وهو يعرف أنه سيصل إلى قمة أوهورو، وسيعمل المستحيل كي يصلها هؤلاء الصغار الذين معه. لكنه أحسَّ أن قمة أوهورو هي أسهل القمم التي عليه أن يبلغها، لأن هناك قمة خلْفه، عليه أن يواصل صعودها إلى ما لا نهاية.

عودة الهاربة

تأرجحت جيسيكا وبدتْ على وشك السّقوط. استندتْ إلى عصاها، وواصلت الصعود. تنبّه لذلك صوول وريـما وجون الذين كانوا قريبين منها. كانوا على استعداد للتدّخل.

توازنت.

مع أن جيسيكا شهدت أسوأ عاصفة شهدتها الولايات المتحدة منذ زمن طويل، إلّا أن البرد الذي كان يخمش جسدها هنا كان مختلفًا تمامًا.

فكّرت في المسافة التي كانت تقطعها بين باب بيتها وسيارتها: ثلاثة أمتار داخل الكراج، وبين السيارة والباب المؤدّي للمصعد في كراج البنك عشرة أمتار لا أكثر!

لم تستطع جيسيكا أن تتخيّل أنها بوصولها إلى القمة مساء، ستكون قد قطعت ستة وخمسين كيلومترًا سيرًا على الأقدام، وأن ثلاثة وثلاثين كيلومترًا في انتظارها نزولًا بعد ذلك.

لا تستطيع جيسيكا أن تُنكر أنها حين سارت ثمانية كيلومترات بين البيت والعمل كانت تظنّ أن هذا التّدريب كاف لصعود الجبل! إنه جبل في النهاية تبدأ من سفْحه وتصعد حتى قمته. وكما أخبرها توم مديرها: الصعود سيكون بزاوية ٤٥ درجة، لكنها فوجئت أن

الأمر كان مختلفًا، وأن عليها أن تصعد عدّة جبال، وأن تهبط وديانًا، ثم أن تتسلّق حائطًا ارتفاعه ثلاثمائة متر! وأن تنام في خيمة صغيرة، وأن يكون جسدها وحيدًا في مواجهة درجة ١٠ مئوية تحت الصفر، وأن تصدّ الثلج بسترتها لا بمكتبها الدافئ، وأن يغدو الذهاب إلى الحمام عذابًا ومخاطرة في ليل حالِك لا قمر فيه، وأن تشرب وتأكل غير ذلك الذي كانت تأكله وتشربه.

للحظة فكّرت أن توم لم يكن يكذب تمامًا، وأن كل ما حدث أنه حين علم بما ينتظره في الجبل من مشاق فرّ متكئًا على غموض حجته.

لقد خذلها إلى درجة أنه لم يكن معنيًّا بتوضيح الأمر لها. صحيح أنه أرسل رسالة نصّية التقطتها في لاڤا تاور، لكنه لم يقل فيها الكثير أيضًا. كان يطمئن، ويعِدها بأن يصلح ما أفسده!

نعم، لقد اعترف بأنه أفسد الرّحلة، هي التي لم تأتِ لولاه، ولكنها تنبّهت لشيء لم تتنبّه له من قبل: هل يكون اكتشف أن للرحلة هدفًا وأن فيها أطفالا مصابين ففرّ حتى لا يفاجأ بتهمة تنتظره في المطار عند عودته؟ كل ما فهمتْه منه أنها رحلة صعود لا أكثر. لقد أفسد توم الخطوات الأولى للرحلة أجل، ولكن لماذا عليها هي - جيسيكا - أن تواصل إفساد الرحلة بأكملها؟

كانت قد قرّرت: «إذا ما تجاوزتُ جدار بارانكو فسأتعامل مع الأمر على أنني أتيت وحدي مثل سوسن، نجاة، سهام، والبقيّة، مثل نورة التي فقدت طرفًا، لأكن مثلها. لقد وصلت مطار كليمنجارو مع توم، ولكن لتكن هذه الرحلة رحلتي، ولأبحث فيها عن كل ما يمكن أن يشدّني للأعلى، وأن أوقِف تشبّثي بكل ما يشدني للأسفل.

لقد انشغلتُ طوال هذا الوقت بمن هو خلْفي ونسيتُ تماما كل من هم بجانبي، أولئك الذين قدّموا لي كلَّ شيء، وساعدوني على أن أواصل، كما لو أنني واحدة منهم منذ زمن بعيد. وإذا كان هناك ما هو أسوأ من نسيان من هم بجانبي، فهو أنني نسيت المعنى الحقيقي لرحلة هؤلاء الأولاد الذين يصعدون الجبل بأعضاء مبتورة.»

حاولت أن تتذكر أي حديث تبادلتْه مع الأولاد. لم تتذكّر سوى تحية الصباح والمساء التي كانت تُلقيها عليهم، وهي خارجة من خيمتها أو هاربة إليها:

«نعم هاربة، حتى أنكِ لم تتبادلي أيّ حديث يتعدّى طوله عشر جُمل مع أي من أفراد الفريق! لقد أمضيتِ يا جيسيكا الرّحلة صامتة، ملتصقة بالجدار خلف سريرك في فندق أروشا، وملتصقة بزجاج الحافلة المتوجّهة بكم إلى بوابة لوندوروسي، وملتصقة بقماش الخيمة البارد، بعد أن أحسستِ أن نجاة كانت تريد أن تعرف شيئًا ما عن قصة قدومك، وعن ذلك الذي انسحب تاركًا قلبك وحده كما لو أنه لم يأت بك إلى هنا، إلى هذا الصقيع إلا ليُمسك بقلبك ويلقي به إلى أبعد مكان. لعل هذا القلب يتجمّد وتنتهين.

ولكن أما كان يمكن أن يوفّر على نفسه كل هذا العناء؟ ألّا يأتي بك إلى هنا! كان قادرًا على أن يفتح شباك مكتبه في الطابق الثامن والعشرين، ويلقي بقلبكِ في الهاوية. أنا على يقين من أن قلبكِ في تلك الحالة لن يصل الأرض، بل سيتجمّد، ويتفتت مع هبات الريح القوية، وسيتحوّل إلى ذرات صغيرة بيضاء من تلك التي أطبقت على نيويورك وشلّتْها.

جيسيكا، عليك أن تتوقّفي هنا، لقد قطعتِ كل هذه المسافة

باتجاه القمة، لم يبق لديكِ سوى مئات الأمتار، ربما أربعمائة متر، ربما ثلاثمائة. تداركي الأمر، ولتكن هذه الأمتار القليلة المتبقّية هي رحلتكِ الحقيقية! إنها كافية، صدّقيني، إذ ما قررتِ أن تبدئي منها، وأن تتجمّعي فيها. لم تكن مصادفة أنكِ استطعتِ الوصول إلى هنا في الوقت الذي لم تستطع فيه نجاة أن تفعل، وكذلك جبريل..

سرٌّ ما يجعل هؤلاء الأولاد يواصلون الصعود، قوة ما ترفعهم إلى الأعلى رغم أعضائهم المتقرّحة النازفة. لقد قالت لكِ سوسن أمس: أظن أن الشيء الوحيد الذي مكّنني من الوصول إلى هنا أنني أحسّ أنني واحدة من فريق حُلْمه أن يوصل هؤلاء الأولاد إلى القمة، ولعلنا لو لم نكن كذلك لانهار نصفنا، وعاد قبل وادي بارانكو، ولما تجاوزنا لاڤا تاور أبدًا.

أنت تعرفين يا جيسيكا أنكِ لا يمكن أن تكوني نقيضًا لحلم الذين معك، أنت دائمًا كنت طيبة ومتعاطفة وحسّاسة تجاه أي معاناة إنسانية، ولكن ما حدث هو الذي أربككِ: فرار توم، والعار الذي خلّفه لك، وقد انسلَّ فجأة كسارق تاركًا إياكِ عارية حتى من أي تفسير مقنع لاختفائه.

هل تتذكرين يا جيسيكا ذلك اليوم الذي ذهبتِ فيه لمشاهدة فرقة موسيقية من فتيان جاؤوا من رواندا للعزف على أحد مسارح برونكس حيث تسكنين، وقبل أن يتمّوا الحفل، كانت الأخبار قد وصلت لمدير المسرح: لقد أُبيدت بلدتُهم، ولم ينجُ سوى قلة من ذويهم! شقيقةُ واحدٍ من أعضاء الفريق استغاثت عبر الهاتف: قولوا لهم ألّا يعودوا، سيقتلونهم جميعًا.

في ذلك اليوم وقف مدير المسرح وأعلن بحزن شديد: هؤلاء

الأولاد لم يعد لهم أهل، لقد قُتِلوا كلهم، وسيكونون في عداد القتلى إذا ما عادوا.

في ذلك اليوم قرر كل من يستطيع أن يتبنّى ولدًا أو بنتًا، أن يتبنى واحدًا منهم، ووقفتِ أنتِ، وسرتِ نحو ذلك الفتى الأسمر النحيل الذي عرفتِ فيما بعد أن اسمه (جوما)، وقلت له هل تقبل أن تكون أخي؟ بكى، واحتضنكِ، لا لأنه وجد بيتًا، بل لأنه وجد حضنًا يستطيع أن يغمر وجهه فيه. وقبل أن تصِلي إلى البيت اتّصلتِ بوالدك، وقلت له: أحضر سريرًا وغطاء عند عودتك إلى البيت.

سألكِ: ولماذا أُحضر سريرًا جديدًا؟ فأجبتِه: لقد أصبح لدينا أخ جديد!

هذه هي أنتِ يا جيسيكا لا تدَعي أيّ شيء، أو أيّ أحد يُغيّرك؛ وإذا كان هنالك معنى للقمّة، التي تحدّث عنها صوول، فهذه هي قمتكِ التي يمكن أن تكون أعلى؛ وإذا ما استطعتِ أن تكوني جزءًا من معنى صعود هؤلاء الأولاد إلى أوهورو فلن يستطيع أحد أن يجرّكِ إلى الأسفل.»

فجأة قررت أن تقرأ ما لم تقرأه من رسالة توم. امتدّت يدها إلى جيبها الداخلي. أخرجت الهاتف دون أن تتوقّف عن المشي، بولي بولي، تجاوزتْ الجزء الذي قرأته من الرسالة: «سأهاتفك وأشرح لك كل شيء.»

أغلقت جيسيكا الهاتف. نظرت إلى القمة. أخذت نفسًا عميقًا، وأعادت الهاتف إلى جيبها الدّاخلي. فكّرت قليلا، ثم أخرجتْهُ ووضعتْه في جيبها الخارجي.

***

تجاوزت جيسيكا تسعة من أعضاء الفريق حتى وصلت إلى نورة. ابتسمت لها، وسألتها: هل تسمحين لي بالسير إلى جانبك؟ أظنني سأكون أقوى.

وقفت نورة المتعبة التي كانت قد بدأت تحسّ برجْلها الوحيدة تهتزّ. تأمّلت جيسيكا، وابتسمت لها: صحيح؟!

– بالتأكيد.

في تلك اللحظة أحسّت نورة بأن اهتزاز رجْلها قد توقّف. نظرتْ نورة خلْفها، وهتفت بسعادة: ويرّا ويرّا.

فردّد الجميع خلفها: ويرّا ويرّا.

ورفعت جيسيكا قبضتها في الهواء وأعادت النداء وحدها حين انتهوا من ترديده.

قِمَم.. قِمَم.. قِمَم

«أنت لا تستطيع أن تقول إنك ترى ما تراه حقًا إلّا إذا لمسته.»

فكَّر هاري.

امتلأ السفح برقائق صخور رمادية، وأتربة زلِقة، وجليد يتدلّى ملتصقًا بأبواب مغائر صغيرة لا يأوي إليها أي كائن.

بصوت عال طلبت ريـما من الجميع أن يواصلوا تحريك أصابع أرجلهم. خدرٌ ما كان قد بدأ يتسلّل إليها، ويُفقدهم الحسّ بها.

كانت فكرة القمة مثيرة بالنسبة لهاري، إذ كان يحسّ أن روحه ممتلئة بالقمم، قمم كثيرة لا تُحصى، وقد بلغ نهايات بعضها، وانزلق عن بعضها الآخر. فكّر بالحكمة الماثلة فيما قاله صوول، وقرر أن يجري حوارًا مستفيضًا معه بعد عودتهم من أوهورو. بالنسبة إليه لم يكن صوول في البداية أكثر من رئيس فريق المرافقين، وهو كما فهم، لم يتلقّ تعليمًا عاليًا.

شيء ما كان يحيره في هذه الشخصية القادرة على تحقيق الكثير، فهو وسيم للغاية بحيث يمكن أن يكون نجمًا سينمائيًا، ولو كانت لديه قصة ستتحوّل إلى فيلم، بطلها رجل إفريقي، لما تردّد في ترشيح صوول لهذا الدّور.

«هل يكون هذا الـ صوول قد بلغ قمّته حين قرر أن يكرِّس حياته للجبل؟ أم بلغها بعد أن وصل إلى قمة أوهورو؟ وهل كان سيواصل الصعود لو أنه فشل في المرة الأولى؟ وإلى متى يمكن أن يظل يحاول حتى ينجح؟ أم أن أحدًا لديه هذا التصميم المليء بالحب والشغف لا يفشل أبداً؟»

عاد هاري للبحث عن قممه الخاصة، وحيّره أن من الصعب عليه أن ينذر حياته لقمة واحدة. إنه ممتلئ بالقمم، لكن تلك القمم لم تكن على ارتفاع واحد.

يعترف أنه نفسه كان أعلى من بعض القمم، لكنه هبط كثيرًا لكي يبلغها بدل أن يصعد! هيلين من تلك القمم المنخفضة بالتأكيد. كل ما حدث أنه حين استطاع الوصول إليها لم تكن هي الهدف بل وصوله إلى خوض غمار مغامرة كبيرة في إفريقيا كان هو الهدف؛ ولذا فإن كل ما حظيَ به هو السّهل المحيط بكليمنجارو، لا كليمنجارو نفسه. وعندما دارت الطائرة في السماء، فوق القمة لم يكن قد بلغ القمة فعلًا، فلم يكن يستحق أكثر من النظر إليها عن بعد.

«أنت لا تستطيع أن تقول إنك ترى ما تراه حقًا إلا إذا لمسته.»

في رحلته مع هيلين لم تكن هناك أي قمم، كانت القمة في مكان وهو في مكان آخر.

أخذ نفسًا عميقًا ونظر إلى الأعلى، وحده الارتفاع هناك. ارتفاع متواصل ليس بعده سوى سماء زرقاء باردة تختطفها غيوم كثيفة من أمام عينيه، وطائر كبير لا يعرف من أي غيمة بيضاء سيظهر فجأة قبل أن يختفي.

تذكّر هاري ساقه، معجزةَ الاحتفاظ بها، الاحتفاظ بها قمة لا

يمكنه استبدالها بأي قمة. لكن الفضل لم يكن له في بقائها جزءًا من جسده، كان الفضل يعود لأولئك الأطباء الذين فعلوا المستحيل بعد أن بدا قرارُ بترها لمعظمهم هو الحلّ الأخير.

تحركَ هاري باتجاه صوول، وفي رأسه اعتراف وسؤال: صوول، لقد أخفيتُ عنكم، قبل الصعود، أنني كنت على وشك فقدان ساقي. لا أعرف إن كنتُ أقول لك ما أقوله الآن لأننا وصلنا إلى هذه النقطة، ومن الصعب أن تعيد التفكير في مسألة مشاركتي، أم لأنني مدين لك بهذا؟ أما سؤالي، فهو: هل تستطيع أن تميّز من يمكِنه بلوغ أوهورو ممن لا يستطيع من بين الناس الذين ترافقهم؟ وإذا سمحت لي بسؤال آخر، يمكنك ألا تجيب عنه: هل كنت تعتقد أنني سأواصل حتى النهاية؟

- تريد الحقيقة مستر هاري؟ لم أكن مشغولًا بأمر وصولك إلى القمة من عدمه؛ لأنني كنت أعرف أنك ستصلها. ما أرّقني هو مسألة: لماذا يصرّ هذا الرجل على خداعي بالادعاء أنه لا يعاني من مشكلة؟ لم أكن أريد منك سوى أن تخبرني بهذا. حيّرني أنك لم تنتبه إلى أنني أصعد مع أولاد فقدوا أطرافهم، وأنني لم أصعد معهم إلا لأنني مؤمن بأنهم سيصلون، في الوقت الذي بقيتَ فيه تشكّ أنني لن أكون إلى جانبك في هذه الرحلة بسبب مشكلة ساقك، تمامًا مثلما أنا إلى جانب الجميع!

- أعتذر لك فعلًا. ولكن بقي سؤالي: هل تستطيع معرفة أولئك الذين يستطيعون الوصول؟

- أيضًا، ليست هذه هي المشكلة مستر هاري، فكثيرون يصعدون معي ويصلون القمة، لكنني حين أنظر إليها تكون فارغة،

وأحيانًا حين التقط صورة لعشرة منهم فوق القمة، أحسّ أن اثنين أو ثلاثة سيظهرون في الصورة ليس غير، ولن يظهر فيها الآخرون! كثيرون أحسُّ أن القمة التي وصلوها لم تزل أعلى منهم بكثير. وفي بعض الأحيان يفاجئني أناس بأنهم أعلى من القمة بكثير حتى قبل أن يصلوا إليها، حتى وإن لم يصلوها! أوهورو ليست كل شيء مستر هاري، أوهورو جزء من هذا المشهد الواسع الذي نسميه الكون؛ من الرائع أن تصلها بالتأكيد، ما دمت قد جئت لتحقيق هذا، لكن هناك ما هو أهم دائما: ما الذي تريده من كل قمة تصعدها؟ هل تستطيع أن تملأها أم لا؟ يستطيع رجل أرعن أن يقتل كاتبًا رائعًا مثلك برصاصة واحدة، لكن هل يستطيع أن يكتب كُتبًا جميلة مثلك؟ ويستطيع ضابط مغامر مغرور أن يقتل بطلًا، لكن هل سيكون قادرًا على أن يحلّ مكانه فوق القمة التي كان يجلس عليها ذلك البطل؟ ما يهمّ في ظنّي: هل تستطيع أن تملأ المكان الذي أنت فيه، سواء كنتَ حامل حمّامات أو فنانًا، أو متسلّق جبال، أو ربَّ عائلة؟ إذا كنت تملؤه فعلًا، فأنت في القمة مستر هاري.

هل أصارحك بشيء مستر هاري، أنا أرى أن الدنيا سلسلة هائلة من القمم، كل خطوة يخطوها الإنسان هي قمة، إن كانت في الاتجاه الذي لا يخون فيها الآخرين ويخون نفسه. هناك قمم أكثر عددًا بكثير من أعداد الناس الموجودين على هذا الكوكب، وأكثر ما يحيرني أن معظمنا لم يزل يعيش روحيًا في أقل المناطق انخفاضًا.

صمت صوول، وفرك شفتيه على عادته.

- سؤال أخير صوول، هل تسمح لي؟ من أين تأتي بكل هذه الأفكار حول معاني القمة؟

– مستر هاري، لأنني لا أفكر بشيء سواها منذ أن اخترتها طريقًا
للحياة، لأنني حين وصلتها أول مرّة انتابني إحساس غريب: ها قد
وصلتها يا صوول، هل أنهيتَ كل شيء؟ ما الذي ستفعله بعد ذلك؟
ولذا وجدت أن الوصول إلى أي قمة ليس سوى الخطوة الأولى
للتفكير في معناها، ولهذا لم أتوقّف منذ ذلك اليوم عن الصعود.
وإذا ما أردتُ أن أكثف هذا الكلام في جملة واحدة، سأقول: تبدأ
الرحلة حينما تنتهي الطريق.

ومسح صوول شفتيه مرة أخرى، وأضاف: ولكن ولأنك اعترفت
لي مستر هاري سأعترف لك أيضًا: إن فكرة وجود قمة في داخل كل
إنسان، لم تخطر ببالي إلّا بسبب وجود هؤلاء الأولاد، فقد أحسست
أن روحي تنضج هذه المرّة على نار من نوع آخر. واسمح لي أن
أضيف شيئًا أخيرًا: لا يمكنك أن تصعد القمة وحدك، لا يمكنك أن
تصعدها إلّا إذا اصطحبت الآخرين معك، وبغير هذا لن تملك إلّا
وهْمَ أن القمة أصبحت لك، لأن البرد والوحشة والوحدة هي الأشياء
الوحيدة التي يمكنك أن تحظى بها هناك.

– صوول، هل تكتب كل هذا الكلام؟

– بالطبع مستر هاري، أكتبه، أكتبه بأن أعيشه.

ألف رقصة

حين كانت ريما تنظر إليهم وتراهم على وشك بلوغ القمة، كانت تعتقد أنها تحلم.

تذكّرت كيف رأت منطقة البتر في رِجْل نورة أول مرة، فزعٌ ما أصابها، ولكن حينما رأتها تتدرّب، حين رأتها تُطلِق ضحكتها الشهيرة، طمأنت نفسها: ستفعلها هذه البنت، ستفعلها حتى لو اضطرّتْ أن تطير. ولم يكن ما أحسّت به تجاه يوسف مختلفًا. صحيح أنها لم تكن قد التقت به، بل رأت تقريرًا مصوَّرًا عنه وهو طفل، إلا أنها كانت على يقين من أنه سيفعلها ذلك الصغير مبتور الساق الذي يلعب كرة السلة متقافزًا على ساق واحدة ويضحك.

استعادت الرحلة من بداياتها لكي تتأكّد من أنها ترى ما تراه فعلًا: إنهم على وشك بلوغ القمة.

استعادت تلك الليلة التي كانت تنتظر فيها خبرًا من يوسف يشير إلى أنه استطاع تجاوز الحواجز والحدود، والوصول إلى عمّان.

ساهرةً كانت في بيت عائلة فلسطينية في دُبي، هي التي لم تستطع النوم لستة أيام متتالية، بعد أن بدا أن خروج يوسف هو المستحيل، وأن الصعود سيكون ناقصًا دونه، حتى لو بلغ الفريق القمة.

– أتعرفون، إنَّ فشلَ يوسف في الخروج سيحطّمه؟ إنه يعرف أن هذا العام هو العام الأخير الذي يمكن أن يصعد فيه القمة.

استغربت ربّة البيت كلام ريـما، وقالت: ولماذا لا يستطيع القدوم السنة التالية، في رحلة تالية؟

– في السنة التالية سيبلغ السادسة عشرة، وسيكون عليه استخراج هوية لأنه أصبح شابًا، أي رجلًا، وعند ذلك ستتضاعف العوائق التي يضعها الإسرائيليون في طريقه ألف مرة.

– لا، لا تضخِّمي المشكلة يا ريـما. لا أظن أن هذا الولد سيتحطم. إنه مثل غيره من الأولاد، لقد اعتادوا خيبة الأمل.

كان بودِّ ريـما أن تطلب من تلك المرأة أن تعيد جملتها، لا لأنها لم تسمعها، ولكن لأنها كانت تريد أن تصرخ في وجهها، إلا أنها لم تطلب من المرأة ذلك بل نهضت، وخرجتْ، وحين أغلقوا الباب خلفها شعرت بأنها لم تكن تملك القوة لتصل إلى سيارتها، فجلست على العتبة، وبدأت تبكي بحرارة، وقد أحست أن جرحًا هائلًا شقَّ روحَها.

ذبحتْها الجملة، ذبحها أنه لم يبق أمام يوسف سوى شيء واحد، أن يتقبّل خيبة الأمل، أن يعيش معها!

مسحت دموعها، نهضت، التفتت نحو الباب الذي خرجت منه، وصرخت: سيخرج يعني سيخرج.

* * *

تحوّلت تلك الحادثة إلى حيوان مفترس يلتهم أحشاءها، إلى أن استطاعت إخراج يوسف من لحظة الصّفر. لقد نجحت بذلك وهذا يكفي، فمجرد وصوله إلى هذه النقطة كان يبعثها حيّة من جديد.

لكن ذلك الحيوان المفترس كان يعود بين حين وحين ليلتهمها كلما خطرت ببالها تلك الجملة: لقد اعتادوا خيبة الأمل.

تأملت ريـما خطواتهم وهم يصعدون باستمتاع من تتأمل خطواتٍ فاتنةٍ لراقصين أدّوا ألف رقصة قبل أن يقدموا رقصتهم الكبرى.

تتوقّف وقد نسيت الرياح الباردة التي تصفع وجهها؛ لتراقب كل خطوة، كل خطوة لهم باتجاه الأعلى. كانت المعجزة تتحقق أمامها. تكاد تبكي، لكنها لم تفعل.

في الاستراحة التالية رأت يوسف وحيدًا على غير عادته، يجلس فوق صخرة. بحثت عن إميل، الذي لا يفارقه، فرأته يبول بعيدًا، حيث لم تعد هناك صخور يمكن أن يتواروا خلْفها.

رآها يوسف، ابتسم لها، وعلى غير عادته أشار لها أن تأتي بسرعة.

تقدّمت نحوه محاذرة أن تُرهق رئتيها.

ربّتَ على صخرة بجانبه يدعوها للجلوس. جلستْ. توقّعت منه أن يقول شيئًا، ظلّ صامتًا، كانت تنظر إليه، وهو ينظر إلى البعيد. وبعد لحظات التفت إليها وقال: «تعرفين ست ريـما، طوال الرحلة كنتُ أحسّ بأن ٩٩ بالمائة من سوء الحظ تطاردني، وأعرف أنكم أحسستم بهذا، بل وقلتم: بعد كل المصاعب التي اعترضت طريق يوسف لم يبق سوى أن يثور بركان كيبو!» وحاول أن يضحك، فلم يستطع. صمت قليلًا وأضاف: «ولكنني الآن أصبحت على يقين بأنني استطعت بالواحد بالمائة من الأمل التي تمسَّكت بها أن أهزم الـ ٩٩ بالمائة السيئة، وأنني بهذا الواحد بالمائة كنت أنا من

يطاردها، وليست هي التي تطاردني.» تجنّب النظر إلى عيني ريـما الدّامعتين وقال: «ثم إنني الآن أستطيع أن أقول لك بأنني أعرف جواب السؤال.»

– «أي سؤال؟» ومسحت ريـما دمعة أفلتت من عينها اليمنى.

– السؤال الذي كان الناس يسألونني إياه في غزّة. أصدقائي بشكل خاص، أو أشباه أصدقائي في الحقيقة.

وصمتَ ثانية.

– «وماذا كان السؤال؟» سألته ريـما، وقد أحسّته رقيقًا بحيث تستطيع كلمة زائدة أن تقتله.

– كانوا يسألونني دائمًا: أنت، يوسف، ما الذي فعلته في حياتك أكثر من أنكَ أُصبتَ؟! الآن سأقول لهم: لم أكن أنا الذي أَصبْتُ نفسي، كان هنالك من أصابني، وقتل أصدقائي أيضًا، أما ما فعلتُه أنا فقد استطعت أن أتسلق كليمنجارو، فما الجبل الذي تسلقتموه أنتم؟! أنا حلمتُ واستطعتُ أن أحقِّق حلمي، كم عدد أولئك الذين حلموا منكم بشيء وعملوا على الوصول إلى أحلامهم؟! أعرف أنكم كلكم تحلمون، لكنني لم أقبل بأن أحلم فقط، لقد صعدت إلى حلمي برِجْل واحدة.

أشارت ريـما للمصور السينمائي أن يأتي، وحين وصل، طلبت من يوسف أن يعيد ما قاله. هزَّ رأسه بهدوء وقال: الكلام الذي قلته لا يقال إلّا لك، الكلام الذي قلته لا يمكن للكاميرا أن تحسّ به!

استدار يوسف، استند بيديه إلى الصخرة التي يجلس عليها. نهض، وقد أحس بأن كمية الأوكسجين التي دخلت رئتيه لا تقلُّ عن تلك التي كانت تدخل رئتيه على شاطئ غزة، وصرخ: ويرّا، ويرّا

فردّد الصاعدون ومعهم الجبل: ويرّا ويرّا.

راقبته ريما وهو يبتعد.

***

– «مامبو؟» قال صوول ذلك وهو يسير بجانب هاري.

– «مامبو بوا.» ردّ هاري.

– «أظن أيها الرجل القوي أنك مدين لي بشيء. لقد وصلنا القمة تقريبًا.» قال صوول.

– لم أنسَ هذا أبدًا، لكنني لا أعرف إن كان هذا هو الوقت المناسب لاعترافي.

– ما زال الأمر يحيّرني، كيف يمكن أن تكون عرفتَ بأمر هذه الرحلة منّي، ونحن لم نلتق من قبل!

– صدّقني يا صوول، الحكاية طويلة، لكنني أعدك أن أكتب لك من باريس، أو من نيويورك. هناك شيء يجب أن يتحقق كي يكون لاعترافي معنى، وبغير ذلك لن تصدِّقه.

– قد تستغرب مستر هاري، هناك أنواع من الانتظار أحبها أحيانًا. سأنتظر.

***

فجأة وجدوا أنفسهم أمام تلك اليافطة الكبيرة التي تظهر بشكل مباغت تمامًا، هم الذين كانوا يظنون أن عليهم أن يسيروا طويلًا حتى يبلغوها.

بدأ البكاء بمجرد أن رأوها، وحين وصلوها تضاعف، وحين احتضن الواحد منهم ثلاثة في آن واحد تعالى النشيج، وجمّع بعضهم آخر ما فيهم من قوة وقفزوا في الهواء. لكنها لم تكن القمة.

- «القمة هناك،» أشارت لهم ريـما، بعد أن شبعوا فرحًا وبكاء:
- هذه ستيلا بوينت.

نظروا إلى البعيد، فرأوا قمة عالية، لا تكاد اليافطة الكبرى فوقها تظهر. ووصلتْ سهام، كانت الأخيرة. بدأت تبكي قبل أن تحتضن أيًّا منهم، قبل أن يحتضنها أحد. على بعد عشرة أمتار جلستْ، ثم تذكَّرت أن عليها أن تسير عشرة أمتار كي تقول إنها بلغت القمة. نهضت، سارت بخطى مهتزّة، وصلتْ، احتضنوها، بكت أكثر. وأشارت لها ريـما: القمة لم تزل هناك.

صُعِقتْ، راحت تهذي: أيّ قمة؟!

- قمة أوهورو. هذه قمة ستيلا بوينت.

ارتبكت، لكنهم دفعوها للوقوف مع الجميع لالتقاط الصورة الجماعية التي لا يكون الصعود صعودًا إلّا بها.

كل ما في أجسامهم من طاقة انتهى حين اعتقدوا أنهم وصلوا.

من جديد عادوا لتجميع أنفسهم. ساروا بفرح أقلّ وخطى أثقل. وسارت سهام خلفهم، وانفلتَ يوسف وإميل صاعدَين، متجاوزَين الجميع.

* * *

تضاعفت قوة الرياح الباردة. ساعة أو أقلّ كانت تفصلهم عن قمة أوهورو، لكنها ساعة أطول من أيامهم الستة التي أمضوها صاعدين.

في منتصف المسافة توقّفوا، وتأملوا المنخفضات حولهم، وكتل الجليد العملاقة. أحسوا أنهم لم يعودوا في هذا العالم. شيء ما غريب منحهم إحساسًا لم يعرفوه من قبل. إنهم على كوكب آخر، إنهم يحلّقون في السماء.

قال صوول: أرجو أن نكون قد بلغنا الآن المرحلة التي تعيشها هذه الكتل الثلجية.

- «التجمّد؟» علّقتْ نورة، «لقد تجمّدنا ألف مرة.»

- بل التّسامي، هل تعرفون أن هذا الجليد لا يذوب، بل يتبخّر، تصعد المياه التي فيه إلى الأعلى؟

- «كيف ذلك؟» سأل جون.

- «العلماء يعرفون الإجابة بالتأكيد، لكنني لم أبحث عن إجابتهم لأنني أعتقد أن من يصل إلى هنا عليه أن يواصل صعودًا من نوع آخر هو التّسامي.» وصمت قليلًا ثم قال: أظن أن رحلتنا ابتدأت الآن.

كان على سهام التي كانت أكثرهم تعبًا أن تتشبث بنفسها، وقد أحسّت بأنها على وشك أن تركض نحو حافة الجبل كي تطير.

أما الدكتورة أروى فمسحت دموعها وهي تتأمل نورة ويوسف، وسارت خلفهما حريصة على أن تملأ روحها بكل جمال تلك اللحظة.

* * *

أغمضت نورة عينيها، وقد بدأت تحسّ أن شيئًا ما يحدث لساقها المبتورة. بعد قليل تأكّد لها أن ساقها تنمو، تنمو ببطء. التفتت نحو يوسف لتتأكد من أن ما يحدث لها يحدث له.

- حين كنت صغيرة، كنتُ أسألكِ دائما، يمّه، أين رجْلي؟ ماذا كنت تقولين لي؟ كنت تقولين إن رجْلك على رأس الجبل، وحين تكبرين قليلًا سأصعد بنفسي وأحضرها لكِ من هناك! لكنكِ لم تقولي لي مرّة واحدة، هل تقصدين قمة جبل عيبال أم قمة جبل

جرزيم. يمّه، لقد كبرتُ كثيرًا، لم تأتِ رجْلي، ولا أنت أحضرتِها، يمّه. لن أنتظر أكثر مما انتظرت؛ أنا ذاهبة إلى هناك كي أحضرها بنفسي!

أحسّت بساقها الاصطناعية تسقط مثل ورقة صفراء في الخريف، وهبت ريح فرأت ساقها تحلّق مبتعدة، وكذلك ساق يوسف. وما هي إلا لحظات حتى رأت السماء ممتلئة بالسيقان الاصطناعية التي تجرفها الرياح بعيدًا!

راقبت نورة المشهد، ونشرت ابتسامتها. التفتتْ إلى يوسف فرأته يحدّق حيث تحدّق ويبتسم أيضًا. عادا يسيران.

توقفا ثانية وقد تذكّر يوسفُ غسانَ، تذكّر أي رغبة تلك التي اعتصرت قلب الدكتورة أروى، بأن يكون غسان ثالثهما.

كانت معجزة نصرهما أمامهما. سارا بالسرعة نفسها محاذِرَين أن يسبق أحدهما الآخر ولو بسنتمترٍ واحد. وكلّما تقدّما، أعلن وقْع خطواتهما أن لحظات قليلة، لا غير، أمامهما، قبل أن يقتسما بالتساوي معجزة الصعود.

وراح الزمن يتقدّم ببطء، ببطء شديد، والقلوب تخفق بقوة، بعد ستة أيام طويلة كعُمْر، واليافطة التي تتوسّط القمة، تعلن ترحيبها بهما:

تهانينـــــــا!

أنت الآن على قمة أوهورو

بارتفاع ٥٨٩٥ مترًا

في تنزانيـــــا

النقطة الأعلى في إفريقيا...

وما إن لامسا اليافطة الخضراء المكوّنة من سبعة ألواح، حتى راحت سوسن تغنّي من عمق قلبها:

آ.. ويْها ويا جبل كليمنجارو
آ.. ويْها ويا يوسف بقى جاره
آ.. ويْها ويا نورة راح توصِّل
لكلِّ الناس في العالم أخباره

وما إن انتهت، حتى حلّقت الزغاريد مثل رفّ طيور بيضاء فوق قمة الجبل!

٦ أيام أخرى

بوابة موويكا.. أروشا
الساعة ١٥:٠٠، ٢٧ كانون الثاني (يناير)

اتّصل توم بصوول، وطلب منه أن يتحدّث مع جيسيكا: حاولتُ الاتصال بها، يبدو أن هاتفها مغلق.

- معظم هواتفنا لا تعمل لأنها بحاجة إلى شحن. انتظر قليلًا سأعطيها الهاتف.

اقترب صوول من جيسيكا. كانت في نهاية طاولة الغداء التي أُعدّت لكي يتناولوا وجبة مختلفة عن تلك الوجبات التي تناولوها طوال تسعة أيام.

- توم يريد أن يتحدّث معك.

تناولت الهاتف، وقبل أن تقول شيئًا فاجأها: جيسيكا، أنتظرك في الفندق، لكنني أريد أن أقول...

ألقتْ نظرة على قمم أشجار الغابة المطرية المحيطة بالاستراحة، الأشجار العالية، وصمتت قليلًا:

- «توم سنتحدث في الفندق.» وأغلقت الهاتف وناولته لصوول، وشكرته.

* * *

أمام الفندق كان توم ينتظر. راقبَ الحافلة تعبر بوابة الساحة

فانطلق نحوها حتى توقّفت أمام الدرجات الأربع لبوابة فندق بلانت لودْج.

- «اسمحوا لي؟» طلبتْ جيسيكا من الجميع، وسبقتهم لتكون أول من ينزل.

أخلوا الممرّ الذي يفصل بين المقاعد، وقد رأوا توم على وشك الصعود إلى الحافلة لاستقبالها.

كانوا يتوقون لمعرفة نهاية حكاية لم يعرفوا حبكتها.

حرارة الجو كانت عالية كثيرًا مقارنة بسفوح الغابة خلفهم.

أمسكتْ جيسيكا بيد توم وجرّته. كانت تسير بسرعة أمامه، وهو يتبعها بخطوات مرتبكة. ظلّت تسير به إلى أن وصلتْ نقطة بعيدة من الصعب أن يسمع صوتهما أحد وهما يتحدّثان عندها.

- ما الذي تريده، توم؟!

- أريد أن أشرح لكِ ما حدث.

- «توم، ربما كنتُ بحاجة لتقول لي شيئًا أيّ شيء قبل صعودي الجبل؛ كنت عذرتكَ؛ لكنك رفضت أن تتحدّث معي في الأمر تمامًا. الآن لستُ بحاجة لأيّ توضيح.» ورفعتْ يدها وأشارتْ إلى ناحية الجبل الذي لا يظهر، وأضافت: «فوق الجبل تغيّر كلّ شيء.»

- كان يمكن أن تتبعنا إلى هنا، ماري، زوجتي، وتعرفين أي إحراج ذلك الذي كنا سنقع فيه لو حدث ذلك.

- إحراج! لمن؟ لكَ؟ لها؟ أم لي؟ وهل تعتقد أن الموقف غير محرج لي ولكَ أيضًا الآن. بربّك توم، كيف استرضيتها؟ هل اشتريت لها سيارة جديدة كالمرّة السابقة؟!

صمت توم.

- لقد عُدتَ إلى نيويورك، استرضيتها بسيارة، وعدت ثانية لتسترضيني! توم، أتعرف توم، أنا لستُ مستاءة منها. إنها امرأة تعرف ما تريد، تريدك أن تواصل الدّفع لها لتصمتَ عن علاقتي بك. تدفع لماري كي توافق هي على أن أكون لك! لقد احتملتُ المرة الأولى التي استرضيتَها فيها. لكن الأمر غدا مزعجًا لي. أحسّ بأنني أصبحت رخيصة في هذه العلاقة. أنا لا أشك توم بأنك تحبني. لكن زوجتك أصبحت قوّادتي التي تقبض الأجر. المشكلة أن هناك أجرًا مقابل ما أقدّمه لك. هكذا أصبح الأمر مخزيًا. صحيح أنك لا تُسلّمني المبلغ، لكن هناك من يقبضه! ولذا، لم تعد أنت محترمًا، ولا هي محترمة، وقد قررتُ هناك فوق الجبل أن أكفَّ عن كوني غير محترمة أيضًا.

مبهوتًا كان توم يقف أمامها. امتدّتْ يدها نحوه وقالت: وهذه استقالتي من العمل أيضًا.

كان مذهولًا بحيث لم يمدّ يده ليتناول كتاب استقالتها. رفعتْ يدها وحشرت الاستقالةَ في جيب قميصه، وعادتْ صوب الحافلة، حيث كان الجميع يراقبون المشهد خِفية، والحمّالون يتظاهرون أنهم منهمكون في إنزال الحقائب.

أروشا

الساعة ١٦:٣٠، ٢٧ كانون الثاني (يناير)

لكي تستطيع التمتّع بأي رائحة زكيّة حولك، كان عليك أن تستحم أولا.

راقبت ريـما المياه التي كانت تصبّ في بالوعة الحمام: بُنيَّة مثل جدول متدفّق وسط عاصفة شديدة من الأمطار.

لو لم تكن في الجبل، لظنّت أن جسدها المخلوق من تراب ينجرف أمام الماء كما ينجرف حقل أمام سيل.

راقبت كل تلك الأوساخ العالقة بها منذ تسعة أيام، وشيئًا فشيئًا بدأت تحسّ بأنها مع كل قطرة ماء تصبح أخفّ! وحين انتهى الحمام الذي استهلكت فيه كل ما في السّخان من مياه ساخنة، سارت ثلاث خطوات، ومسحت المرآة المضببة بالبخار بالمنشفة، وامتلكت جرأة أن ترى صورتها أخيرًا.

شعرها المبتل ووجهها المتّقد بحمرة نسيتْها، وقطرات المياه على ذراعيها، كانت أفضل علامة على أنها هنا، وأن تلك المعجزة التي تحققت لم تكن حلمًا.

ارتدتْ ملابس نظيفة من تلك التي تركتْها في حقيبة إضافية في الفندق. لفّتْ شعرها بمنشفة. أخرجتْ كيسًا بلاستيكيًّا، فتحتْه، ومن

داخله أطلّ كيس بلاستيكي آخر، أمسكتْ بالوعاء الزّجاجي الذي في الكيس، رفعته أمام عينيها، تأمّلت القهوة التي في داخله، تشمَّمته مرة واثنتين، وثلاثًا، سارت نحو الباب، أشرعته، وخرجت.

كان الهدوء كاملًا، لا يقطعه سوى تغريد الطيور وأصوات المياه المتدفقة داخل الحمّامات.

سارتْ عبر الممرات الحجرية المرصوفة بين الشاليهات. وقعتْ عيناها على الأرائك الثلاث التي جلسوا عليها قبل عشرة أيام، شارحة لهم مستعينة بالخارطة الطريق الذي سيسلكونه لوصول قمة أوهورو. ابتسمت.

اتجهتْ إلى مبنى المطبخ الموجود على يمين مبنى المطعم وقاعة الاستقبال. ابتسم مدير المطبخ حين رآها: سيدة ريـما، كنت أتوقع أن تكوني نائمة الآن.

- لن أستطيع النوم إن لم أشرب القهوة.

- سأعدّها لكِ بنفسي، فقد أصبحتُ الآن خبيرًا في طريقة إعداد القهوة التركية.

- هذه المرّة فقط، اسمح لي أن أُعدّها لنفسي بنفسي.

- مطبخي تحت تصرّفكِ.

* * *

كانت تحرّك القهوة مستخدمة ملعقة صغيرة على نار هادئة، كما لو أنها تريد أن تتحوّل القهوة التي في الإبريق كلّها إلى رائحة. استنشقتْ تلك الرائحة طويلًا، الرائحة التي كم تمنّتْها، الرائحة التي حلمتْ بها طويلًا. لم تكن تعرف من قبل أن الإنسان يمكن أن يحلم برائحة ما، فقط رائحة!

أحستْ بصدرها يتّسع، يسترجع كلَّ كميات الهواء الضائعة التي حُرِمَتْ منها رئتاها فوق الجبل.

بهدوء سكبت القهوة، محاذرةً أن تخسر أي شيء من رائحتها. وضعتْ يدها على فم الفنجان، وسارت نحو الشرفة المطلّة على الحديقة الخلفية للفندق. جلستْ بهدوء، رفعتْ جزءًا من راحتها عن فم الفنجان، أخذت نفسًا عميقًا، كانت فرِحَةً إلى درجة لم تتخيلْها.

بكتْ!

أروشا

الساعة ١٩:٠٠، ٢٧ كانون الثاني (يناير)

حين بدأ أعضاء الفريق بالوصول إلى مطعم الفندق بدءًا من السابعة مساء، وجدوا أن جبريل سبقهم إلى هناك. كان قد فعل المستحيل، دون جدوى، لإيجاد طائرة تحمله إلى عَمَّان، في الوقت الذي استطاعتْ فيه نجاة إيجاد طائرة تقلّها إلى الرّياض.

عدم العثور على طائرة لم يكن السبب الوحيد الذي عكّر مزاج جبريل، وجعله يحسّ أن ساقه الثانية قد كُسرت أيضًا، فقد تلقّى اتصالًا من محامي مصنعِه يخبره بأنه لن يستطيع استخدام صورة يوسف ونورة، أو اسميهما، في منتجه القادم، إلّا إذا حصل على إذن خطّي من وليَّي أمريهما باعتبارهما قاصِرَين، وإلّا سيجد نفسه في ورطة قانونية.

فكّر جبريل في الوصول إلى هدفه عبر أقصر الطّرق: إقناع نورة ويوسف بالأمر أولًا ليترك لهما مهمّة إقناع والديهما.

كان الجميع لطفاء معه، فكلّ من وصل عانقه وهنأه بالسلامة، وهو بدوره استفاضَ في الثناء على شجاعتهم وصبرهم معلنًا أنه يشعر فعلًا أنه وصل القمة، لأنهم وصلوها، وهذا النصر الذي تحقق يستحقّ أن نحتفي به سنويًا، وأعلن وسط دهشة الجميع عن فكرته.

راح كلّ واحد من أعضاء الفريق يتصفّح وجوه الآخرين، بحيث غصَّ الفضاء الدّاخلي لصالة الطعام بعلامات السؤال والتعجّب.

إميل صاحب الصورة بقي صامتًا، ولكنه تبادل نظرة ذات معنى مع يوسف، فيما كان يوسف يستحضر صورة المسؤول الذي زاره بعد إصابته.

تنحنح يوسف، وقال: «أخ جبريل، هل تعتقد أنني فعلتُ ما فعلت لتكون صورتي في النهاية على كيس شبس سعره شيكل؟! ما الذي سأقوله لأصدقائي في غزة، ذهبتُ إنسانًا وعدتُ كيس شبس؟! يؤسفني أن أُذكِّركَ أنني لم آت إلى هنا لهذا السبب.» والتفتَ إلى نورة.

تلمَّست نورة حبة شباب نافرة على خدها الأيمن، واستعرضت الوجوه حولها.

- «تعرفون، أكثر ما سيغيظني، إذا ما قبِلتُ بهذا العرض هو، أنني سأجد صورتي على أكياس الشبس تحت أقدام (الرَّايح والجاي) بعد أن ينتهوا من أكل ما فيها!» قالت نورة، ثم صمتت قليلًا وأضافت: «ولوْ! صعدت ذلك الجبل لكي يكون مكاني تحت الأقدام!»

راح جبريل يتصفّح الوجوه على أمل أن يجد من يدافع عن فكرته. كانوا جميعًا قد تشاغلوا بالنظر بعيدًا وقد فوجئوا بجرأة يوسف ونورة. التقتْ عيناه أخيرًا بعينَي إميل. تنحنح إميل:

- لم أكن أريد أن أتحدث قبل يوسف ونورة، لكني أحبُّ أن أقول بأن صورتهما ليست للبيع.

عمّ الصمت خمس دقائق كاملة إلى أن وجد جبريل نفسه مضطرًّا للمغادرة.

أروشا
٢٨ كانون الثاني (يناير)

بعد نوم امتدَّ اثنتي عشرة ساعة اتصل هاري بهيلين من أروشا.

– هاري! ما الذي تريده؟ أنا لن أقبل اعتذارك مهما قلت.

– وهذا ما كنتُ أريده منك بالضبط هيلين. شكرًا.

أقفل الهاتف وأمضى ثلاثة أرباع اليوم التالي لوصولهم إلى الفندق في جولة في سوق المنتجات الشعبية للماسّاي.

كثير من الأشياء كانت تليق بساندرا، شعرها الأحمر المتموج الطويل وعيناها الزيتونيّتان كانت تجعل الحليّ الشعبية جميلة عليها. يذكر تلك الأشياء التي اشتراها لها من بلغاريا، وتلك التي اشتراها من رومانيا وتركيا من عقود وأقراط وشالات شعبيّة.

في سوق الماسّاي كان هناك ألف شيء جميل على الأقل سيجد معنى لوجوده إذا ما ارتدته.

في الطائرة المتوجِّهة إلى باريس في ليل الثلاثين من كانون ثاني، يناير، اكتشف أنه واقع في مأزق ما لا يستطيع تفسيره. كان مستعدًا لأن يفعل أيّ شيء من أجل أن يفهم ما الذي يحدث له، من أجل أن يُفسِّر له أحد لماذا لم يتمسّك بساندرا، لماذا استجاب لهيلين، لماذا قَبِل المكوثَ في السَّهل معها، لماذا لم يصعد الجبل، لماذا تركه السيد إرنست همنغواي مُعلَّقًا برغبات هيلين الطائشة!

٣٦٩

لكن الشيء الذي أثار انتباهه وأفرحه كثيرًا أنه بالرغم من أن السيد همنغواي حاصره تمامًا في تلك القصة التي كتبها، وجعله بطلها، وأطلق عليها اسم (ثلوج كليمنجارو)، وبالرغم من أنه لم يسمح له أن يتذكّر ساندرا، كما لم يسمح له أن يصعد الجبل، بالرغم من ذلك كلّه أثار انتباهه: أنه استطاع أن يتذكّر ساندرا، واستطاع أن يصعد الجبل رغمًا عن السيد همنغواي، واستطاع أن يتّصل بهيلين ويقطع علاقته بها. وما دام فعل ذلك، فهذا يعني أنه يستطيع الآن أن يفعل ما يريد!

سيطرُق باب شقة ساندرا في الساعة الثامنة والنصف صباحًا بعد أن تكون قد شربت قهوتها، وسيحمل لها باقة من الزَّنبق الأبيض، أحبِّ الأزهار إليها. ستفتح الباب وتبتسم له، وتتأمّله كعادتها، ثم تقول له دون أن تنطق اسمه: لقد فقدتَ الكثير من وزنك.

- هذا بسبب صعود الجبل.

- أيّ جبل؟!

- كليمنجارو.

وستوشِك أن تلفظ اسمه بسبب المفاجأة: ... لا تقل لي إنك صعدت إلى سقف أفريقيا؟

ستحضنه.

ما حيَّر هاري كثيرًا: لماذا لم يقبل السيد همنغواي أن توجد ساندرا في قصة هو، هاري، بطلها، ولو في سطر واحد، وهي أنبل علاقاته، وأكثرها لُطفًا ورقّة؟!

حين وصل هاري إلى فكرة أن السيد همنغواي قد يكون استخدمه كقناع، وزجّه في علاقات نسائية لا علاقة له بها غضب

كثيرًا، وأدرك أن السيد همنغواي لم يفعل ذلك إلّا لأنه كان يريد هو همنغواي العودة إلى هيلين! لأنه لا يريد أن يكون هناك مكان لأي امرأة رقيقة لطيفة في حياته تشبه ساندرا. وكاد أن يصرخ غاضبًا لولا استغراق ركاب الطائرة في نوم عميق: سيد همنغواي، أنت إنسان جامح، طائش، مُدمِّر لكل شيء.

* * *

عندما وصل إلى باريس، فوجئ بكتابٍ معروض في واحدة من مكتبات المطار، وصورة همنغواي تزيّن غلافه؛ عنوانه: (بابا همنغواي).

دخل المكتبة، اشترى الكتاب، بحثَ بلهفة عن فصل يتحدّث عن تلك القصة التي حاصره (البابا) بين سطورها، فلم يجد شيئًا يشفي غليله. عاد إلى بداية الكتاب، وما إن وقعت عيناه على السطور الأولى للمقدمة التي كتبها ا. هوتشنر، مؤلف الكتاب، حتى أحس بأنه مصاب بدوار:

(في اليوم الثاني من يوليو ١٩٦١، أطلق كاتبٌ يعتبره كثير من النقاد كاتبَ القرن، رجلٌ تضطرم فيه نيران حبّ الحياة والمخاطرات اضطرام العبقرية في رأسه، حاصلٌ على جائزة نوبل وجائزة بوليتزر، محاربٌ في كلِّ جيش، يمتلك منزلًا في جبال (سوتوث) بـ (إيداهو)، حيث يصطاد هناك في الشتاء، وشقة في نيويورك، ويختًا مجهزًا بكل شيء يصطاد به في (تيار الخليج)، وجناحًا تحت الطلب في الريتز بباريس وآخر في جريتي بفينيسيا... ....، في ذلك اليوم من يوليو، رصاصةً على رأسه فمات!

لقد كنتُ صديقه الحميم مدة أربعة عشر عامًا حتى ذلك اليوم

الذي مات فيه، وأعرف كل شيء عن حياته: مغامراته وأحاديثه، أحلامه وأوهامه، انتصاراته وهزائمه، هذا الرجل المعقّد الفريد الفكِه الحاد المرِح الذي يُدعى إرنست همنغواي.)

كانت الكلمات أشبه ما تكون بمطرقة هائلة هشّمت رأس هاري، فسقط بين ذراعي أول مقعد رآه بجانبه: انتحر؟! ولماذا ينتحر؟! لماذا؟!

راح هاري يقرأ بسرعة، وهو يستعيد صورة همنغواي كما عرفها خلال الأيام التي عاشها معه وهو يكتب قصته. يستطيع هاري الآن أن يقول: إن ذلك الهائج حين لم يجد معركة يُلقي بنفسه فيها، ورجالًا يعاركهم، وقف ممسكًا بندقيته وعارك نفسه، ناسيًا أنه لا يستطيع الدخول في عراك كهذا مع بندقية الصيد التي عارك بها مئات الكائنات الحية وأرداها قتيلة برصاصها.

كان هاري يلهث فوق المقعد. سمع صوت صوول يأتيه من بعيد: بولي.. بولي.

مجرد سماعه لذلك الصوت كان كافيًا ليكون أكثر هدوءًا.

تذكر وعده لصوول بأن يكتب له، شارحًا كل شيء، لكنه أحسّ أنه لن يكتب له الآن، سيكتب له حين يُنفِّذ ما في رأسه. أما الآن، فسيرسل إليه رسالة شكر يخبره فيها أنه لم ينس وعده بأن يفسِّر له ما حدث.

نهض هاري، متجهًا نحو بوابة المطار الخارجية، فغمره ضوء ساطع وامتلأت رئتاه بهواء نقي.

مشارف نابلس

١ شباط (فبراير)

ما إن تجاوزت نورة عتبة البيت، حتى قالت لها أمها، وسط فرحة العائلة: طعامكِ جاهز، مقلوبة أمِّكِ التي كنت تحلمين بها وأنت في الجبل.

- قبل المقلوبة، هناك شيء لا أستطيع تأجيله.

اتجهت نحو الكمبيوتر.

- «الكمبيوتر الآن؟! حرام عليك.» قالت أمها.

شغّلته، أخرجت الكاميرا وبدأت بتنزيل صورها منها.

- «معك حق، الصحيح لازم نشوف الصّور أولًا.» علّقت أمُّها.

التفَّتْ الأسرة حول نورة، وأمامها شاشة الكمبيوتر، وهم يراقبون الصّور كطيور صغيرة ترفّ على الشاشة وتحط داخل الجهاز.

استعرضت الصّور بسرعة، وسط احتجاجات الجميع لأنهم يريدونها أن تتصفّحها ببطء.

- «هذه الصورة حلوة.» قال أخوها الصغير نعمان.

- لكنني لا أبتسم فيها كما يجب. ولكن لا بأس!

نسخت الصورةَ ووضعتها في ملف خاص، وواصلت التنقّل بين الصور باحثة عن تلك التي تَظهر فيها سعيدةً أكثر.

اختارت عشر صور. فتحت بريدها الإلكتروني، وبدأت بإرسالها على دفعات.

* * *

أول شيء يفعله الضابط شلومو مُردخاي حين يصل إلى البيت هو التوجّه إلى الكمبيوتر لفتح بريده الإلكتروني، حتى قبل أن يخلع بزته العسكرية.

فوجئ بتلك الرسالة في أعلاه.

– نورة؟! مَن نورة؟

عنوان الرسالة (ابتسامات من كليمنجارو) جعله يتذكّر.

بين أن يرى محتوى الرسالة أو يكتفي بعنوانها، غلبه فضوله. نقر الرسالة، طالعه وجه نورة ضاحكًا. تصفّح الصّور جميعها مستعيدًا حواره معها عند الحاجز في ذلك اليوم غير البعيد.

دفع كرسيّه إلى الوراء خطوتين، وظلّ يحدق في الصورة الأخيرة، صورتها فوق القمة، رافعةً بيد العلم الفلسطيني وراسمة إشارة النصر باليد الثانية.

سمع صوت زوجته غاضبًا: شلومو، كم مرة سأدعوك؟ الطعام أصبح باردًا.

– لن آكل الآن.

ارتدى سترته الثقيلة، وصل الباب، حمل بندقيته وخرج.

الخليل

٤ شباط (فبراير)

كل خطوة تُقرِّبها من بيت غسان كانت تملأ رأسها بعدد من الخيارات، وتمحو عددًا آخر منها.

كان لها حلم واحد أن يكون غسان هناك، وأن يصعد كما صعدتْ نورة ويوسف. لقد حملتْه كما وعدته، حملته في قلبها. كم حاولتْ، ولم تستطع أن تنسى تلك الكلمات القليلة التي قالها غسان لها وهو يبكي:

- يا دكتورة أروى إذا ذهبت معكم سيأخذون البيت، هل تعتقدين أنني لا أحلم بالخروج من هذا الجحيم ولو لساعة واحدة، والله أنا لا أحلم بغير هذا، ولكن يا دكتورة أروى، أن أعيش في الجحيم داخل بيتي أفضل من أن أعيش الجحيم خارج جدران هذا البيت. سامحيني، فكِّري فيّ وأنت هناك، وتخيّلي أنني معك، وخبّريني حين تعودين: هل استطعتُ وصول القمة مثل يوسف ونورة أم لا، ولكن أرجوك، لا تكذبي عليّ في هذا.

- ستبلُغها، غسان، أَعدُك بهذا.

* * *

حين وصلتْ بناية فندق الخليل المغلقة بأمر عسكري منذ

حرب ١٩٦٧التي لم يستولِ المستوطنون عليها؛ لأنها مكشوفة ومن الصعب حمايتها، لمحتْ أروى بيت غسان. كان أول شيء تفعله هو أن تتأكّد من أنّ المستوطنين لم يستولوا على البيت، ولم يكن هناك برهان أكبر من وجود غسان جالسًا أمامه.

رأته.

بعد أقل من عشرين خطوة استطاع أن يراها تطلّ وتختفي بين جموع المتسوِّقين والعابرين. وحين اطمأنّ لعدم وجود أي أَخطار مُحْدِقَة بالبيت، راح يركض نحوها.

تباطأ حين وصلها، مدّ يده اليمنى، وصافحها متحوّلًا إلى كائن بمنتهى الجدّية.

نسي لهفته لمعرفة أخبار صعودها الجبل، نسي شوقه إليها.

- كيفك يا غسان؟

- ما دامت الدار بخير، فغسان بخير.

سار بجانبها حتى وصلا الباب، وما إن اجتازا العتبة حتى صاح بصوت عال من بئر السلّم: الدكتورة أروى رجعت.

أطلت الرؤوس من فوق، وانهالت عليها عبارات الترحيب مع كل درجة كانت تصعدها.

ومن الأعلى أطلت عدة رؤوس للجنود تستطلع ما يدور.

* * *

حذِرة كانت الدكتورة أروى حين بدأت الحديث عن الرحلة. لم تكن تريد أن تُظهر أي فرح مبالغ فيه، بل حتى أي فرح أحسّته وهي ترى يوسف ونورة يصلان القمة. وجدت نفسها تتحدّث عن مشكلات الطريق، صعوبة الحياة في الجبل، البرد الشديد، وقلة النظافة.

وضَعَ غسان يده على يدها، صمتتْ فجأة، وقد أدركت أنه اكتشف لعبتها.

- ولكنكم وصلتم القمة، هل وصلها يوسف ونورة أيضًا؟

- وصلاها.

- هل تعتقدين أنني كنت سأنجح أيضًا.

- «بالتأكيد.» أجابت مرتبكة.

- تعرفين دكتورة أروى، كنت أضع الأوراق التي أعطيتني إياها عن الرّحلة، وكنت أقول لنفسي: ها قد وصلوا إلى مخيم شيرا ٢، إلى مخيم بارانكو، كارانغا،.. وهكذا.. أتعرفين لماذا؟

- لا، لماذا؟

- حتى أعرف أين أنتم تمامًا حين أحلم في الليل بأنني معكم.

وصمت غسان قليلًا، وفي عينيه حفنة صغيرة من الدموع. وأضاف: ألن تُريني صور الرحلة؟

امتدّت يد الدكتورة أروى إلى الكمبيوتر المحمول الصغير الذي وضعته في حقيبتها، الكمبيوتر الذي حين أحضرته لم تكن على يقين أن عليها أن تريه الصور أم لا، وها هو يطلب مشاهدتها.

* * *

تابع غسان الصور وكأنه في عالم آخر حتى انتهت بصور الوداع في مطار كليمنجارو.

- هل ندمتَ لأنك لم ترافقني؟

- لم أندم دكتورة أروى، ولكني سأظلُّ دائما حزينًا. هل فكّرتِ فيَّ هناك؟

- كلّ لحظة غسان، كلّ لحظة إلى درجة أنني كنت أستغرب أنهم لم يروْك معي!

- يعني، هل يمكن أن أقول إنني صعدتُ الجبل.. تقريبًا؟

- لقد فكرتُ كثيرًا في هذا، وكنتُ أحس طوال الوقت أنك كنتَ، غسان، دائمًا في القمة، أما نحن فكنا طوال الوقت نحاول الوصول إليها.

- لم أفهم دكتورة أروى.

- رئيس فرقة المساعدة الذي كان معنا، قال لنا ليلة الصعود شيئًا غيَّر فينا الكثير. سأقوله لك، وفكِّر فيه جيّدًا، ربما ستكون أقلَّ حزنًا مما أنت الآن، قال: في كل إنسان قمةٌ عليه أن يصعدها وإلّا بقيَ في القاع.. مَهْمَا صعَدَ من قمم.

صمت غسان طويلًا، ثم رفع عينيه ونظر في عينيها مباشرة، وقال: ربما يكون هذا البيت، الذي يحتلّ الجنود سطحه الآن، هو الجبل، ولذلك لا أحلم بشيء منذ مدة طويلة مثلما أحلم بالصعود إلى ذلك السطح.

دُبَـي

٢٣ ، تشرين الأول (أكتوبر)

رفضتْ سهام كلّ محاولات دفْعها لمعرفة جنس الجنين. في شهر حمْلها الرّابع أصرّت أن تركب حصانًا. وافق زوجها في النهاية، لكنها حين طلبت ذلك مرة أخرى في شهرها السادس، رفض بشدة.

ذات يوم تسللتْ إلى نادي الخيل مع ريـما. دخلتْ واستعرضت الخيول. أحبّت كثيرًا فرسًا بيضاء بالدّرجة التي أحبّتْ حصانًا أسود. وقفتْ غير قادرة على أن تحدّد أيّهما تختار لتمتطي.

كانت ريـما قد اشترطتْ عليها: سأُمسكُ بالحصان أثناء ركوبك، ولن أتركه يسير أسرع من طفل في الثالثة من عمره.

وافقتْ سهام.

تقدّمتْ نحو الحصان الأسود ومسدتْ جبينه. أحبته. وقطعتْ عدة خطوات نحو المهرة البيضاء ومسّدتْ جبينها. كانت رائعة.

وسط دهشة ريـما، قالت سهام: أظن أن هذا يكفي.

- ألن تمتطي أيًّا منهما؟!

- لا.

- لماذا؟

* * *

حين جلستا لاحتساء القهوة قالت سهام: أحسستُ أنني إذا ما امتطيتُ المهرة فإنني سأنجبُ بنتًا، وإذا امتطيتُ الحصان الأسود فإنني سأنجب ولدًا.

– «غريبة أنتِ! كنتِ امتطيتِ الاثنين، وأنجبت توأمًا.» علّقت ريما ضاحكةً.

– تعرفين، هذه لم تخطر ببالي! ما رأيك أن نعود؟

– الأفضل أن أُعيدكِ إلى البيت. بصراحة، كنتُ مجنونة حين أتيتُ بكِ إلى هنا.

***

في صبيحة الثالث والعشرين من شهر أكتوبر، لم تكن سهام تصرخ وقد أتاها المخاض، كانت تصهل مردّدة: «ويرّا، ويرّا!» وهي في سيارة زوجها المتوجّهة إلى المستشفى.

حين طلبتْ منها الطبيبة في غرفة العمليات أن تتنفس ببطء: «خذي نفسًا عميقًا.» كانت سهام تقول: «يعني: بولي بولي؟!»

– «بولي بولي، كما تريدين.» قالت الطبيبة.

في السادسة صباحًا، أطلّت الحياةُ. سمعت سهام الصرخة، ولكن الطبيبة واصلت العمل وهي تطلب منها بإلحاح: ادفعي، ادفعي.. فهيئ إليها أنها قد لا تكون سمعتْ صرخة.

كانت تريد أن تقول للطبيبة: «يعني، ويرّا ويرّا.» لكن الكلمات لم تصل شفتيها.

دفعتْ، وبعد قليل، أطلّت حياة ثانية، أعلنت عنها صرخة عالية.

– «ألف مبروك، بنت جميلة،» قالت لها الطبيبة «وولد جميل!»

- «توأم؟» سألت وكأنها تتحدّث نائمة.

أغمضت سهام عينيها.. ونامت.

***

في غرفتها، في الطابق الثالث، في مستشفى الكِنْدي، لم تعرف سهام إن كانت تنام أم تصحو على وقْع ذلك الإيقاع الذي تعرفه. بهدوء كانت أغنية كليمنجارو التي طالما استمعتْ إليها فوق الجبل ورقصتْ على إيقاعها تأتي من بعيد، إلى أن ملأت الغرفة بإيقاعها السّاحر.

أشرعت عينيها ببطء، فوجدتهم كلّهم هناك يردّدون الأغنية، من صوول إلى ريـما، حتى نورة ويوسف!

Jambo Jambo bwana

Habari gain

Mzuri sana

Wageni wakaribiahwa

Kilimanjaro hakuna matata

Jambo jambo bwana…

باريس
٢ كانون الأول (ديسمبر)

عزيزي صوول:

تحياتي إليك من باريس، لقد قررتُ أن أستقرَّ هنا في هذه المدينة الرائعة رغم أنها تغيّرت كثيرًا. شهور طويلة مرّت على صعودنا، لكن الزمن لم ينجح في أن يجعل ذلك الصعود مثل حلم. إنه واقع تتضاعف واقعيته كل لحظة في داخلي، بل أستطيع أن أقول لك إنني لم أتوقف عن صعود الجبل منذ ذلك اليوم.

كنت أخبرتك أنني سمعت برحلة الصعود منك، وأعتذر لأنني أبقيت الأمر غامضًا إلى هذا الحدّ. إن وجود قصتي في بيتك كان هو السبب. ولأعترف لك أنني خشيت أن يكتشف أعضاء الفريق شخصيتي حينما رحتما، أنت وجيسيكا، تتحدثان عن قصة (ثلوج كليمنجارو)، والفيلم المقتبس عنها، لكن الأمر لحسن الحظ مرَّ بسلام.

لا أعرف عزيزي صوول إن كنت ستصدّق أن شخصية في داخل رواية أو قصة يمكن أن تَسمع وترى كلّ ما يدور في البيت، أو المكان الذي يوجد فيه الكِتاب الذي يضمّها. لا أعرف.

لقد كان لديّ حلم أن أصعد الجبل، وحين سمعتك يا صوول

٣٨٢